Le héros d'une île grecque

*

Deux médecins à Miami

ANNIE CLAYDON

Le héros d'une île grecque

Traduction française de

C. DUTEIL

BLANCHE

HARLEQUIN

Collection : Blanche

Titre original :
GREEK ISLAND FLING TO FOREVER

HARPERCOLLINS FRANCE
83-85, boulevard Vincent-Auriol, 75646 PARIS CEDEX 13
Service Lectrices — Tél. : 01 45 82 47 47 - www.harlequin.fr
ISBN 978-2-2804-5820-7 — ISSN 0223-5056

Composé et édité par HarperCollins France. Achevé d'imprimer en juin 2021.
par CPI Black Print - Barcelone - Espagne
Dépôt légal : juillet 2021.

FSC
www.fsc.org
MIXTE
Papier issu de sources responsables
FSC® C159065

Pour limiter l'empreinte environnementale de ses livres, HarperCollins France s'engage à n'utiliser que du papier fabriqué à partir de bois provenant de forêts gérées durablement et de manière responsable.

1.

Chaque détail du jour qui avait changé la vie d'Arianna était resté gravé dans sa mémoire.

Un soleil radieux brillait. Âgée de six ans, elle avait insisté pour revêtir sa nouvelle robe en broderie anglaise afin de se rendre dans la résidence secondaire de la famille, sur la petite île grecque d'Ilaria.

Son père avait froncé les sourcils en apprenant que leur bateau de plaisance était en panne, mais sa mère avait souri et décrété qu'ils prendraient le ferry. Ça avait été une expérience inédite pour Arianna et son frère aîné Xander d'attendre l'embarquement dans la bousculade et de jouer des coudes pour trouver un siège pour leur mère sur le pont supérieur.

Son père s'était détendu et, col de chemise ouvert, il avait demandé à leur garde du corps de prendre une photo de la famille. Cédant aux prières de Xander, il avait même accepté de l'emmener visiter le bateau. En s'éloignant, Xander, ravi, s'était retourné pour faire signe à Arianna et sa mère.

Coiffée d'un grand chapeau, sa mère portait une robe d'été rouge vif, à l'opposé des couleurs sombres qui l'habillaient à présent. Assise sur un banc, elle avait commencé à bavarder avec d'autres mères, autorisant Arianna à aller jouer à condition qu'elle ne s'éloigne pas.

Le bâtiment avait lentement manœuvré pour s'éloigner du quai grouillant d'activité, puis il avait pris de la vitesse en pénétrant dans les eaux bleues de la Méditerranée. Au comble de la joie, Arianna aurait voulu que la traversée dure toujours. À l'approche du port d'Ilaria, elle avait déploré de voir s'achever déjà cette aventure. Et puis…

Un énorme craquement avait secoué le navire. Le monde avait basculé, et elle était tombée, s'écorchant les genoux sur les lattes du pont. Elle avait entendu sa mère hurler son nom, mais elle glissait inexorablement… Un mur d'eau s'était soudain dressé devant elle et l'avait happée, l'entraînant vers le fond.

Elle ne pouvait plus respirer… Puis quelqu'un avait attrapé ses bras gesticulants et l'avait enlacée. Leur tête avait jailli de l'eau, tandis que les sons étouffés se muaient en une cacophonie de cris et de hurlements. Elle avait inspiré, suffoqué, fondu en larmes. Battant des cils sous la brûlure du sel, elle avait ouvert les yeux et vu son sauveur, un garçon avec une tignasse de cheveux blonds plaqués sur son visage dégoulinant.

Il avait dit quelque chose qu'elle n'avait pas compris. Mais, quand il avait saisi ses bras pour les enrouler autour de son cou, elle s'était accrochée de toutes ses forces. Il s'était mis à nager péniblement tandis qu'elle s'agrippait à lui.

Elle n'avait pas osé regarder derrière elle. Si elle l'avait fait, elle aurait peut-être aperçu Xander une dernière fois.

Loin devant, des petits bateaux quittaient le port d'Ilaria et se dirigeaient vers eux.

Elle avait fondu en larmes, et le garçon s'était immobilisé pour lui parler. Elle n'avait pas compris, mais elle s'était sentie en sécurité. Les yeux clos, elle avait récité la prière que lui disait sa mère avant qu'elle ne s'endorme.

Luttant contre le courant qui les ramenait vers le ferry en train de sombrer, le garçon avait nagé en redoublant d'efforts en direction des embarcations qui venaient à leur secours. Puis une barque les avait rejoints, et le garçon l'avait hissée dans les bras de ses occupants. Des mains puissantes l'avaient attrapée et arrachée à lui. Un homme l'avait retenue pendant qu'elle tendait les bras vers le garçon qu'une vague emportait. Elle avait hurlé quand sa tête blonde avait disparu au milieu des flots et des naufragés qui flottaient, éparpillés à la surface de l'eau.

Ensuite…

Ses souvenirs n'étaient plus aussi nets. Elle se rappelait les pleurs de sa mère et les bras de son père lorsqu'ils l'avaient trouvée enveloppée dans une couverture parmi des naufragés, dans la taverne où on leur avait distribué des boissons chaudes. Elle se souvenait de son père embrassant sa mère avant de repartir en courant vers le rivage, où des bateaux débarquaient d'autres rescapés du naufrage.

Il était parti longtemps, mais sa mère avait refusé de bouger, la serrant contre elle et frissonnant dans la brise tiède. Quand enfin il était revenu, il était seul. Un regard avait suffi, et sa mère avait hurlé de désespoir…

Arianna se redressa dans son lit, le front en sueur.

Son retour à Ilaria pour y implanter son cabinet médical ne lui avait guère laissé de temps pour autre chose que le travail. Mais, maintenant que la pression s'était relâchée, ce cauchemar était revenu, plus fréquent, plus net.

Elle respira profondément pour calmer son cœur affolé.

Ce rêve lui envoyait un message : il était temps qu'elle surmonte le traumatisme qui avait bouleversé sa vie vingt-cinq ans plus tôt. Sa présence à Ilaria était aussi une occasion inespérée de revoir le garçon blond qui lui avait sauvé la vie avant de disparaître dans les flots.

Car son sauveteur ne s'était pas noyé. Plus tard, elle avait fait des recherches pour savoir qui était mort ce jour-là, et, sur la liste des victimes, personne ne correspondait à sa description. Donc, aujourd'hui, il vivait quelque part, et elle se demandait s'il lui arrivait de penser à elle.

En débarquant du ferry par une journée chaude et ensoleillée, Ben Marsh sortit de son sac la carte d'Ilaria afin de s'orienter.

Il s'était demandé s'il se souviendrait de l'endroit. Il y avait souvent pensé au fil des ans, mais il n'y avait rien de familier dans ce terminal de ferries résolument moderne qui n'existait pas vingt-cinq ans plus tôt.

Il se dirigea vers le bureau d'informations touristiques, où une femme souriante lui souhaita la bienvenue sur l'île et lui indiqua sur la carte l'emplacement du centre médical.

Marchant vers le port principal, il s'arrêta un moment pour observer les petites embarcations à l'ancre.

Il n'en reconnut aucune, d'ailleurs, à l'époque, il avait été trop occupé à scruter la mer en quête de survivants pour faire vraiment attention au bateau dont l'équipage l'avait sauvé des eaux. Quant à la fillette effrayée agrippée à lui pendant qu'il nageait comme un forcené pour s'éloigner du navire en perdition, il ne la reconnaîtrait probablement pas aujourd'hui. Elle pouvait être n'importe laquelle des jeunes femmes qu'il croisait dans la rue, les dévisager était une perte de temps.

Mais il connaissait son nom. Arianna Petrakis.

Six mois plus tôt, il était tombé sur un vieil article de journal qui avait répondu aux questions qu'il se posait depuis si longtemps, et depuis le nom résonnait dans sa tête.

Un frisson lui parcourut l'échine en dépit de la chaleur du soleil.

Et si elle ne voulait pas le voir ?

La réponse était simple : il reprendrait le premier ferry pour quitter l'île. Mais si elle voulait le voir ? Comment lui expliquer que le jour où le ferry avait fait naufrage avait façonné son destin ? Comment lui dire qu'il avait la sensation étrange que c'était maintenant au tour d'Arianna de le sauver ?

Il n'avait pas la réponse à ces questions.

Sauter dans l'eau pour la sauver avait été la première étape déterminante de son changement d'existence. La seconde avait été douloureuse. Après s'être solennellement engagé à aimer sa femme et à la chérir, il n'avait pas été là quand celle-ci avait eu besoin de lui. Emma était partie, à présent, et il ne pouvait pas revenir en arrière pour la sauver.

Mais il n'avait pas réfléchi quand il avait vu la petite fille en robe blanche glisser sur le pont du ferry et tomber à l'eau. Il avait sauté.

Aujourd'hui, il devait recommencer : suivre son instinct et sauter.

Après avoir gravi une rue escarpée, Ben arriva au cabinet médical.

On ne pouvait pas le manquer. Le mur portait un grand panneau rédigé en six langues.

En poussant la grille, il vit un bâtiment moderne niché au fond d'un jardin dans une profusion de couleurs et d'odeurs. Les portes automatiques s'ouvrirent avec un bruit feutré, et il se retrouva dans un petit hall de réception accueillant et frais par rapport à la chaleur extérieure. Une femme qui arrosait une grande plante en pot se tourna vers lui.

Son cœur fit un bond.

Non, ce ne pouvait pas être elle. Cette femme avait entre trente-cinq et quarante ans. Elle était plus âgée qu'Arianna. Et il la reconnaîtrait sûrement s'il se trouvait face à face avec elle, non ?

— *Yassas…*

La femme lui indiqua d'un sourire qu'elle appréciait ses efforts pour parler grec.

— Bonjour. Je suis Corinna. En quoi puis-je vous aider ?

— Je cherche le Dr Petrakis.

— Vous êtes malade ? demanda Corinna en le scrutant.

— Non… Je suis Ben Marsh. Le *Dr* Ben Marsh, ajouta-t-il pour couper court à un possible interrogatoire.

Corinna hocha la tête.

— Asseyez-vous, je vous en prie. Le Dr Petrakis revient dans cinq minutes.

Il s'assit et regarda autour de lui.

Un espace lumineux, des murs blancs, du mobilier aux tons ocre. La décoration avait été soigneusement pensée pour créer une atmosphère accueillante et relaxante, mais il sentait son cœur battre à tout rompre.

Il sortit son téléphone et fit mine de s'absorber dans la lecture des journaux britanniques pour décourager toute tentative de conversation.

Corinna finit d'arroser les plantes et regagna son siège pour se concentrer sur l'écran de son ordinateur. Quinze minutes s'écoulèrent.

— Je suis sûre qu'elle ne va plus tarder, dit-elle. Vous voulez que je l'appelle ?

— Non, merci. Ça ne me dérange pas, d'attendre.

— Voulez-vous boire quelque chose… ?

Les portes s'ouvrirent, et le cœur de Ben manqua un battement. Tournant machinalement la tête, il vit une jeune fille et un homme qui soutenaient une autre jeune fille. L'homme s'adressa à Corinna en grec puis repartit, les laissant gérer le problème.

— Elle a une crise d'asthme. Asseyez-la. Docteur Marsh, puisque vous êtes là, vous allez l'aider. J'appelle le Dr Petrakis, déclara-t-elle en décrochant son téléphone.

Ben n'était pas habilité à exercer en Grèce, mais ce n'était pas le moment de polémiquer. La fille blonde souffrait, il s'agissait d'une urgence.

Il fit asseoir les deux femmes.

— Elle a un inhalateur ?

— Oui, mais elle l'a oublié à l'hôtel, répondit, affolée, la compagne de la blonde.

— Tout va bien, prétendit-il, conscient qu'il fallait avant tout les calmer. Comment s'appelle-t-elle ?

— Helen…

Il prit doucement Helen aux épaules.

— Helen, je m'appelle Ben, et je suis médecin. Regardez-moi…

Le regard effrayé de la fille rencontra le sien.

Il lui sourit, rassurant.

— Essayez de vous calmer. Respirez plus lentement…

Helen hocha la tête. La panique et la course jusqu'au centre médical n'avaient pas arrangé son état, mais elle respirait un peu mieux depuis qu'elle était assise. Elle se tourna vers son amie, qui sanglotait.

— Regardez-moi, Helen. Essayez de respirer avec moi.

— Le Dr Petrakis sera là dans cinq minutes, dit Corinna en raccrochant. Elle apporte un inhalateur de la pharmacie.

— Merci… Vous pourriez vous occuper de cette jeune dame ? répondit Ben en désignant l'amie de Helen.

Corinna s'empressa de venir chercher la jeune fille et l'installa sur une chaise derrière son bureau.

— De quelle couleur est votre inhalateur, Helen ? Bleu ?

Hochement de tête approbateur.

— Bien. Salbutamol ?

Nouvel acquiescement. Helen se calmait. Sa respiration était plus lente, mais elle luttait encore pour absorber l'oxygène dont son corps avait besoin.

— C'est très bien, Helen, déclara-t-il avant de se tourner vers Corinna. Voulez-vous dire au Dr Petrakis… ?

— Du salbutamol, j'ai entendu.

— Vous vous débrouillez très bien, Helen, dit-il, revenant à sa patiente, en espérant que les prétendues cinq minutes d'attente n'allaient pas s'éterniser.

— Ne me… laissez pas…, bredouilla Helen avec effort.

« Ne me laissez pas mourir. »

Ces dernières années avaient montré à Ben son impuissance face à la vie et la mort, mais Helen n'avait pas besoin de le savoir.

— Je ne vous laisserai rien faire, sauf respirer. Ça vous va ?

Helen réussit à lui rendre son sourire.

— Vous pouvez la conduire en salle de consultation ? dit Corinna après avoir transmis le message au Dr Petrakis.

— Oui, bonne idée.

Corinna demanda à l'amie de Helen de ne pas bouger et invita Ben à la suivre.

Mais Helen n'était pas encore en état de marcher.

— Accrochez-vous, ordonna Ben avec un sourire en la soulevant dans ses bras.

Il suivit Corinna jusqu'à une salle de consultation bien équipée et installa la patiente sur la table d'examen, dont il redressa le dossier.

— Merci…, souffla-t-elle, respirant un peu mieux.

— De rien. J'obtiens des points en plus sur l'échelle de la médecine d'urgence quand je porte quelqu'un, vous savez. Je me réjouis que vous soyez légère.

Helen sourit.

Il avait juste fait son travail pour qu'elle se calme et se sente en sécurité. Mais le doute s'insinuait de nouveau en lui, le sentiment de ne pas être à la hauteur. Probablement parce que Arianna Petrakis serait bientôt là, et qu'elle l'avait connu quand il *était* à la hauteur, justement…

Avisant une couverture légère au pied de la table d'examen, il recouvrit les jambes de Helen. Elle commençait à récupérer, même si le moindre effort l'essoufflait encore.

Il se retourna en entendant la porte s'ouvrir.

Arianna.

Il l'aurait reconnue n'importe où. Des boucles brunes encadraient son visage. Des yeux noirs. Un teint mat parfait. Quelque chose dans son maintien lui rappela la courageuse petite fille qui s'était agrippée à lui avec l'énergie du désespoir. Et… elle était d'une beauté saisissante.

— Bonjour, je suis le Dr Petrakis, dit-elle avec une assurance détendue, ses joues roses suggérant qu'elle avait couru. Vous êtes Helen ?

La jeune patiente acquiesça, et Arianna posa un sac de pharmacie sur son bureau.

— J'ai pris plusieurs inhalateurs, mais le Dr Marsh dit que vous utilisez habituellement le bleu au salbutamol.

— En effet, répondit Helen, qui respirait de mieux en mieux.

— Très bien.

Arianna prit le médicament dans le sac, lut l'inscription en grec sur l'emballage et sortit le nébuliseur.

Son anglais était parfait, avec une pointe d'accent londonien. Bon Dieu, elle avait peut-être vécu dans sa ville natale sans qu'il sache qu'elle était si proche !

Puis Arianna se tourna vers lui.

— Merci, docteur Marsh, dit-elle. Je vais examiner Helen, maintenant. Corinna va vous préparer du café, si vous voulez encore patienter… ?

Bien sûr. Il était un touriste qui avait donné un coup de main pour une urgence, et l'étincelle qu'il avait cru voir dans son regard était probablement le fruit de son imagination. Il n'avait plus sa place ici.

— J'attendrai, merci… Vous avez meilleure mine, Helen, ajouta-t-il avec un sourire à l'adresse de la jeune fille.

Helen lui rendit son sourire en levant le pouce, et il regagna le hall de réception.

Il n'avait pas spécialement envie de café, mais Corinna insista pour lui en faire et y joignit des biscuits. Il le dégusta tranquillement en attendant.

Arianna ne tarda pas à reparaître.

— Claire, vous pouvez aller voir Helen, maintenant, dit-elle, s'adressant à l'amie de Helen, en larmes dans son coin. Elle va beaucoup mieux, mais elle doit se reposer. Andreas, notre auxiliaire médical, vient d'arriver, et il est avec elle. Pas trop d'émotion, d'accord ?

Claire hocha la tête.

— Je suis désolée…

Arianna balaya ses excuses d'un geste.

— C'est effrayant, d'assister à une crise d'asthme, n'est-ce pas ? Maintenant que Helen est là, nous pouvons nous occuper d'elle, et tout ira bien. Elle a juste besoin de vous voir sourire, maintenant.

Arianna était bienveillante. La course dans les rues de la ville jusqu'au centre médical avait empiré l'état de Helen. Il aurait mieux valu qu'elle s'assoie et que l'aide vienne à elle. Mais il sentait que la douceur ferme d'Arianna aurait plus d'effet qu'une condamnation.

Claire essuya ses larmes et s'efforça de sourire. Corinna lui prit le coude pour l'emmener rejoindre Helen.

Puis Ben sentit ses battements de cœur s'accélérer.

Arianna traversait la réception et venait vers lui.

2.

C'étaient peut-être les derniers lambeaux de son rêve. Celui-ci était d'une netteté troublante, ce matin. Arianna avait eu du mal à s'en libérer pendant qu'elle se douchait et préparait son petit déjeuner. Et, en arrivant au cabinet, elle avait eu un choc à la vue de ce séduisant médecin anglais, qui avait quelque chose d'étrangement familier.

Elle avait réussi à chasser cette impression pendant qu'elle examinait et soignait sa patiente, mais maintenant cela revenait la titiller. Et, lorsqu'elle revit le Dr Marsh dans la salle d'attente, elle eut l'intuition qu'elle le connaissait depuis… depuis ce jour fatidique, des années plus tôt, où un garçon blond aux yeux bleus l'avait sauvée de la noyade ?

C'était impossible. Ce genre de coïncidences n'existe pas, même si ce drame l'avait tourmentée durant son adolescence et avait hanté ses rêves d'adulte. Le Dr Marsh était probablement là pour autre chose. Pour *quelqu'un* d'autre.

Il se leva à son approche, silhouette longiligne et athlétique empreinte de séduction virile. Le genre d'homme que n'importe quelle femme a envie de connaître. C'était peut-être pour ça qu'il lui semblait familier.

— Docteur Petrakis…

— Arianna, je vous en prie, puisque nous vous avons déjà mis au travail. Vous êtes en vacances ici ? demanda-t-elle.

— Je suis venu à Ilaria pour vous voir.

D'accord. Peut-être l'avait-elle rencontré quelque part, finalement. Mais cela ne voulait pas dire que cet homme était celui qu'elle espérait retrouver.

— Excusez-moi… On se connaît ?

— Si vous êtes l'Arianna Petrakis que je crois, alors oui. Mais ça remonte à longtemps…

Visiblement méfiant, il hésitait à parler.

Et si son instinct était le bon ?

— Vous étiez sur le ferry qui a sombré au large du port ? interrogea-t-elle, le cœur battant.

— Oui. Vous étiez là aussi, vous portiez une robe blanche.

— En broderie anglaise, murmura-t-elle, comme si ce détail était soudain essentiel.

— Je crois. Il y avait des petits trous brodés… c'est comme ça que ça s'appelle ?

— Oui. Vous avez plongé quand je suis passée par-dessus bord.

Il sourit brusquement.

— Je crains que *plongé* soit un grand mot. Je vous ai vue glisser sur le pont en pente, et, quand vous êtes tombée à l'eau, j'ai sauté après vous.

— J'étais en train de me noyer…, dit-elle, le souffle court à ce souvenir. Vous m'avez sortie de l'eau.

— J'ignore comment je vous ai trouvée. Mais je l'ai fait, déclara-t-il en lui tendant la main.

Elle la prit et enlaça fermement ses doigts.

Incapable de le lâcher, elle s'agrippa à lui, comme ce jour fatidique, alors qu'elle était aveuglée par les larmes et l'eau salée, complètement affolée. Elle le serrait si fort que les sauveteurs avaient eu du mal à détacher ses bras du cou de Ben.

La situation était différente aujourd'hui. Ben Marsh n'avait plus rien d'un adolescent efflanqué, et elle avait la maturité nécessaire pour se rendre compte qu'il était très attirant.

— Vous avez encore de la poigne, remarqua-t-il en souriant.

— Oh ! pardon, bredouilla-t-elle sans pour autant le lâcher.

— Ne vous excusez pas. J'avais besoin que vous me teniez fort pendant que je nageais.

— C'est ça que vous m'avez dit ?

— Oui. Vous n'avez pas compris ?

— Non. Je ne parlais pas l'anglais, à l'époque.

Pendant vingt-cinq ans, elle avait aspiré à le revoir, mais, si ces années lui avaient appris quelque chose, c'était la retenue.

Elle lui lâcha enfin la main avec un frisson de regret.

— On ne peut pas parler ici. On va boire un café quelque part ? suggéra-t-elle.

Il secoua la tête.

— Je ferais mieux de revenir demain. Vous avez à faire.

La pensée de le voir partir et de devoir attendre encore toute une journée pour lui parler était insupportable.

— C'est bon. Je commence tôt le matin, et je finis à peu près à cette heure-ci. Andreas s'occupe du cabinet l'après-midi et le début de soirée. Il passera encore un moment avec Helen et m'appellera si nécessaire. Et, si elle n'est pas en état de rentrer à l'hôtel ce soir, nous avons des lits d'accueil ici, je reviendrai y passer la nuit…

Elle débitait des banalités sans reprendre son souffle. Elle aurait pu simplement lui dire qu'elle avait le temps de prendre un café avec lui. Et peut-être ajouter qu'elle avait plaisir à le revoir après toutes ces années.

— J'ai une idée, dit-il. Le dernier ferry est à 21 heures, et, si Helen va bien, je pourrai le prendre avec elle et Claire, et m'assurer qu'elles rentrent à leur hôtel en toute sécurité. Mais d'ici là j'aimerais beaucoup boire un café avec vous.

— Ce serait… Ça ne vous ennuie pas ?

— Pas du tout, du moment que vous attestez médicalement du bon état de santé de Helen et que je ne suis qu'un touriste voyageant avec elle, répondit-il avec malice.

— Bien sûr. Je vais chercher mon sac.

Elle quitta en hâte la salle d'attente, maudissant les précieuses minutes qu'il lui fallait pour examiner Helen et prévenir Andreas qu'elle serait au port, pour le cas où il aurait besoin de la joindre.

Elle avait attendu ces retrouvailles toute sa vie, elle ne voulait plus perdre la moindre seconde.

Cela ressemblait à un rêve, se dit Ben.

Il avait enfin retrouvé la fille qui avait changé sa vie ! Il avait l'impression d'avoir passé chaque jour avec elle depuis leur première rencontre, et, en un sens, c'était vrai. Il avait repris le cours de sa vie, mais elle n'avait jamais cessé de hanter son esprit.

Un peu étourdi, il quitta le centre médical avec Arianna, et ils descendirent la colline en direction du port, marchant en silence.

— Ici, ça va ? demanda-t-elle, désignant une petite taverne avec une terrasse ombragée qui donnait sur le port.

— C'est parfait.

N'importe quel endroit l'aurait été. Il avait le sentiment qu'Arianna aurait illuminé le plus minable des bouis-bouis.

Elle choisit une table à l'écart de l'agitation et s'assit. Un serveur s'approcha, la salua en l'appelant par son nom, et elle demanda à Ben ce qu'il voulait boire avant de passer leur commande en grec.

— Je suis contente que vous soyez venu, Ben. C'est bon de vous revoir.

Maintenant qu'ils pouvaient enfin se parler, elle perdait un peu de sa belle assurance.

— Je redoutais votre réaction, admit-il, se sentant soudain plus fort, comme s'il devait encore la protéger.

— Qu'est-ce qui vous fait dire ça ?

— C'est un article de journal qui m'a mené à vous. On y disait que votre frère se trouvait à bord du ferry et qu'il s'était noyé.

— C'est exact, répliqua-t-elle, soutenant son regard. Et, sans vous, je me serais noyée aussi.

Il haussa les épaules.

— Si ma venue vous est pénible parce qu'elle vous rappelle cette horrible journée, dites-le-moi.

Elle pinça les lèvres, songeuse.

— Croyez-vous que je pourrai jamais l'oublier ?

— Non. Moi non plus, je n'oublie pas, et... Il fallait que je vienne.

Le serveur surgit avec leur commande, posa sur la table boissons et amuse-gueules, et repartit aussitôt.

Arianna but une gorgée de café.

— Je ne vous ai jamais oublié, et je me suis souvent demandé ce que vous étiez devenu. Et maintenant je connais enfin votre nom, murmura-t-elle avec un sourire qui fit bondir le cœur de Ben.

— Et moi j'ai découvert le nom de la broderie dont était faite votre robe...

Elle se mit à rire.

— Nous avons donc tous les deux des réponses ! Je me suis interrogée sur ce qu'il vous était arrivé après que vous m'avez confiée aux sauveteurs. Dites-moi ce que vous avez fait, tout ce temps.

Il fut tenté de répondre qu'il l'avait attendue. Mais ce n'était pas tout à fait vrai. Il avait fait beaucoup d'autres choses. Mais il n'avait jamais cessé de se poser des questions sur la petite fille en robe blanche. Et, ces derniers temps, sauter dans l'eau pour la sauver de la noyade lui apparaissait comme une des rares réussites de sa vie.

En retrouvant Arianna, allait-il fragiliser ce souvenir parfait, le présent allait-il le détruire ?

Mais Arianna lui semblait incapable de détruire quoi que ce soit.

Il porta sa tasse de café à ses lèvres et en apprécia l'arôme puissant.

— Depuis le début ? demanda-t-il.

— Oui. Comment avez-vous regagné le rivage ? À la nage ?

— J'étais plutôt bon nageur, et je pensais en être capable.

Mais j'ai été content quand un bateau m'a repéré et est venu me récupérer. C'était très différent de la nage en piscine ou des exercices de sauvetage.

— J'imagine, commenta Arianna. Les mannequins dont on se sert en piscine ne gigotent pas comme moi…

— Et ils ne se cramponnent pas avec autant de force. Vous avez été très courageuse.

Elle sourit.

— Vous étiez tout ce à quoi je pouvais m'accrocher. Je vous dois la vie.

Il sentit le sentiment de fierté l'étreindre. Ce sentiment avait changé sa vie à lui et l'avait guidé à travers les jours les plus sombres. Lui aussi, il devait la vie à Arianna.

— Eh bien… Le bateau a récupéré d'autres naufragés et nous a ramenés au port. J'ai réussi à retrouver mes parents, ma sœur et mon frère, et j'ai reçu un bon savon de la part de mon père pour m'être enfui.

— Vous ne leur avez pas dit que vous aviez sauvé quelqu'un ?

— Non. Je me sentais… si bien. Je voulais garder ça pour moi, c'était mon secret.

— C'est pour ça que je ne vous ai pas trouvé en parcourant les journaux de l'époque. Mais je savais que vous aviez survécu, car votre description ne figurait pas sur la liste des victimes. Un autre mystère résolu, conclut-elle avec un sourire.

— Vous m'avez cherché ?

— Bien sûr ! En quoi cela vous étonne-t-il ? Vous étiez mon super héros, surgi de nulle part pour me sauver avant de disparaître !

Il n'était pas le héros qu'elle croyait. Il était imparfait, capable du meilleur comme du pire. C'était peut-être même pour cela qu'il avait décidé de venir, après tant d'interrogations et d'incertitudes. Il voulait se confronter à ce dont il était *capable*. C'était une façon de croire de nouveau en lui.

Il raconta à Arianna le reste de l'histoire.

En apprenant le naufrage du ferry, l'hôtel où sa famille

séjournait avait envoyé un bateau les récupérer. Les vacances avaient été écourtées, et ils étaient rentrés en Angleterre. Il avait repris l'école puis avait fait des études de médecine.

— Qu'est-ce qui vous a donné envie d'être médecin ? demanda Arianna avec curiosité.

— Comme tout le monde, je suppose. Je voulais changer les choses.

— Parce que vous saviez déjà que vous pouviez le faire ?

— Ce jour-là, sur le ferry… Je n'ai jamais oublié ce que j'ai ressenti. Je croyais que toute ma vie serait comme ça, avoua-t-il, conscient de sa naïveté d'adolescent.

Elle ne le quittait pas des yeux, et peut-être comprenait-elle à demi-mot.

— Ça vous a changé. Vous vouliez encore éprouver ça.

— Oui. Ça comptait beaucoup pour moi.

C'était presque avouer qu'il avait besoin d'elle aujourd'hui.

— Et après vos études de médecine ?

— J'ai décroché un poste et travaillé dur. Je suis tombé amoureux, je me suis marié. Nous avons acheté une maison, puis notre Jonas est arrivé, donnant un nouveau sens au mot « fatigue ».

— Il paraît que les enfants font ça… Votre épouse et votre fils sont en Grèce ? J'aimerais beaucoup les connaître.

— Jonas est là. Nous sommes descendus dans un hôtel du continent avec ma sœur et sa famille. Mon épouse, Emma, est morte dans un accident de voiture il y a quatre ans, alors que Jonas avait un an.

Aujourd'hui, il pouvait en parler sans avoir mal. Le temps guérit les blessures, atténue le chagrin. Mais il en va autrement de la culpabilité, et il n'en parlait jamais.

Arianna porta la main à sa bouche.

— Oh ! Je suis tellement désolée, Ben.

— Ce… Ce n'est pas rien, mais je vis avec. Peut-être avez-vous le même sentiment au sujet de votre frère ?

Elle réfléchit un moment.

— Je n'ai jamais vraiment accepté d'être la survivante.

C'était aussi ce qu'il éprouvait. Par sa faute, Emma était seule en voiture avec Jonas au moment de l'accident. Si leur fils en était sorti indemne, c'était grâce à la vivacité d'esprit et à l'abnégation de sa femme. Toute la culpabilité, tous les regrets du monde n'y changeraient rien, et en parler *ad libitum* non plus.

À la lueur du soleil couchant, il crut voir des larmes dans les yeux d'Arianna.

Elle lui cachait des choses, mais il ne voulait pas insister. Lui non plus, il n'avait pas tout dit.

— C'est dur d'être celui qui reste, n'est-ce pas ?

Elle acquiesça.

— Comment gère-t-on ça ? demanda-t-elle.

Lui, il n'y arrivait pas. Mais elle n'avait pas besoin de le savoir.

— Disons juste que ça a flanqué un coup fatal à ma conviction que je pouvais changer le monde. La première année a été très dure. La suivante, un peu moins. Et puis… un soir, il y a environ six mois, j'étais sur Internet pour trouver des destinations de vacances pour Jonas et moi, quand je suis tombé sur Ilaria. Ça m'a fait penser à vous. Je n'ai pas résisté à l'envie de rechercher des informations sur les passagers du ferry le jour du naufrage, et j'ai déniché ce vieil article de journal. Je n'y comprenais rien car il était rédigé en grec, mais il était accompagné d'une photo de vous et de votre famille. Dès que j'ai su votre nom, j'ai éprouvé le besoin de vous retrouver.

— Et vous avez débarqué ici et volé à la rescousse de Helen. Dès qu'elle a été en état de parler, elle m'a dit combien vous avez été gentil avec elle.

Il secoua la tête.

— Je ne crois plus à mes capacités salvatrices.

Il y avait cru autrefois, mais il n'avait pas sauvé Emma. C'était une leçon salutaire.

Arianna se pencha pour prendre une allumette dans le distributeur pour allumer le photophore posé sur la table.

— Vous devriez, remarqua-t-elle. Ilaria m'a appris plusieurs choses depuis que j'y vis. Elle peut être source d'enseignements pour vous aussi.

Il la scruta, se demandant si c'était par gentillesse qu'elle parlait ainsi. À la lueur de la bougie, il crut voir une lueur d'espoir dans ses yeux.

Peut-être. Il n'aurait pas parié là-dessus, mais il n'aurait pas cru non plus qu'Arianna avait pensé à lui toutes ces années.

Et si Ilaria était un endroit où tout était possible ?

En tout cas, même s'il avait déboulé dans la vie d'Arianna sans prévenir, lui rappelant des souvenirs qu'elle aurait probablement préféré oublier, il ne voyait pas trace de regret dans son regard.

Il s'autorisa alors à demander :

— Arianna, voulez-vous me raconter à votre tour ce que vous avez fait durant ces vingt-cinq dernières années ?

3.

Arianna aurait dû s'y attendre. Elle avait posé la question à Ben, et il avait répondu. Son tour était venu de parler, mais cela lui semblait beaucoup plus difficile que d'écouter.

— Vous avez lu les journaux. Vous savez qui est mon père et tout ce que vous avez besoin de savoir.

L'identité de son père. La mort de son frère. Le fait qu'elle ait survécu au naufrage et pas Xander. Si on voulait résumer sa vie en quelques mots, ces trois éléments recouvraient presque tout.

— Votre père est Ioannis Petrakis, déclara Ben, donnant au nom grec une inflexion anglaise qui sonna étrangement. C'est en partie grâce à sa notoriété que j'ai pu vous retrouver. C'est un homme important qui fait l'objet de nombreux articles accompagnés de photos dans la presse.

Elle sentit son cœur sombrer.

La pensée que Ben était ici à cause de la fortune et de l'éminente position de son père lui mettait un goût amer à la bouche. Le souvenir qu'elle avait gardé de lui était un secret jalousement gardé pendant toutes ces années. Soudain, même cela lui échappait.

— Alors vous savez que j'étais une petite fille riche et gâtée ?

Ben haussa les épaules.

— Je sais que votre père est un homme fortuné, mais je ne vous connais pas assez pour dire si vous étiez ou non une enfant gâtée. Pour moi, une gosse trempée et terrifiée n'est jamais qu'une gosse.

— Nous avions pris le ferry parce que le bateau de mon père avait un problème de moteur. J'avais adoré l'ambiance colorée et bruyante qui y régnait. Après la mort de Xander, je n'ai plus guère eu l'occasion de faire des choses aussi extraordinaires. Mon père ne l'aurait jamais permis.

Ben hocha lentement la tête.

— Les parents veulent protéger leurs enfants à tout prix. Après la mort d'Emma, je n'avais qu'une idée en tête : enfermer mon fils pour qu'il soit en sécurité. Mais il commence à prendre conscience qu'il y a un monde en dehors de la maison, et il a envie de l'explorer.

Si elle avait vu sur le visage de son père l'expression angoissée qu'affichait Ben à cet instant, elle aurait peut-être un peu mieux compris. Mais ce n'était jamais arrivé.

— Mon père nous enfermait bel et bien, dit-elle. Ma mère étouffait. J'avais quatorze ans quand elle a demandé le divorce.

— La mort d'un enfant est une des épreuves les plus dures qu'on puisse affronter.

Ben la comprenait car il s'était battu pour surmonter une perte douloureuse. Son père à elle n'avait pas paru lutter, gérant juste sa famille d'une main de fer, mais elle le comprenait peut-être un peu mieux maintenant.

— Il n'y avait pas de place pour autre chose que le chagrin à la maison, reprit-elle. J'essayais d'être sage et de ne pas compliquer l'existence de mes parents, mais je n'ai jamais pu être à la hauteur du fils qu'ils avaient perdu.

Ben changea de position sur sa chaise, comme si le sujet était clos.

— Alors vous avez décidé de ne compter que sur vous-même et de vous concentrer sur ce que *vous* vouliez ?

Elle apprécia sa réaction. Il réfléchissait, tempérant ses impulsions avec sa tête et son cœur.

— Oui. Je n'ai rien pu changer le jour où mon frère est mort, mais maintenant je peux agir. Mon père m'a menacée de me couper les vivres quand j'ai fait une demande pour intégrer l'école de médecine d'Athènes, mais il s'est contenté de réduire ma pension, et elle m'a suffi amplement.

— Vous avez séjourné à Londres, non ?

Elle lui jeta un regard interrogateur, et il hocha la tête.

— Je l'entends à votre accent. Personne ne parle aussi bien une deuxième langue à moins d'avoir vécu dans le pays.

— Nous sommes venus vivre à Londres quand j'avais onze ans. L'ultime tentative de mes parents pour échapper à leur chagrin et sauver leur mariage. J'ai fréquenté l'école de Regent's Park.

Il sourit, l'air incrédule.

— Vous portiez un canotier en paille avec l'uniforme d'été ? Avec un ruban bleu ?

— Oui, d'un bleu assorti à notre blazer et notre robe…

Elle avait détesté l'uniforme vieillot style années 1970 de l'établissement réservé aux jeunes filles de bonne famille.

— J'étudiais à l'école de médecine tout près de là, dit-il. Quand on faisait un break, on allait s'asseoir dans le parc.

Ils se sourirent, amusés par la coïncidence.

Peut-être l'avait-il vue à l'époque. Peut-être l'avait-elle aperçu parmi les jeunes gens qui flânaient au bord du lac, si libres comparés à elle qui menait une existence recluse.

Ils avaient fréquenté les mêmes lieux, vu les mêmes choses. Si elle l'avait su, peut-être son adolescence lui aurait-elle semblé un peu moins solitaire. Ou peut-être pas. En un sens, elle avait l'impression que Ben avait toujours été là. Il était déjà comme un vieil ami avec qui elle avait perdu le contact, mais suffisamment proche pour qu'ils puissent reprendre une conversation là où ils l'avaient laissée.

— Je suis retournée à Londres après avoir obtenu mon diplôme de médecine, dit-elle. J'ai postulé pour intégrer un programme d'échange entre jeunes médecins diplômés, et j'ai travaillé dans un centre médical près de Charing Cross.

Il hocha la tête.

— Mon cabinet se trouve tout près.

Une autre occasion de se croiser dans la rue. De fréquenter les mêmes restaurants, les mêmes bars… Mais le fait qu'ils aient respiré le même air suffisait, puisqu'ils s'étaient enfin retrouvés.

— Vous vous plaisiez à Londres, alors ? demanda-t-il.

— C'est une ville très agréable. Mais, pour être franche, je cherchais surtout à m'éloigner de mon père. Ça n'a pas si bien marché, car il a des intérêts dans toute l'Europe et passe son temps à voyager. Quand je suis allée à Athènes, il a décidé d'y acheter une maison, et, lorsque je suis retournée à Londres, il a soudain éprouvé le besoin de s'y installer et d'y organiser des réceptions.

— Pas le genre de fêtes qu'apprécient les jeunes diplômés en médecine, j'imagine, remarqua Ben avec un sourire amusé.

Elle se pencha vers lui.

Cela lui paraissait si naturel de se confier à lui ! Pas seulement parce qu'elle lui devait la vie, mais parce qu'il savait mettre les gens à l'aise comme personne.

— Des réceptions huppées où je pourrais rencontrer de bons partis qui me feraient oublier la médecine et me transformeraient en dame de la bonne société.

— Je suppose que ça n'a pas marché ?

Cela avait failli marcher, mais pas comme son père l'avait espéré. Lawrence était l'opposé de son père. Intrépide et anticonformiste, il vivait au jour le jour sans penser au lendemain. Leur relation avait été agréable au début. Il l'avait subjuguée et l'avait demandée en mariage avant qu'ils aient le temps de se connaître.

Elle lui avait dit oui… Beaucoup trop tôt. Puis elle avait ouvert les yeux.

L'idée que Lawrence avait de leur vie était en réalité la façon dont *lui* voulait la vivre. Son projet était de voyager en dépensant la fortune de sa femme, sans tenir compte de sa carrière à elle. Pourquoi voudrait-elle travailler, puisqu'elle n'en avait pas besoin ? Mais, même alors, elle avait été consciente que son travail était l'unique facteur d'équilibre de sa vie, la seule raison pour laquelle, pensait-elle, elle avait survécu à son frère lors du naufrage.

Tout cela appartenait au passé, désormais. Elle avait pris sa décision, son cœur blessé avait guéri, et elle s'était juré de ne plus commettre la même erreur.

— Non. Ça n'a pas marché.

— Il organise aussi des réceptions ici ? demanda Ben en souriant.

— Non. Mon père ne vient jamais à Ilaria.

— Trop de souvenirs ? dit-il avec douceur.

— Oui.

Que se serait-il passé si elle était morte à la place de Xander ? Si son frère était devenu médecin et s'était installé à Ilaria ? Son père serait probablement retourné sur l'île, et la carrière de Xander aurait sans doute compté pour lui.

— Mais vous avez vos propres souvenirs, observa Ben.

— J'adore le mode de vie, ici. On a besoin de moi, et c'est ce que j'ai toujours voulu. Mais j'ai choisi Ilaria parce que j'ai pensé que fuir mes souvenirs n'était pas le meilleur moyen de les accepter.

— Le meilleur moyen n'est pas toujours le plus facile.

Il y avait de la tendresse dans les yeux de Ben, et elle se raidit pour ne pas fondre en larmes. Les cauchemars et les pleurs étaient réservés aux heures sombres de la nuit.

— Alors… Combien de temps comptez-vous… Combien de temps comptes-tu rester ici ? lança-t-elle, ne résistant plus à l'envie de le tutoyer. Est-ce que j'aurai l'occasion de faire la connaissance de ton fils ?

— Nous sommes ici pour trois semaines, et nous séjournons à l'hôtel. Ma sœur nous a rejoints avec sa famille, elle garde Jonas aujourd'hui. Mais j'ai parlé de toi à mon fils, et il aimerait te connaître. Je l'emmènerai avec moi la prochaine fois que je viendrai.

— Et quand reviendras-tu ? demanda-t-elle impulsivement.

— Je suis en vacances. Je n'avais pas de projets particuliers, sauf te retrouver…

Il était venu pour elle !

Personne n'avait jamais été là pour elle.

Son cœur battait à tout rompre sans qu'elle ne puisse rien y faire. Le courant passait entre eux, et la situation était explosive. Elle devait absolument éviter de penser à l'effet qu'il avait sur elle.

Elle avait encore des tas de choses à dire à Ben. Elle ignorait lesquelles, mais elle savait qu'elle avait besoin de passer plus de temps avec lui. *Beaucoup* plus de temps.

— J'ai travaillé le week-end dernier, alors je suis libre demain, déclara-t-elle. Que dirais-tu de venir chez moi avec Jonas ? Nous déjeunerons, et il pourra jouer sur la plage.

— Tu as une plage privée ? dit Ben, l'air surpris.

— Euh… oui… Elle est toute petite, mais il s'y plaira. Elle est isolée, et il pourra courir et s'amuser en toute sécurité.

— Il sera ravi. Et moi aussi, merci. Si cela ne te dérange pas trop…

— Pas du tout. Vous pouvez prendre le ferry du matin, et je vous retrouverai au terminus.

Hochant la tête, il jeta un coup d'œil à sa montre et fit la grimace.

— Je crois que nous devrions retourner au centre médical pour voir si Helen est d'attaque pour rentrer à l'hôtel ce soir.

Où avaient donc filé les heures ? Elle avait l'impression qu'ils s'étaient assis à cette table il y avait à peine cinq minutes, mais il n'y avait plus une goutte de café dans le pot apporté par le serveur, et le soleil atteignait l'horizon.

Ils regagnèrent à pied le cabinet médical, et elle ne résista pas à l'envie de prendre la route qui passait par le port et la vieille ville. Quand Ben s'arrêta quelques instants pour admirer le coucher de soleil, elle ne put s'empêcher de sourire.

Visiblement, il aimait Ilaria, et cela comptait pour elle.

Au centre médical, Andreas lui rendit compte de l'état de

Helen, bien remise de sa crise d'asthme. En l'auscultant, elle n'entendit plus aucun sifflement suspect dans ses poumons.

Elle rejoignit Ben dans le hall d'accueil désert.

— Helen est en train de s'habiller. Elle peut rentrer. Je lui ai donné un inhalateur de rechange, et je vais rédiger une décharge dont je te remettrai une copie. À quelle heure viendrez-vous demain ? Il y a un ferry qui arrive à 11 heures.

Déjà, elle attendait avec impatience la journée du lendemain qui lui ramènerait Ben. Elle avait une longue nuit devant elle avant de le revoir, et elle voulait soudain savoir exactement combien d'heures elle allait devoir l'attendre.

— 11 heures, c'est parfait, répondit-il en sortant son téléphone de sa poche. Nous devrions peut-être échanger nos numéros de téléphone pour que je puisse te prévenir si nous sommes retardés.

Bien sûr. Pourquoi n'y avait-elle pas songé ? C'était quelque chose de concret qu'elle pouvait emporter avec elle. Elle lui répéta son numéro de portable et il s'assura qu'il l'avait bien noté.

Maintenant, elle avait *son* numéro.

— Ben, je suis vraiment contente que tu sois venu. Ça compte beaucoup pour moi…

Soudain, et sans vraiment comprendre comment c'était arrivé, elle se retrouva dans ses bras. Sans doute avait-elle fait le premier pas. Ben n'avait pas bougé, mais sa réaction était sans équivoque. Le rapprochement semblait tout naturel, comme si le temps s'était compressé et qu'ils étaient devenus des amis de longue date en l'espace de quelques heures.

Il avait un corps ferme et dur, et, tandis qu'il la serrait contre lui, ses yeux s'emplirent de larmes.

Pour la première fois depuis une éternité, elle se sentait en sécurité.

4.

— On arrive bientôt, papa ?

Un garde-fou vitré les protégeait des embruns, mais Ben agrippait fermement la main de son fils. Une réaction instinctive qui remontait au jour où il avait vu Arianna glisser sous le bastingage du vieux ferry, réaction qui s'était encore renforcée depuis la mort d'Emma.

— Pas encore, bonhomme.

Il s'accroupit et, tenant l'enfant contre lui en un geste protecteur, il pointa du doigt un point sur l'horizon.

— Regarde, nous allons là-bas.

Au loin, Ilaria semblait luire sous le soleil. Il avait envoyé un texto à Arianna pour lui dire qu'ils étaient sur le ferry, et elle lui avait confirmé qu'elle les attendrait au terminus. Peut-être était-elle déjà là, lumineuse comme son île.

— C'est loin ? demanda Jonas.

— Environ un kilomètre et demi, répondit Ben au jugé. On y sera bientôt, mais il faudra attendre notre tour pour débarquer.

— D'accord, répliqua Jonas en scrutant l'île qui se dessinait à l'horizon.

Encore une quinzaine de minutes à patienter avant de revoir Arianna. Ben se sentait au moins aussi impatient que Jonas. Il n'avait pas cessé de penser à leur étreinte de la veille.

À présent qu'il allait la revoir, il se disait que ça n'avait été qu'un simple rapprochement. Un rapprochement qui avait duré plus que nécessaire, plus éloquent que des mots.

Il savait qu'Arianna l'avait ressenti aussi. En entendant

des pas s'approcher dans le couloir menant à la réception, elle s'était écartée de lui en s'essuyant les yeux, et à l'instant il avait éprouvé le besoin de la protéger, comme vingt-cinq ans plus tôt.

Il n'avait ressenti cet instinct de protection envers personne à part Jonas. C'était comme si Arianna avait effacé toutes ces années et réveillé l'homme qu'il avait été autrefois. Celui qu'il espérait redevenir.

Jonas s'intéressait à tout. Aux gens qui l'entouraient, aux manœuvres du ferry pour entrer dans le port, à ce qui les attendait sur la terre ferme. Ben lui tenait la main, scrutant la foule à la recherche d'un visage, et son cœur bondit quand il aperçut Arianna, vêtue d'une robe d'été jaune vif. Troublé, il lui fit signe quand elle agita la main, et il la désigna à Jonas, qui salua à son tour la dame dont lui avait parlé son père.

Arianna sourit à Ben avant de se tourner vers l'enfant.

— Bonjour, Jonas, dit-elle, bienvenue à Ilaria. Je m'appelle Arianna.

— Bonjour, répondit le garçonnet, intimidé, en observant l'inconnue.

— Comment s'est passée la traversée ? Ça t'a plu ?

Jonas hocha la tête.

Arianna regarda Ben.

— Je suis garée sur le port. J'ai pensé qu'on pourrait peut-être s'y promener un peu ?

— Qu'en dis-tu, Jonas ? On va voir les bateaux ?

— Oh oui, papa ! s'écria l'enfant, ragaillardi.

— D'accord. Allons au port, alors.

Elle avait visiblement très envie de faire aimer Ilaria à Jonas et de se faire apprécier de lui. Elle sortit des boissons rafraîchissantes de son sac en paille et sourit quand Jonas en prit une. Il vaincrait bientôt sa réticence, et alors… Que pouvait-on ne pas apprécier à Ilaria ? Que pouvait-on ne pas aimer chez Arianna ?

Il s'empressa de rectifier. *Aimer*, c'était peut-être un peu fort.

Jonas fut présenté aux pêcheurs qui s'affairaient sur les bateaux à l'ancre, et il fut autorisé à monter à bord d'une embarcation. Quand ils regagnèrent la voiture d'Arianna, il était tout excité. Celle-ci ouvrit la portière arrière du petit SUV, et il grimpa à l'intérieur sans regarder son père, s'assit sur le siège enfant et attendit que Ben l'attache.

Il leur fallut une dizaine de minutes pour arriver à la maison d'Arianna, située dans un quartier tranquille à l'écart de la ville. Elle ouvrit la porte, les invita à entrer, et ils pénétrèrent dans la demeure agréablement fraîche.

Les murs étaient peints en blanc, ponctués ici et là de pierres apparentes, et la décoration était résolument moderne, avec d'élégants meubles en bois et des tentures aux tons pastel. À l'arrière, des volets protégeaient l'espace de la chaleur du soleil de la mi-journée. Arianna les ouvrit, révélant un grand patio bordé de plantes en fleurs et ombragé par une pergola recouverte de vigne. Au-delà s'étendait une plage abritée, avec comme écrin le bleu de la mer à perte de vue.

— Tu as une très belle maison.

— Merci. On va dehors ?

— Oui ! s'écria Jonas avant que Ben puisse répondre.

— Très bien, dit Arianna en souriant. Je vais chercher à boire, puis tu pourras jouer sur la plage. La salle de bains est par là.

— Merci. Je crois que Jonas aura besoin d'une nouvelle application de crème solaire, répondit Ben en sortant le flacon de son sac, avec les tongs de l'enfant.

Dans la salle de bains carrelée d'un blanc immaculé, il retira son T-shirt à son fils et enduisit de crème protectrice la peau du garçonnet, qui trépignait d'impatience.

Il nota qu'il n'y avait qu'une brosse dans le verre à dents près du lavabo, et il se retint d'imaginer le même verre avec deux, voire trois brosses à dents.

Il ne cherchait pas à avoir une relation amoureuse ! En dépit de l'attirance immédiate entre Arianna et lui, c'était juste impensable. La culpabilité était un fardeau lourd à porter, et cela ne laissait de place dans sa vie pour personne d'autre que Jonas.

Ils retrouvèrent Arianna dans la cuisine, en train de mettre des tranches de citron et des feuilles de menthe dans un pichet de citronnade. Elle avait ôté ses sandales, et il s'efforça d'ignorer la grâce naturelle de ses mouvements et la façon dont sa jupe légère dansait autour de ses jambes nues.

— Je te laisse choisir une boisson pour Jonas dans le réfrigérateur. Tu y trouveras aussi une bouteille d'ouzo, si tu as envie de parfumer la citronnade.

— Merci. C'est une bonne idée.

Il avait l'impression d'être dans un rêve. Il ne s'était pas permis d'attendre quoi que ce soit de ces retrouvailles avec Arianna, et il ne savait pas quoi dire ni quoi faire. Elle aussi semblait un peu nerveuse.

Elle versa deux gouttes d'ouzo dans le pichet et remua le contenu, faisant cliqueter les glaçons. Il prit une bouteille de jus d'orange pour Jonas au réfrigérateur, la décapsula, et Arianna y glissa une paille. Puis elle ouvrit un paquet de barres de sésame au miel.

— Tu crois que Jonas va aimer ça ?

— Fais-lui goûter.

Comme elle hésitait, il prit deux barres dans la boîte, en croqua une et donna l'autre à Jonas.

— Mmm… C'est bon.

Comme il fallait s'y attendre, Jonas l'imita et hocha la tête d'un air appréciateur.

Arianna vida le reste des barres dans un bol, qu'elle posa sur le plateau avec le pichet, puis elle sortit du réfrigérateur deux plats recouverts d'un film protecteur.

— Je vais les faire réchauffer au four, dit-elle en guise d'explication. On va manger léger maintenant, et je cuisinerai plus tard…

— Ne te dérange pas pour nous, je t'en prie.

Tout en allumant le four, Arianna s'esclaffa.

— Tu es sur une île grecque, Ben. Tu crois que tu peux t'asseoir à ma table sans être nourri ?

La tension se dissipa d'un coup L'ambiance chaleureuse était revenue, balayant la gêne.

— Je n'oserais pas, dit-il en saisissant le plateau.

Elle ouvrit la porte de la cuisine pour lui permettre de l'emporter sur la table du patio.

Dehors, le parfum des fleurs porté par la brise se mêlait à l'odeur iodée de la mer. Derrière la maison, le sable descendait jusqu'au rivage, protégé de part et d'autre par des rochers qui isolaient la petite plage.

— Je peux faire un château de sable, papa ? demanda l'enfant d'un air suppliant.

Ben sortit le bob de Jonas de sa poche et le lui posa sur la tête.

— D'accord. À condition que tu restes là où je peux te voir.

— Il ne risque rien. C'est une crique privée, et le terrain de part et d'autre nous appartient. Viens voir, Jonas, j'ai des seaux et des pelles…

Les jouets de plage étaient soigneusement entreposés dans un coin du patio. Sous le regard amusé de Ben, Arianna montra à Jonas comment remplir le seau à un collecteur d'eau derrière la maison pour mouiller le sable et le façonner à sa guise. Visiblement ravie de s'impliquer, elle vainquit rapidement la timidité de son fils.

Ben traça une ligne dans le sable et interdit à Jonas de la franchir.

Habitué aux limites imposées, l'enfant était trop intéressé par son château de sable pour penser à aller barboter dans la mer, mais la façon dont Arianna avait réagi à la surprotection de son propre père fit réfléchir Ben. Il était tentant de croire qu'il protégeait Jonas pour compenser la mort d'Emma, et il reconnaissait que sa sollicitude envers son fils était parfois excessive. Et, si plus tard Jonas réagissait comme Arianna avec son père, il en aurait le cœur brisé.

Mais il y penserait plus tard, car pour l'instant il devait creuser des douves. Debout sur le côté, Jonas lui prodigua instructions et conseils avant de décider que, s'il voulait que le travail soit bien fait, il devait le faire lui-même.

Arianna rit sous cape en voyant le petit garçon prendre la pelle des mains de Ben et le congédier, le laissant regagner le patio ombragé.

— C'est un petit garçon génial. Tu dois être très fier de lui, remarqua-t-elle en observant le garçonnet pendant que Ben servait la citronnade.

— C'est vrai, admit ce dernier sans hésitation.

— Ça doit être dur de travailler en l'élevant seul.

Ben secoua la tête.

— Ça l'aurait été encore plus sans lui. Après la mort d'Emma, c'est lui qui m'a permis de tenir le coup. Et puis j'ai la chance que ma sœur, Lizzie, ait une fille de son âge et qu'elle soit mère au foyer. Elle s'en occupe volontiers quand je suis de garde.

— Un bon arrangement. Même si j'imagine que sa mère lui manque.

— Il ne se souvient pas vraiment d'Emma. Il m'interroge parfois sur elle, et nous en parlons en regardant des photos. Je crois qu'il ressentira davantage son absence quand il sera plus grand. Mais nous gérerons le problème le moment venu.

Arianna n'en doutait pas. La perte qu'elle-même avait subie lui semblait bien loin en comparaison, et elle n'avait pas autant chamboulé sa vie. En tout cas, Ben avait réussi à aller de l'avant, et elle ferait bien de prendre exemple sur lui si elle voulait se débarrasser de ses cauchemars.

Ils bavardèrent tranquillement, parlant des quartiers de Londres qu'ils connaissaient et de leur expérience de médecin. Quand le minuteur sonna dans la cuisine, elle se leva d'un bond et se précipita à l'intérieur.

Elle ressortit avec un plateau garni de couverts, de feuilletés à la feta, de boulettes à la grecque et de sauce au yaourt.

Jonas, que Ben avait dûment emmené se laver les mains au collecteur d'eau, goûta un peu de tout, puis il courut retrouver sa forteresse de sable. Elle prépara du café, et ils le regardèrent s'amuser. Quand le petit garçon héla son père, Ben et elle allèrent le rejoindre sur le sable.

— Ton château est magnifique, s'exclama Ben. Beau travail, Jonas. Qu'en penses-tu, Arianna ?

— C'est le plus beau que j'aie jamais vu !

Ben retroussa son pantalon pour s'agenouiller dans le sable près de son fils, et l'enfant se blottit contre lui.

— Belles douves. Comme celles du château de Leeds.

Jonas fronça le nez.

— Mais il n'y a pas d'eau au fond, papa. Et je ne peux pas dépasser la ligne, dit-il en montrant la limite tracée dans le sable.

— C'est vrai, bonhomme. Mais nous pouvons la franchir ensemble. Commençons par tasser le sable, d'accord ?

Ben se déchaussa et aplatit du pied le fond du fossé. Jonas l'imita, attentif au moindre de ses gestes.

Arianna s'agenouilla de l'autre côté.

— Je peux vous aider ?

— Tu entends, Jonas ? La princesse du château ne craint pas de se salir les mains, déclara Ben avec un sourire malicieux. On accepte son offre ?

— Oui ! Tu peux faire cette partie, s'il te plaît…

Pendant qu'ils s'affairaient côte à côte, elle sentit la peau tiède de Jonas contre son bras nu, ses petites mains presser les siennes.

Elle se souvenait vaguement de jeux avec d'autres bambins autrefois. Avant qu'elle ne dise adieu à l'enfance et ne devienne la petite fille qui ne fait pas de bruit et n'attire pas l'attention, de peur de libérer l'effroyable chagrin de ses parents, qui ne manquerait pas de la broyer.

— Papa, protesta Jonas, les sourcils froncés. Tu dois faire aussi les côtés. On fait les côtés, Arianna et moi.

— Dans une minute. Je finis là…

Mais Jonas trouvait que son père ne faisait pas les choses dans le bon ordre, et il entreprit de corriger le problème.

Les laissant se chamailler, elle alla chercher des seaux. Ben en prit deux, et Jonas le suivit avec deux plus petits. Quand ils atteignirent la démarcation tracée par Ben, l'enfant glissa un pied dessus avec un sourire effronté. Éclatant de rire, Ben le hissa dans ses bras pour lui faire franchir la ligne, et ils firent la course jusqu'au rivage. En arrivant dans l'eau, Jonas lâcha ses seaux et commença à arroser son père.

— Ah, c'est comme ça, hein ? grogna Ben, le soulevant en l'air et menaçant de l'enfoncer dans les vagues.

Jonas hurlait de joie, battant des bras et des jambes, et, en frôlant la surface de l'eau, il aspergea copieusement le visage de son père.

Arianna s'esclaffa.

Deux têtes blondes se tournèrent vers elle. Jonas agita les bras, l'invitant à se joindre à leur jeu. Le sourire de Ben était moins démonstratif, mais encore plus irrésistible.

Pouvait-elle franchir la ligne ? La ligne qui avait été tracée quand son frère était mort et qu'elle avait soudain été aspirée dans l'abîme de désespoir d'une famille inconsolable ? Elle avait cru qu'elle ne pourrait plus jouer avec des enfants, mais comment résister au sourire de ses deux invités ?

Elle s'approcha du rivage et, dès qu'elle fut à sa portée, Jonas l'arrosa. Ben souleva l'enfant.

— Doucement, fiston ! Ne mouille pas la robe d'Arianna.

Mais elle s'en moquait. Relevant sa jupe d'une main, elle entra dans l'eau et éclaboussa gentiment Jonas, avant de s'attaquer sans pitié à son père.

— Hé ! Comment se fait-il que je sois aussi mouillé ?

Ben était craquant, avec son T-shirt qui lui collait à la peau, soulignant ses larges épaules. Elle était tentée d'y glisser les doigts pour voir s'il était aussi agréable à toucher qu'il en avait l'air. Ses yeux bleus étaient rieurs, mais elle y lisait aussi un désir brûlant.

Jonas décida de mettre toutes les chances de son côté. Quand son père le posa, il remplit un seau et courut le vider sur Ben.

— Tu l'auras voulu, le menaça son père en le pourchassant avec un grand seau plein d'eau de mer.

Jonas courut se réfugier derrière elle en criant.

Les yeux malicieux que Ben posait sur Arianna parlaient d'un jeu plus adulte. Il alla remplir l'autre seau et revint vers le château de sable pendant qu'elle aidait Jonas à aller chercher de l'eau dans la mer. Il lui confia un seau, prit sa main, et ils allèrent rejoindre Ben.

Ben vida délicatement l'eau dans les fossés du château, et sourit à Arianna avant de retourner remplir le seau.

Saisie d'une bouffée de désir, elle s'efforça de fixer son visage. Mais elle ne put s'empêcher de l'observer, et il fallut que Jonas lui secoue la main avec impatience pour l'arracher à sa contemplation.

Quand elle regarda de nouveau vers le rivage, Ben avait retiré son T-shirt et l'essorait, la peau de son torse luisant sous le soleil, qui semblait le caresser. Elle se figea.

— Il faut encore plus d'eau, déclara Jonas en lui donnant un coup de coude qui la fit sursauter.

— Oui, tu as raison.

Elle prit le dernier seau et attrapa ses lunettes de soleil, qu'elle chaussa.

C'était une piètre défense contre la vision du corps doré de Ben Marsh, mais on verrait moins son regard à travers les verres teintés.

Au bord de l'eau, Ben secoua son T-shirt et le remit. Mais l'image de son torse nu était imprimée au fer rouge dans l'esprit d'Arianna.

Une fois le fossé rempli, Jonas entreprit de construire une

passerelle au-dessus avec des galets et des coquillages. Ben alla s'asseoir près d'Arianna sur les marches de la terrasse.

— Tu veux une serviette ? demanda-t-elle.

Il sentait le soleil, le sable et la mer. Elle éprouva la nostalgie des étés de son enfance passés dans l'île avec sa famille.

— Non, ça va, merci. Je suis presque sec.

Elle avait remarqué. Elle avait scruté son T-shirt, où les traces d'humidité séchaient peu à peu, et elle pouvait presque - *presque* – le regarder sans que son cœur s'affole.

— Ton cabinet est à la fois très différent du mien et très similaire, observa-t-il en s'appuyant sur les coudes, le visage offert à la caresse du soleil.

— Oui. Certains problèmes sont spécifiques, mais ces types d'établissements sont les mêmes partout, je l'ai remarqué quand je travaillais à Londres, où j'ai d'ailleurs appris un tas de choses.

Il hocha la tête.

— Mon cabinet tuerait pour les installations que vous avez ici. Mais il est plus facile pour moi d'envoyer les gens à l'hôpital pour des examens comme les tests sanguins et les radios.

— Il est vrai que nous sommes mieux équipés que d'autres cabinets du coin.

Il haussa les sourcils d'un air interrogateur.

— Quand je suis arrivée ici, dit-elle, répondant à sa question tacite, il n'y avait ni médecin ni centre médical. Les malades devaient se rendre sur le continent. On avait les fonds pour créer un cabinet, mais il en aurait fallu bien davantage pour s'offrir un établissement de cette qualité. C'est alors qu'un donateur anonyme a fait un legs extrêmement généreux.

Ben acquiesça lentement.

— On peut dire qu'il est arrivé à point nommé…

Son regard pétillait d'humour, il avait tout compris.

— N'est-ce pas ? Mon père avait enfin admis que ma vocation de médecin était sérieuse. Il avait espéré que je choisirais d'ouvrir un petit cabinet à Athènes à mon retour en Grèce, mais il savait que je ne pouvais pas refuser cette donation.

— Parce qu'elle n'était pas vraiment pour toi mais pour tes patients.

— Oui. Quand je l'ai démasqué, il a dit qu'il voulait que j'aie un bel endroit où travailler. Mais, si c'était sa seule motivation, il aurait pu dépenser beaucoup moins…

— C'était un geste altruiste, finalement ?

— Mon père aime Ilaria. À ton arrivée, hier, tu n'as pas remarqué combien le port avait changé ?

— Rien ne m'a paru familier. Mais j'y avais passé moins d'une journée, et c'était il y a longtemps…

— Le ferry sur lequel nous nous trouvions avait été heurté par un navire plus gros qui venait de quitter le port. Il y a toujours eu un trafic important dans la baie. Mon père a fait construire un terminal de ferry séparé pour sécuriser la circulation des ferries et des plus petits bateaux. Deux hommes d'ici se sont noyés en même temps que mon frère, ce jour-là. Mon père a veillé à ce que leur famille ne manque de rien. Il a aussi fait construire un hôtel qui a créé des emplois et permis aux îliens de rester à Ilaria.

— C'est un bienfaiteur discret, observa Ben en souriant.

— Avec son chéquier. Il ne se montre jamais en personne.

— Jamais ?

— Non. Je ne m'attendais pas à ce qu'il achète une maison ici. J'espérais qu'il finirait par revenir, mais il n'a pas remis les pieds dans l'île depuis le naufrage, et je ne l'ai pas vu depuis deux ans.

Ben, l'air tendu, détourna son regard vers Jonas en train de jouer dans le sable.

Arriverait-il un jour à prendre ses distances avec son fils ? Si Jonas devenait astronaute, peut-être…

— Ton installation ici a dû être un défi, dit-il enfin.

— Oui et non. À mon arrivée, j'ai travaillé dur pour

surveiller les travaux de construction du cabinet et gagner la confiance des gens. La plupart des anciens se souvenaient de moi enfant et savaient ce qui m'était arrivé, mais j'ai mis du temps à les convaincre que je pouvais devenir leur médecin.

— S'immerger dans le travail, cela permet de supporter bien des choses. Ça a été mon cas après la mort d'Emma… Mais, dès que j'ai pu souffler, j'ai compris que je n'avais fait que retarder le moment d'affronter mon deuil.

Était-ce ce qu'elle avait fait ? Elle n'avait jamais parlé de ses cauchemars, et on ne l'avait jamais interrogée.

— Tu as fait des cauchemars ? demanda-t-elle, n'osant pas le regarder.

— Oui.

— Et ils ont disparu ?

— Oui.

Elle devait rassembler ses forces et se ressaisir. C'était sa stratégie en cas de problème, et en général ça marchait.

— C'est bien, répondit-elle avec un soupir en se levant. Je vais préparer le déjeuner. Qu'est-ce que Jonas n'aime pas ?

— Il est à l'âge où on apprécie les nouvelles choses.

— Jonas, lança-t-elle, quel est ton plat préféré ?

— Le *fish and chips*, répondit-il spontanément.

— Tu aimerais goûter quelque chose de différent ? demanda son père en lui faisant signe de venir.

— Oui, répondit Jonas, le rejoignant et posant ses mains sales sur ses genoux. Papa dit que ce n'est pas grave si on essaye un truc et qu'on ne l'aime pas.

— Je vais voir si je trouve du poisson pané dans mon congélateur, alors, déclara-t-elle en souriant.

5.

Ils s'étaient rapprochés, inévitablement. La veille, Ben était resté plus longtemps que prévu chez Arianna. La magie du soleil et de la mer avait opéré. Assis sur la terrasse, ils avaient bavardé jusqu'à l'heure du dernier ferry.

Aujourd'hui, le travail les réunirait.

Aux questions de Ben sur son cabinet, Arianna avait fini par répondre en riant qu'il n'avait qu'à se faire une idée par lui-même. Il pourrait l'accompagner dans sa tournée des îles. Un médecin en visite pouvait observer, sans être habilité à exercer localement. Il y avait quatorze heures qu'il ne l'avait pas vue, et elle lui manquait déjà.

Arianna était bourrée de contradictions. À la fois vulnérable et compétente, impulsive et mesurée. Bien ancrée dans la réalité, elle était pourtant capable de rêver. Mais sa beauté n'avait pas d'égale. Comme la fascination qu'elle exerçait sur lui et dont l'intensité ne faiblissait pas.

Il aurait dû s'y attendre. C'était comme s'ils avaient fusionné le jour du naufrage et avaient passé les vingt-cinq dernières années à s'interroger sur ce que l'autre était devenu. Des années qui avaient été difficiles pour tous les deux, mais il prenait lentement conscience que retrouver Arianna avait été le principal but de sa vie.

— Là !

Jonas s'amusait à désigner à sa tante Lizzie chaque jeune femme brune qui entrait au bar de l'hôtel pour qu'elle devine s'il s'agissait ou non d'Arianna. Cette fois, son exclamation s'accompagna d'un gloussement.

Ben leva les yeux et sentit son cœur s'emballer.

Arianna portait une robe dans des tons rouges et roses et des chaussures bateau. Elle était radieuse, comme toujours.

Elle fit signe à Jonas, qui courut vers elle et la serra dans ses petits bras. Elle parut à la fois ravie et gênée, et Ben se demanda quelles fractures avaient pu diviser sa famille pour qu'elle soit aussi désemparée par l'exubérante manifestation d'affection d'un enfant.

— Tu es en avance, dit-il en souriant. Tu as le temps de boire un café avec nous ?

Arianna consulta sa montre et s'assit dans un fauteuil.

— Oui, je crois.

Il fit signe au serveur puis présenta à Arianna sa sœur, Lizzie, son mari, James, et leurs trois enfants. Arianna et Lizzie commencèrent à bavarder pendant qu'il passait la commande.

— C'est dommage que nous ne soyons pas descendus dans l'hôtel de l'île, remarqua Lizzie. Ben ne voulait pas en entendre parler, mais ça vous fait faire beaucoup d'allers et retours, tous les deux.

Le regard d'Arianna se posa sur lui.

— Ça aurait été plus pratique, en effet.

— Je ne savais pas si tu voudrais me revoir, et encore moins si tu aurais envie que je séjourne trois semaines dans l'île, répondit-il.

— Nous pourrions changer d'hôtel. Je crois que le nôtre est géré par le même groupe que celui de l'île, observa Lizzie, ignorant qu'elle était assise avec la fille du propriétaire des deux établissements. Qu'en dites-vous ?

James acquiesça en souriant, et tous les regards convergèrent vers Ben.

Il avait déjà pensé à s'installer sur l'île, mais il aurait préféré consulter d'abord Arianna.

— Je… Hum… On pourrait peut-être rester ici…

Le visage d'Arianna s'assombrit.

Mauvaise réponse. Il tenta de se rattraper.

— Ou on peut changer d'hôtel…

— Encore mieux, dit Lizzie. Qu'en pensez-vous, Arianna ?

Elle hocha la tête posément.

— Je connais le directeur de l'hôtel de l'île. Je vais lui demander ce qu'il peut faire.

Tout le monde approuva, mais il voulait s'assurer qu'Arianna était d'accord. Continuant à bavarder avec Lizzie, celle-ci s'enquit des projets de la famille pour la journée.

Au bout d'un moment, Ben regarda sa montre.

— On devrait peut-être y aller ?

— Oh ! répliqua Arianna, oui, je crois qu'il est temps…

Elle étouffa un bâillement tandis qu'ils quittaient l'hôtel sous l'éclatant soleil, et ils marchèrent en silence en direction de la marina. Elle semblait fatiguée, et il se rappela qu'elle faisait des cauchemars la nuit.

Elle lança, hésitante :

— Si tu n'as pas envie de séjourner à Ilaria…

— Je ne voudrais surtout pas qu'on t'envahisse.

Bonne réponse. Elle sourit, et toute trace de fatigue s'effaça de son visage.

— Mais pas du tout ! Ce sera sympa de vous avoir, toi et les tiens. L'hôtel a une jolie plage, moins fréquentée que celle d'ici. Vous pourrez vous détendre.

Comme ils atteignaient la jetée devant le joli bateau bleu et blanc du centre médical, il tendit machinalement la main pour la retenir, et soudain le monde autour d'eux s'évanouit tandis que ses doigts caressaient la peau tiède de son bras.

Elle inspira et leva les yeux vers lui. Leurs regards se soudèrent comme dans une étreinte. Dans un baiser tendre et doux.

— Lizzie et James se détendront et les enfants joueront sur la plage. Mais, *moi,* j'aimerais passer plus de temps avec toi, murmura-t-il.

Il lut sa réponse dans ses yeux. Chaleureux, brillant

d'émotion… Puis quelqu'un la bouscula, et le moment de grâce fut passé.

— Je… Hum… Je vais appeler le directeur de l'hôtel. Il trouvera une solution.

Ému par son regard plein de douceur, il eut envie de la serrer dans ses bras. De la protéger de la souffrance qui semblait peser sur elle.

— Tu es sûre ? Tu as travaillé dur pour être reconnue dans l'île pour ce que tu es et non comme la fille de ton père. Nous ne demandons aucune faveur.

— Je n'ai jamais rien demandé au directeur. Il sera content d'avoir quelque chose à rapporter à mon père.

Ben haussa les sourcils.

— Les gens font des rapports sur toi ?

Elle haussa les épaules.

— Ça ne fait pas partie de leur travail, bien sûr, mais mon père semble toujours au courant de ce que je fais. C'est sa façon de tenir à moi de loin…

Elle se détourna et monta sur le bateau avant qu'il ait pu réagir. Elle lui tendit un gilet de sauvetage et refusa en souriant qu'il l'aide à larguer les amarres avant de manœuvrer adroitement pour s'éloigner du quai.

— Tu vas souvent à Kantos ? dit-il en voyant l'île surgir à l'horizon, tandis que le bateau filait sur l'eau bleue.

— J'y donne des consultations le lundi et le vendredi, et Andreas y va chaque mercredi. Il y a aussi un pharmacien à plein temps sur l'île, qui gère les problèmes du quotidien. Je n'ai pas beaucoup de patients à voir ce matin, nous pourrons peut-être monter au lac Lava après.

Il avait bien compté visiter ce site superbe, mais le voir avec Arianna serait la cerise sur le gâteau.

Elle dirigea le bateau dans le petit port de Kantos et l'amarra. Il prit la trousse médicale, et ils s'engagèrent dans les ruelles étroites baignées de soleil.

— Nous y voilà, annonça Arianna en ouvrant la porte

d'une maison sombre et fraîche. La salle d'attente…, indiqua-t-elle, désignant une salle dotée d'un mobilier un peu vieillot et de sièges regroupés. Et voici mon cabinet de consultation.

Situé à l'arrière de la maison, il était meublé d'un grand bureau en acajou et d'une bibliothèque massive qui lui conférait un air solennel. Quand Arianna ouvrit les volets, le soleil s'engouffra à l'intérieur, illuminant sa robe aux couleurs vives.

— Tu veux vraiment patienter ici ? Tu es en vacances, et il y a une taverne sympa sur le port…

— Si ça ne te dérange pas. Je ne m'occuperai pas de tes patients, ce seront des vacances pour moi.

Elle alla chercher un lourd fauteuil en cuir, qu'elle plaça près du sien. Mais il sourit et le remit dans son coin.

— D'accord, dit-elle en riant. Fais-toi tout petit, alors.

Il remarqua rapidement les différences entre leurs façons de travailler. Elle n'avait pas de réceptionniste, et, quand elle appuyait sur l'Interphone pour faire entrer un nouveau patient au cabinet, il prenait sa place dans la file d'attente. Tout le monde se connaissait sur l'île, et ceux qui ne pouvaient pas attendre étaient pris en priorité. Mais il n'était pas question de passer devant les autres sans raison valable.

Arianna connaissait tout le monde. Elle appelait chacun par son nom sans même regarder son dossier, et, quand elle l'interrogeait sur sa santé, la longue réponse semblait comporter aussi bien des informations personnelles que des détails médicaux. Certains patients avaient droit à des instructions sévères, d'autres étaient gentiment rassurés.

Malgré la meilleure volonté du monde, il n'arrivait pas lui-même à connaître tous ses patients. Il prenait connaissance de leurs informations personnelles en consultant leur dossier avant leur arrivée. Son approche était réactive, alors qu'Arianna faisait preuve d'initiative.

L'avisant, un homme âgé s'adressa directement à lui et lui expliqua avec force gestes de quoi il souffrait. Les bras croisés, Arianna attendit qu'il ait fini de parler en désignant son bras gauche, qui semblait handicapé. Elle prit la situation en main, et son commentaire calme eut l'effet escompté. Le vieil homme se tourna vers elle et recommença ses explications en gesticulant.

— Qu'est-ce que tu lui as dit ? demanda Ben alors qu'ils attendaient le patient suivant.

— Que tu m'assistais aujourd'hui, et que tu ne connaissais pas les dossiers des patients. Et que tu risquais de lui faire lever le bras au-dessus de la tête, répondit-elle avec un sourire malicieux qui lui donna le vertige.

— Aïe. Il a l'épaule bloquée, c'est ça ?

— Oui. Ça ne te gêne pas que je t'aie présenté comme mon assistant ?

Pas le moins du monde. Arianna gérait ses patients avec charme et efficacité. Il l'assisterait quand elle voudrait.

— C'est mieux que rester dans mon coin. J'en suis ravi.

Il s'adossa à son fauteuil à l'entrée du nouveau patient.

Malgré quelques différences et touches personnelles, Arianna exerçait son métier comme lui. Elle était précise et compétente, comme tout médecin aspire à l'être. Mais, contrairement à lui, elle n'avait pas derrière elle de structure pour la soutenir. Elle devait sa réussite à elle seule.

Arianna se félicitait que, le grec de Ben se limitant à « s'il vous plaît » et « merci », il ne comprenne pas le mot *syzygos,* car nombre de ses patients l'avaient prononcé cet après-midi.

Oui, il était assurément « un bon parti ». Et, non, il ne figurait pas sur la liste de ses prétendants, car, aussi incroyable que cela puisse paraître pour les îliens, elle n'en avait pas.

Mais c'était agréable de travailler près de lui. Il devinait de quoi souffraient la plupart des patients rien qu'en la voyant travailler, sans jamais intervenir pour apporter ses propres observations. Un témoignage de respect dont son père aurait pu s'inspirer.

— Alors, dit-elle en se tournant vers lui, le dernier patient parti. Qu'en penses-tu ?

— Je trouve que tu es efficace.

— Ce n'est pas de la médecine de pointe, admit-elle.

Son père avait la conviction qu'elle aurait dû choisir un métier plus prestigieux. Et l'exercer dans un lieu plus en vue, en ville, par exemple.

— Que dire ? Je suis moi aussi généraliste, et je trouve que tu changes vraiment les choses. Et, si je pouvais connaître aussi bien mes patients, je les changerais davantage.

Elle leva les mains.

— Je croyais que tu allais dire que l'endroit où on exerce n'a pas d'importance. Mais tu prétends que ça en a et que je réussis mieux que toi.

Ben rit doucement.

— D'accord. Peu importe où l'on exerce. Il n'en demeure pas moins que tu fais plus pour tes patients que moi. Bon, tu es prête à partir ? J'ai hâte de voir le lac Lava.

La conversation tournait au flirt, sans doute à cause du plaisir suscité par le sourire de Ben. Elle allait lui répondre quand le téléphone fixe sonna.

Elle décrocha et s'assombrit en écoutant le message téléphonique.

Le lac Lava et Ben n'étaient plus à l'ordre du jour !

— Je regrette, Ben, mais le lac Lava devra attendre. Quelqu'un va te ramener à Ilaria. Il y a un problème.

— Que s'est-il passé ?

— Un accident sur un bateau de pêche. Je dois prendre l'embarcation du cabinet pour me rendre sur place.

— Je peux aider ? Je suppose que tu n'as personne de disponible.

— Tu es sûr ? Je ne peux pas attendre le retour d'Andreas, ça prendrait trop de temps.

— Alors allons-y.

Ben prit la mallette d'Arianna, et ils descendirent rapidement au port.

Un jeune homme les attendait sur le quai, et Arianna lui traduisit ses propos pendant qu'ils embarquaient avec lui.

— Les pêcheurs dérivent quelque part là-bas, dit-elle en désignant l'étendue marine. Ils ont eu une avarie de moteur, et il faudra les remorquer. Georgios va nous aider. Deux marins ont été blessés.

Ben serra la main de Georgios, qui rejoignit Arianna à la barre pour lui donner des indications sur la localisation du bateau de pêche. Celui-ci apparut bientôt, et Georgios s'entretint au téléphone avec ses occupants avant de rapporter la conversation à Arianna.

— Heureusement, ils ne sont pas en train de sombrer, dit-elle à Ben. Nous allons monter à bord pour évaluer la gravité des blessures pendant que Georgios installera le câble de remorquage.

— D'accord, dit Ben. Je suis à ta disposition.

Arianna était compétente et sûre d'elle. Bien que marquée par la confusion qui avait régné lors du naufrage, elle avait visiblement dépassé tout ça et n'avait plus peur de l'eau.

Elle manœuvra le bateau pour l'immobiliser le long du navire en détresse, un chalutier avec une petite cabine à l'arrière et des filets entassés pêle-mêle à l'avant. Un pêcheur assis se tenait le bras, et quatre autres entouraient une silhouette étendue sur le pont. Les gémissements du blessé se faisaient entendre par-dessus le grondement de la mer.

Ben monta à bord et se retourna pour prendre la trousse médicale que lui tendait Georgios, bientôt rejoint par Arianna.

Ils échangèrent un regard.

L'homme semblait gravement touché.

— Si tu veux bien t'occuper du pêcheur assis, Dimitri

parle un peu anglais, ça pourra t'aider, … des attelles et des écharpes dans la grosse m…

— Très bien, merci.

Il aurait voulu rester avec elle, mais mieux val… le travail. Elle l'appellerait si elle avait besoin de …

Il prit en charge le pêcheur blessé au bras sans … fier aux traductions approximatives de Dimitri. Un exa… poussé montra qu'il avait une vilaine fracture de l'avant-bra… et il alla chercher une attelle et une écharpe sur le bateau d'Arianna. Il lui laisserait le soin de gérer les antalgiques, car les notices des médicaments étaient en grec, et il ne voulait pas prendre de risques.

Entre-temps, Arianna avait demandé à Georgios de lui apporter un kit de brûlure. Revenant à son patient, Ben gonfla l'attelle autour de la fracture et plaça son bras en écharpe. L'homme le remercia d'un sourire, le pouce levé.

— Autre chose ? demanda-t-il en examinant une petite coupure à la joue, apparemment sans gravité.

— Non. *Entaxi*… D'accord, traduisit Dimitri en regardant Arianna agenouillée près de son ami blessé. Allez… aider.

— Très bien. Restez ici et surveillez-le, répondit Ben avec force gestes pour se faire comprendre.

Dimitri acquiesça et s'assit près du patient pendant que Ben allait retrouver Arianna, occupée à appliquer délicatement de la gaze hydrogel sur les sérieuses brûlures qui couvraient la peau du blessé du genou à la cheville.

L'homme souffrait visiblement beaucoup et semblait traumatisé par l'accident.

— Que puis-je faire ? demanda Ben.

— Sa jambe a été gravement brûlée par la vapeur du moteur, dit Arianna. Comme nous ne pouvons pas remorquer le bateau, il va falloir porter le blessé sur le mien et rentrer rapidement au port. Une ambulance nous attendra à la marina de l'hôtel. Je vais lui donner des antalgiques. Tu te charges des pansements ?

ôtant ses gants avant d'en enfiler
atient a le bras fracturé. Je ne lui
pris quelque chose.
anna. Je reviens dans une minute.
s alla chercher des médicaments
pansait les brûlures.
fit une injection d'antalgique
ait son collègue. Georgios passa
petit chalutier et leur lança un
deux embarcations.

Travaillant en silence, Arianna finit de panser les brûlures pendant que Ben assemblait la civière. On y allongea le patient, qui gémissait de douleur. Le recouvrant d'un plaid, Ben regarda avec inquiétude les pêcheurs arrimer les deux embarcations l'une à l'autre.

— Tout va bien, dit Arianna avec un sourire rassurant. Ils savent ce qu'ils font, ils vont transférer la civière d'un bateau à l'autre. Recule juste et fais ce qu'on te dit.

— À vos ordres, capitaine, répondit-il avec malice.

Quand les deux blessés furent sur le bateau du cabinet médical, Georgios aida l'homme au bras cassé à s'asseoir et l'attacha, pendant qu'elle fixait la civière sous l'auvent situé à la proue.

— Le tensiomètre est là-dedans, dit-elle à Ben en désignant un des coffres alignés le long de la cabine. Tu gardes un œil sur notre brûlé ?

Il acquiesça.

Arianna se glissa à la barre, vérifia que les amarres les reliant au bateau de pêche étaient larguées, puis mit les gaz. Ils s'éloignèrent du petit chalutier, dont les occupants les regardèrent foncer vers la terre ferme.

Sur la civière, le brûlé gémit et vomit. Comme le manque d'espace ne lui permettait pas de se mettre sur le côté sans compromettre la protection de sa jambe, Ben le redressa.

Concentrée, Arianna pilotait adroitement le petit bateau

sur des eaux de plus en plus encombrées à mesure qu'ils approchaient du port. Elle manœuvra pour entrer dans la marina, et Ben aperçut l'ambulance qui les attendait.

Les auxiliaires médicaux grecs, parfaitement formés et équipés, portèrent rapidement le brûlé dans l'ambulance, et Arianna leur fit son rapport pendant que Ben aidait l'autre blessé à débarquer.

— *Efcharisto,* dit l'homme en tendant son bras valide pour lui serrer la main.

— Je vous en prie. Prenez soin de vous.

Un auxiliaire médical prit le patient en charge pour le conduire dans l'ambulance.

— Bon, commenta Arianna, sautant de l'ambulance, dont les portes se refermèrent derrière elle. Allons voir si le bateau de pêche a toujours besoin d'être remorqué.

Son sourire semblait forcé. Après l'efficacité dont elle avait fait preuve durant la crise, c'était étrange. Elle tendit les clés du bateau à Georgios, et, quand Ben suivit celui-ci dans la cabine, elle ne les accompagna pas, préférant s'isoler à l'arrière.

Elle avait probablement besoin d'être seule avec ses pensées.

Restant avec Georgios, qui tenait la barre, Ben garda les yeux fixés sur le bateau de pêche, dont ils se rapprochaient rapidement, et bientôt ils l'accostèrent.

Arianna ne bougea pas pendant qu'il aidait Georgios à sécuriser le câble entre les deux embarcations, puis il regagna l'avant, et ils repartirent.

Ils avançaient plus lentement en remorquant le chalutier, et, en voyant le petit port se préciser peu à peu, il remarqua qu'un attroupement s'était formé pour les accueillir.

Sortant de son apathie, Arianna sauta sur le quai avant que Georgios n'ait eu le temps d'amarrer, et elle se dirigea vers le groupe de personnes. Elle leur parla gentiment, et il la vit étreindre les mains d'une femme, sans doute une parente d'un blessé.

Des volontaires détachèrent les câbles de remorquage et

amarrèrent le bateau de pêche. Les pêcheurs rejoignirent leur famille dans un joyeux brouhaha.

Arianna était très entourée, et Ben aussi. Tout le monde voulait lui serrer la main et, pendant qu'il se frayait un chemin vers elle, il sentit qu'on lui tapait dans le dos.

— Partons, dit-elle avec un sourire crispé dès qu'elle le vit.

Il écarta doucement la foule pour passer, et elle lui emboîta le pas en silence. Elle ne souriait plus.

Il prit la direction du centre médical, conscient que c'était le seul endroit où ils pourraient être seuls.

6.

Les cauchemars qu'Arianna avait longtemps tenus à distance étaient revenus. Ils commençaient même à envahir ses journées. La veille au soir, ils avaient été d'un réalisme terrifiant, et, quand elle était descendue au port, ce matin, la sirène du ferry l'avait fait sursauter. Le balancement de son propre bateau lui avait fait monter les larmes aux yeux, et elle les avait essuyées en se disant qu'elle verrait bientôt Ben et que tout irait mieux.

Sa présence et l'urgence de leur intervention sur le bateau de pêche avaient chassé ses angoisses. Mais, une fois les blessés confiés aux ambulanciers, les mauvaises pensées étaient revenues, et elle s'était sentie nauséeuse, harcelée de vaines questions.

Et si… Et si on pouvait remonter le temps et que le bateau d'un médecin ait arraché son frère à la mer lors du naufrage ?

Son père avait fait construire un nouveau quai pour le ferry afin qu'une telle catastrophe ne se reproduise plus, et elle était venue s'installer ici pour que l'on dispose d'une assistance médicale sur place sans devoir faire appel au continent. Mais tout cela ne semblait pas suffisant, car rien ne pouvait changer ce qui était déjà arrivé.

Sur le chemin du cabinet médical, Ben marchait près d'elle en silence. Sa discrétion lui faisait du bien, c'était comme s'il comprenait ce qu'elle ressentait. Elle avait désespérément besoin que *quelqu'un* comprenne, et elle sentait que Ben l'avait toujours fait.

Elle se dirigea vers l'entrée de l'immeuble et se félicita

que sa main ne tremble pas quand elle sortit ses clés pour ouvrir la porte. Puis ses pas résonnèrent sur le sol carrelé, et elle pénétra dans son cabinet.

Une lumière oblique perçait les stores, comme elle avait filtré dans l'eau quand elle s'était enfoncée sous les vagues…

— Hé, je suis là !

Les yeux fermés, elle sentit les bras de Ben l'enlacer.

— Je ne pleure pas…

— Non. Évidemment non.

Elle pleurait, bien sûr. Et elle tremblait contre son corps solide.

— Ça va. Vraiment. Fais comme s'il ne s'était rien passé.

— Comme si *quoi* ne s'était pas passé ? répliqua-t-il avec un soupir. Les vingt-cinq dernières années ?

C'était ce qui les réunissait. Toute une vie à subir les retombées du naufrage du ferry, et la troublante faculté de Ben de le comprendre. Car son existence aussi avait été chamboulée par cette funeste journée.

— Je suis juste… C'est insensé, murmura-t-elle, s'arrachant à lui et s'essuyant les yeux. Je ne vais pas m'appesantir sur le passé, Ben. Je ne l'ai jamais fait.

Il hocha la tête, un vague reproche au coin des lèvres.

— Quoi ? grogna-t-elle.

— Tu m'as raconté l'histoire de ta vie, et jamais tu ne t'es apitoyée sur toi-même…

— Je sens qu'il y a un *mais*, dit-elle, les sourcils froncés.

— Tu veux l'entendre ?

Non. Elle n'avait vraiment pas envie de l'entendre. Mais le regard magnétique de Ben ne la lâchait pas.

— Probablement pas. Mais dis quand même.

— Tu travailles dur, et tu as d'excellents résultats, mais tu ne sais pas l'apprécier, car tu es toujours la fillette imprégnée du chagrin de ses parents qui refuse de s'abandonner au sien. Tu essayes de prouver aux autres que la survivante que tu es n'était pas moins aimée que son frère, mais tu n'en es pas convaincue toi-même.

L'émotion la submergea.

— Comment oses-tu ? cria-t-elle en levant la main, prête à le frapper.

Il ne cilla pas, et elle ravala rageusement ses larmes.

— Excuse-moi, Ben…

— Vas-y, dit-il en la défiant du regard. Ce serait la première chose vraiment honnête que tu ferais.

— Je ne vois pas ce que tu veux dire.

— Bien sûr que si. Allez, fais-le, dit-il en désignant son menton. Frappe là.

— Non, je ne te frapperai pas.

— Pas même si je te dis de grandir ? D'affronter ta peine et d'admettre que tu n'es *pas* la moins aimée, mais que tu te sens juste coupable d'avoir survécu…

Il recula quand elle se jeta sur lui, et il lui immobilisa les bras. Il la tint contre lui pendant qu'elle pleurait des larmes amères, et il était toujours là quand elle s'essuya le visage d'une main tremblante. Un long moment, ils demeurèrent silencieux, étroitement enlacés. Unis par ce jour fatal où ils s'étaient connus alors qu'ils n'étaient encore que des enfants.

Puis Ben sortit un mouchoir de sa poche et sécha ses pleurs avec une tendresse infinie, comme pour lui retirer la carapace qui l'avait emprisonnée si longtemps.

— J'ignorais que les hommes avaient encore de vrais mouchoirs de nos jours, dit-elle, le prenant pour se moucher. Ce n'est pas un peu démodé, d'avoir un mouchoir dans sa poche au cas où on rencontrerait une demoiselle en détresse ?

— Ça s'avère très utile quand on a un enfant de cinq ans : genou écorché, frimousse sale, nez qui coule… Heureusement que Jonas n'est pas là aujourd'hui, car tu n'aurais pas voulu te moucher avec, crois-moi.

Elle fourra le mouchoir dans sa propre poche en souriant.

— Je te le rendrai après l'avoir lavé.

— Qui est démodé, maintenant ?

Il lui prit la main, enlaça ses doigts.

— Ma venue a fait remonter des choses très dures pour toi, Arianna. Je le regrette. Si tu veux que je parte…

— Non, coupa-t-elle en posant un doigt sur ses lèvres.

— Tu n'es pas forcée de faire bonne figure pour sauver les apparences. Si ma présence t'est pénible, ne feins pas de vouloir que je reste.

Personne n'avait jamais lu dans son cœur comme il semblait le faire, c'était à la fois terrifiant et libérateur.

— J'aimerais que tu restes, avoua-t-elle dans un souffle.

— Alors je reste, murmura-t-il en scrutant son visage. Combien d'heures as-tu dormi la nuit dernière ?

— Est-ce une façon polie de dire que j'ai des cernes sous les yeux ?

— Il faut regarder de très, très près pour les voir, répliqua-t-il avec malice. Alors, combien ?

— Pas beaucoup, admit-elle, assombrie.

Ses cauchemars l'avaient plus chamboulée que jamais, et, de guerre lasse, elle s'était enveloppée dans une couverture et était allée s'asseoir dehors pour regarder le soleil se lever.

— Si je cuisinais pour toi, ce soir ? Tu pourrais t'asseoir sur la terrasse et contempler le coucher du soleil.

— Mais tu es en vacances, répondit-elle, c'est toi qui devrais prendre le temps d'admirer le coucher de soleil.

Il eut une grimace douloureuse.

— Je suis venu ici pour te voir, Arianna. J'ignorais à quoi m'attendre, mais si j'avais voulu paresser au soleil je serais allé ailleurs.

— Que dirais-tu d'un barbecue, alors ?

Ben s'inclina, la main sur le cœur.

— Si Jonas était là, rétorqua-t-il, il te confirmerait que tu as devant toi le roi du barbecue !

Une fois de retour à la maison sur la plage, Ben commença à déballer les sacs de nourriture achetés au village. Du poulet et de la salade. Il chassa Arianna de la cuisine et la regarda se rendre sur la terrasse, le téléphone à la main. Elle s'assit, ramena ses jambes sous elle, composa un numéro et parla en grec. Il saisit le nom son beau-frère et devina qu'elle s'occupait du changement d'hôtel de sa famille.

Le barbecue était installé sur le côté de la terrasse, dans la cuisine d'été. Abrité du soleil, c'était l'endroit rêvé où cuisiner et prendre ses repas tout en profitant de la plage.

Il dressa la table de la terrasse et alla chercher les plats.

— Très sympa, remarqua Arianna en souriant. Tu peux revenir quand tu veux.

Elle semblait encore lasse, mais la lumière était revenue dans ses yeux sombres, et elle paraissait moins soucieuse.

— Merci. La prochaine fois, ce sera tourte à la viande - frites.

— Ça me va. J'ai vécu à Londres, je te rappelle. Tu fais aussi des saucisses-purée ?

— Absolument. Avec de la sauce à l'oignon maison.

Elle s'assit à table en souriant.

— Il va falloir que je goûte tout ça avant ton départ.

Ils passèrent une heure agréable à manger et bavarder pendant que le soleil se couchait. Il avait refusé qu'elle l'aide à débarrasser la table et à préparer le café, et il remplissait le lave-vaisselle quand son téléphone sonna.

— C'était Lizzie, cria-t-il depuis la cuisine après avoir raccroché. Tout est arrangé, nous nous installons à l'hôtel de l'île demain matin !

— Parfait, répondit Arianna, qui ne semblait pas surprise.

— Je suppose que tu n'y es pour rien si on nous a donné une suite de luxe ? remarqua-t-il, un peu mal à l'aise.

— Il n'y avait que ça de libre. Dans tous les hôtels de mon père, il y en a une pour la famille ou les amis. Et vous êtes *mes* amis, répliqua-t-elle, sur la défensive.

— Génial, répondit-il, se laissant fléchir. Merci.

Le sujet était clos.

Arianna alla chercher un jeu de backgammon pendant qu'il apportait les tasses de café.

La situation était à la fois extraordinaire et exquise. Il trouva tout naturel de déguster son café en jouant au backgammon au son paisible des vagues qui léchaient la rive, et de contempler le visage expressif d'Arianna pendant qu'elle préparait son prochain coup.

Il *devait* être là pour elle. Il l'avait été lors du naufrage, en l'arrachant au courant traître qui les aspirait vers le fond. Aujourd'hui, elle avait encore besoin de lui. Il n'avait rien pu faire pour Emma, et il lui semblait d'autant plus important d'être là pour Arianna maintenant.

Seulement, il ne fallait pas qu'il s'implique trop. Son instinct surprotecteur ne ferait que l'entraver, elle devait trouver sa propre voie. La situation était compliquée par l'attirance qu'elle exerçait sur lui, mais il n'aurait jamais plus une occasion pareille.

Arianna étouffa un bâillement.

— Je dois y aller, dit-il. Lizzie veut partir tôt demain, et nous prendrons le ferry de 8 heures. Je préfère faire mes bagages ce soir.

Arianna se leva.

— Je te raccompagne.

— Non, merci, je vais marcher. Tu crois que je me suis donné tout ce mal pour que tu reprennes du poil de la bête, pour que tu le perdes en reprenant le volant ? ajouta-t-il comme elle allait protester.

— C'est vrai que je suis fatiguée. Veux-tu prendre ma voiture ? Tu pourras la laisser au port et t'en servir demain pour aller à l'hôtel avant de me la ramener.

— Ça veut dire que je reviens demain matin ? demanda-t-il, taquin, conscient qu'il n'arriverait pas à rester éloigné d'elle.

— Reviendras-tu ?

— Bien sûr. À quelle heure ?

— Vers 10 heures ?

— C'est parfait, répondit-il en se demandant si elle allait compter les heures comme lui. À demain, alors.

Elle lui remit ses clés de voiture et l'accompagna dehors. Immobile devant la porte ouverte, elle le regarda s'éloigner dans la nuit.

Il avait veillé à ne pas se bercer d'illusions sur son retour à Ilaria. Il doutait même qu'Arianna veuille le revoir. Mais ce qu'il avait trouvé ici dépassait de loin ce qu'il aurait pu imaginer. Ils s'étaient parfaitement entendus, emboîtés comme les pièces d'un puzzle.

Sa présence ici était un défi, sa dernière chance de devenir l'homme qu'il voulait être. S'il laissait tomber Arianna maintenant, il serait perdu à tout jamais.

La veille, Arianna avait regardé Ben s'en aller avant de gagner sa chambre en bâillant. Elle s'était endormie, pelotonnée avec ses souvenirs de lui, et s'était réveillée à 3 heures du matin, tourmentée par des cauchemars. S'enveloppant dans une couverture, elle s'était assise sur la terrasse et avait vu le soleil se lever avant de prendre son petit déjeuner. Ses dernières pensées avaient été qu'elle devait se doucher et s'habiller…

Elle fut réveillée par une douce caresse sur sa main. Elle changea de position sur le canapé et s'étira… avant de comprendre que c'était bien réel. Elle ne rêvait pas.

— Pardon, je ne voulais pas te réveiller, dit Ben, s'écartant et entraînant Jonas, qui la regardait avec curiosité.

— Bonjour, Jonas… Ben…, bredouilla-t-elle en se frottant les yeux. Je suis désolée, il est déjà 10 heures ?

— Passées d'une minute ou deux. Nous avons fait les cent pas devant la porte avant de décider de passer par l'arrière pour essayer de te trouver.

— Vous auriez dû me secouer, répliqua-t-elle en riant.

— Tu as dormi, cette nuit ?

— Je me suis couchée juste après votre départ, et j'ai dormi d'une traite jusqu'à 3 heures.

— C'est déjà quelque chose. Tu veux du café ?

Elle se leva en resserrant la couverture autour d'elle, consciente qu'elle ne portait qu'un grand T-shirt.

— Avec plaisir, merci, dit-elle. Je reviens dans un moment.

— Prends ton temps, dit-il, attrapant son fils, qui s'apprêtait à la suivre. Viens m'aider, Jonas.

Quand elle regagna la terrasse, elle était encore tout embarrassée d'avoir été surprise en train de dormir.

Ben ne dit rien, se contentant de poser sur la table deux tasses de café frais et un pichet de citronnade glacée avec des verres, mais Jonas se leva d'un bond et enlaça de ses petits bras la taille d'Arianna.

— Est-ce que tu es malade ? demanda-t-il.

— Non, mon chat. Juste un peu fatiguée. Mais le café de ton papa va me réveiller.

— Papa dit que, *moi,* je dois avoir une longue nuit de sommeil. Je n'ai pas le droit de boire du café.

— Papa a raison. On essayera de bien dormir, tous les deux, d'accord ? dit-elle.

Jonas acquiesça, satisfait.

Elle prit place en face de Ben et but la moitié de sa tasse d'un trait.

— Je suis contente d'avoir droit au café, murmura-t-elle.

— Ne te réjouis pas trop. Il vaut mieux dormir, répondit Ben en riant.

— Oui, papa, rétorqua-t-elle avec malice. Comment est l'hôtel ?

— Superbe. Lizzie l'adore, elle m'a chargé de te remercier pour la panière de fruits.

— Avec plaisir. Alors, qu'aimeriez-vous faire aujourd'hui ? Nous avons toute une île à visiter, et je serai votre guide.

Ben s'apprêtait à rappeler amicalement à Arianna qu'une bonne journée de détente l'aiderait peut-être à mieux affronter ses cauchemars quand Jonas vint mettre son grain de sel.

— Papa dit qu'on va s'occuper de toi, dit-il, les sourcils froncés. Même si tu n'es pas malade.

— Vraiment ? releva-t-elle, surprise.

— Vraiment, affirma Ben. Tu es fatiguée, et tes cauchemars commencent à prendre le dessus. Tu dois réagir, Arianna. Ils ne disparaîtront pas d'eux-mêmes.

— Oui ! s'écria Jonas. Je déteste faire des cauchemars. Mais papa attrape les monstres et les jette par la fenêtre ! expliqua-t-il en mimant la chose.

— Tu sais faire ça ? dit-elle à Ben, le regard adouci.

— Oui. Nous… Hum… Parfois, ils gigotent un peu, et il faut lutter avec eux.

— Papa roule sur le tapis et se bat contre eux, dit Jonas, se jetant par terre dans une lutte sans merci avec un monstre imaginaire. Mais il gagne toujours. Les monstres n'aiment pas qu'on les tabasse, ils ont peur.

Arianna riait, mais il y avait de la compréhension dans ses yeux. Les monstres qu'elle affrontait n'étaient peut-être pas si différents de ceux qui peuplaient parfois les rêves de l'enfant.

— Alors on va s'exercer à combattre les monstres ?

Jonas hocha vigoureusement la tête, et Ben intervint avant que son fils ne se lance dans une démonstration toute personnelle.

— J'ai juste pensé qu'une journée de détente te permettrait d'avoir une nuit plus reposante, dit-il.

Arianna se pencha vers Jonas.

— Que dirais-tu de construire un nouveau château de sable, encore plus grand ?

— Oui ! répondit l'enfant avec enthousiasme.

Elle se leva en souriant.

— Eh bien, il semble que le programme de la journée soit arrêté.

Véritable super papa, Ben prenait un grand plaisir à jouer avec son fils. Il avait mis toute son ingéniosité dans la construction du nouveau château fort. Il avait creusé un lac au centre et, pendant qu'Arianna et Jonas sculptaient une falaise de sable jusqu'à la hauteur de la terrasse, il avait bricolé des gobelets et des pailles pour fabriquer une cascade qui se déversait de la terrasse jusqu'au lac.

Jonas était ravi.

Elle se rappelait à peine avoir joué avec son père avant que le chagrin le lui prenne. Elle s'en voulait de réagir ainsi alors que ses parents avaient tant souffert de la perte de leur fils. Elle culpabilisait aussi de s'amuser. Xander n'avait plus jamais eu l'occasion de jouer, ni de devenir adulte et de divertir ses propres enfants.

Elle se leva, secoua le sable de sa robe et laissa Ben et Jonas. Assise sur la terrasse, elle pouvait les regarder sans participer à leurs jeux, et elle avait moins l'impression de trahir son frère.

Ben la rejoignit bientôt, et ils restèrent assis en silence à observer le jeune garçon. Arianna remplit deux verres de citronnade et en poussa un vers lui.

— Je me demandais…

— Oui ? interrogea-t-il.

— Qu'est-ce que tu entendais en disant que le naufrage avait aussi changé ta vie ? Il a bouleversé la mienne, mais tu n'as pas pu avoir de regrets de m'avoir sauvée.

— Pas de regrets, admit-il après avoir bu une gorgée de citronnade. Juste des aspirations impossibles à réaliser.

— Comment ça ?

— Tu n'as pas envie de l'entendre.

— Pourquoi ? Cette tragédie nous a changés tous les deux, et nous sommes peut-être les deux faces d'une même pièce. Ça n'a peut-être vraiment de sens que si on voit les deux côtés.

Il réfléchit un moment, puis il hocha la tête.

— Ce fut une expérience étrange pour moi. J'exultais, et

puis… plus rien. Sur la rive, j'ai retrouvé mes parents, qui étaient juste soulagés que je sois sain et sauf, et je ne leur ai pas parlé de vous, car je savais qu'ils me gronderaient d'avoir sauté à l'eau pour te sauver. Tu étais mon secret.

— Un bon secret ?

— Un merveilleux secret. Je me sentais comme un super héros qui se déguise la nuit et sort par la fenêtre pour faire des choses que personne d'autre ne peut faire.

— C'est vrai ?

— Je pensais beaucoup à toi. N'arrivant pas à concevoir la logistique pour sauter de la fenêtre du premier étage d'une maison mitoyenne de banlieue sans me rompre le cou, j'ai décidé d'attendre d'avoir un logement à moi, où je pourrais accrocher mon costume de super héros sans que ma mère tombe dessus en rangeant ma chambre.

— Alors tu es entré à l'école de médecine pour devenir un super toubib.

— Il y a de ça, dit-il avec un petit rire. Je savais que tu aurais pu te noyer sans moi. Je sentais bien que tu menais ta vie quelque part, comme tu étais destinée à le faire… Il valait probablement mieux que je ne te connaisse pas. Il est toujours préférable que l'objet de ce genre de fantasme reste du domaine du rêve.

Il y avait de la souffrance derrière son ton léger. Elle acquiesça en souriant, attendant qu'il l'exprime.

— Mon travail de médecin a contribué à me ramener à la réalité. Nous sommes parfois impuissants, mais il y a aussi des façons de changer les choses. Et ça comptait beaucoup pour moi, de pouvoir aider les autres.

— C'est aussi essentiel pour moi, répondit-elle. Et rien n'a changé pour toi ?

Si. Elle le devina à la culpabilité et au regret qu'elle vit passer sur son visage alors qu'il regardait son fils occupé à dessiner les jardins du château fort.

— Quand Emma est morte, ça n'allait pas très fort entre

nous. Je ne peux pas m'empêcher de me dire que sa dernière pensée a peut-être été que je l'avais déçue.

Elle savait que la culpabilité tient un grand rôle dans le chagrin. Les choses qu'on ne pourra jamais changer, les mots qu'on ne pourra jamais reprendre.

— Comment ça ?

— Je n'habitais pas à la maison à la mort d'Emma. Nous nous étions beaucoup disputés. Je lui ai dit que je l'aimais et j'ai proposé que nous nous séparions quelques semaines pour nous recentrer sur ce qui comptait vraiment. Je ne suis pas sûr qu'elle ait compris…

— Je suis terriblement désolée, Ben. Mais tu ne dois pas croire que tu l'as trahie. Tu essayais de sauver votre mariage.

— En effet. Elle aussi, et nous y serions sans doute parvenus avec un peu de temps. Je me demande juste si elle savait combien je les aimais, elle et Jonas, murmura-t-il, la mine défaite.

— D'après mon expérience, limitée dans ce domaine, on le sait toujours, quand quelqu'un vous aime sincèrement.

— Peut-être. J'espère que tu as raison.

Il se tourna vers elle, et son expression lui fit redouter ce qui allait suivre.

— Quand l'accident s'est produit, Emma allait faire les courses de la semaine. Pour une raison inconnue, un camion a fait un écart et perdu le contrôle. Des témoins ont affirmé qu'il fonçait vers le côté passager de la voiture, où Jonas était assis à l'arrière. Emma n'a pas pu l'éviter, mais elle a donné un coup de volant pour qu'il emboutisse *son* côté.

— Ben, je… C'était un geste courageux, plein d'amour.

— Emma était ainsi. Elle pouvait être dure, et nous nous querellions, mais… J'espère qu'elle savait que j'aurais tout donné pour être au volant à sa place et épargner leurs vies. Si seulement je pouvais revenir en arrière…

— Je te crois, murmura Arianna.

Le visage de Ben s'adoucit.

— Merci, répondit-il en posant les mains sur les siennes. Pour être honnête, c'est une des raisons de ma venue. Les rêves de super héros de mon enfance m'étaient plus précieux que je ne le pensais. Depuis la mort d'Emma, j'ai perdu le sentiment de pouvoir influer sur la vie des autres, et… Et ça me manque.

Il l'avait sauvée, *elle*. Cela ne comptait peut-être pas pour lui, ni pour son père, inconsolable de la disparition de son fils. Mais, pour elle, c'était énorme.

— Merci de m'avoir sauvée. C'est une piètre consolation…

Ben pressa ses mains dans les siennes puis les lâcha.

— Cela compte beaucoup pour moi. Mais cette journée de détente était censée te faire du bien à toi, pas à moi…

— Nous sommes deux faces d'une même pièce… Je crois que Jonas sait que son papa est un super héros qui le protège des monstres. Tu devrais l'écouter…

Ben se leva brusquement.

— Jonas, qu'est-ce que tu fais ? Tu vas te blesser.

Les quatre fers en l'air, Jonas se redressa, la mine contrite.

— Je veux faire la roue, comme tante Lizzie a montré à Callie. Montre-moi, papa.

Levant les yeux au ciel, Ben descendit les marches de la terrasse pour le rejoindre.

— Je ne sais pas faire ça. Et Callie est plus vieille que toi, je te rappelle.

— Mais, papa…, protesta l'enfant, le visage défait.

Arianna s'avança.

Elle ne compenserait jamais ce que Xander avait perdu, mais elle pouvait faire quelque chose pour Jonas.

— Je sais faire la roue.

Deux paires d'yeux bleus se tournèrent vers elle. Ben lui sourit avec chaleur.

— Arianna peut peut-être nous faire une démonstration ?

— Ouiii ! s'écria Jonas, ragaillardi. Montre-nous !

7.

Ben avait observé Arianna sur la plage. Son T-shirt sans manches et son short mettaient en valeur sa silhouette gracieuse, et ses roues les avaient enchantés.

Venu à Ilaria chercher une part égarée de lui-même, il avait trouvé une Arianna vulnérable qui affrontait à sa manière les retombées du drame passé, et il commençait à se demander si elle n'avait pas raison : peut-être pouvaient-ils se sauver l'un l'autre.

Ignorant ses protestations, il prépara le déjeuner.

Il était là pour elle et voulait alléger un peu le fardeau qu'elle portait. Et son sourire disait qu'elle appréciait le geste.

Ils mangèrent tranquillement pendant que le soleil montait dans le ciel, dardant ses rayons brûlants. Puis Arianna demanda si Jonas voulait faire la sieste.

— Ça lui fera du bien, répondit Ben avec un coup d'œil à son fils, dont les yeux se fermaient. Et à moi aussi, je me suis couché tard hier soir.

Elle les accompagna dans une chambre aux murs blancs garnie d'un grand lit au linge immaculé. Les stores baissés dispensaient une agréable fraîcheur et, quand elle ouvrit les fenêtres pour laisser entrer la brise, il entendit le murmure apaisant des vagues sur la grève.

Fatigué par ses activités de la matinée, Jonas tombait de sommeil. Ben lui ôta ses tongs et son T-shirt et l'étendit sur le lit, puis il s'assit dans un fauteuil et le contempla, pensif.

Il s'était promis de ne jamais vouloir que lui, de n'avoir besoin que de lui, d'être toujours là pour le protéger. Mais le lien qui l'unissait à Arianna depuis son enfance était plus fort qu'il ne l'avait cru, et il voulait la protéger, elle aussi.

Les voilages se gonflaient paresseusement sous la brise. La maison était silencieuse, et il sentit ses yeux se fermer malgré lui.

Peut-être Arianna trouverait-elle aussi le sommeil dont elle avait tant besoin…

Un bruit déchira le silence.

Ouvrant les yeux, il perçut un sanglot étouffé. Il se leva d'un bond. Arianna avait laissé la porte de sa chambre ouverte pour profiter du courant d'air. Elle était assise sur son lit, drapée dans une couverture fine.

— Arianna, chuchota-t-il d'une voix rauque.

Elle ne réagit pas.

Devait-il s'en aller et la laisser à ses cauchemars angoissants ?

Il entra dans la chambre et s'assit au bord du lit.

— Arianna, répéta-t-il fermement.

— C'est… juste un rêve…, bredouilla-t-elle, la respiration hachée, couvrant son visage de ses mains tremblantes.

— Je sais, murmura-t-il.

Il lui enlaça les épaules, et elle se blottit contre lui.

— Je vais bien. Je suis si fatiguée, Ben. Je vais me rendormir.

Non, elle ne se rendormirait pas. Elle resterait là, les yeux grands ouverts, avec le silence comme toile de fond. Dans deux heures, elle se doucherait et quitterait sa chambre pour boire un café et bannir cette parenthèse de sommeil pour reprendre la journée où elle en était. Mais ce n'était pas ainsi qu'elle guérirait, et elle le savait aussi bien que lui.

— Allonge-toi, ordonna-t-il, l'enveloppant du couvre-lit. Ça va comme ça ?

Elle l'attira à elle et se serra contre lui.

— C'est mieux.

Il l'enlaça, et elle posa la tête au creux de son épaule.

Il y avait longtemps qu'il n'avait pas vibré ainsi de désir, et, malgré la présence de Jonas dans la chambre voisine, la tête lui tournait. Sa raison lui disait de s'écarter, mais c'était plus fort que lui. Il l'attira plus près et elle se nicha contre lui, éveillant en lui une émotion encore plus intense.

Arianna lui faisait confiance pour apaiser ses peurs, et jamais il ne la trahirait.

Il se sentait impuissant devant son courage et sa détermination à avancer coûte que coûte en dépit du mal qui la rongeait, mais il était sûr d'être là où il devait être.

— Parle-moi de ton rêve, chuchota-t-il.

— Ça n'a pas d'importance.

— Vraiment ?

— Pourquoi ? Tu vas combattre mes monstres et les jeter par la fenêtre ?

— S'il le faut.

Elle soupira.

— C'était… En général, je rêve du ferry. Je tombe, et tu viens me chercher, puis je vois la mer t'emporter. Mais cette fois… j'ai rêvé que j'étais sous l'eau et que tu ne venais pas à mon secours. Quelque chose me tirait vers le fond… Essayait de me noyer.

— Qu'est-ce que c'était ?

— Xander. Il avait le visage tout bouffi, comme s'il était resté longtemps dans l'eau. Pourquoi ce rêve, Ben ? demanda-t-elle en le regardant. Xander était mon frère, il n'aurait jamais voulu me faire de mal. Il m'aimait…

— Tu es la mieux placée pour comprendre tes rêves. Mais ce sont peut-être tes propres souvenirs de la noyade de ton frère qui te tirent vers le fond.

— Que veux-tu dire ?

— Eh bien… Tu m'as dit que tu te sentais coupable de sa mort, murmura-t-il avec douceur.

Il la sentit se raidir contre lui.

— Comment pouvais-je me sentir coupable, à six ans ?

Et pourtant c'était le cas. Il l'entendait à sa voix.

— Les enfants ont le sentiment que le monde tourne

autour d'eux. Qu'ils peuvent contrôler des choses que même les adultes ne maîtrisent pas. Si tu refais ce rêve, dis-toi que tu n'avais que six ans et que ce n'était pas ta faute.

Elle poussa un soupir.

— Je peux essayer, dit-elle, blottie contre lui, en glissant sa main dans la sienne.

À cet instant, ils étaient deux enfants luttant pour leur vie, agrippés l'un à l'autre. Il éprouvait la même passion qui l'animait alors, la même détermination de changer les choses. Il ne l'avait donc pas définitivement perdue.

— Ferme les yeux. Je suis là.

Il ne serait pas toujours là. Il rentrerait chez lui dans moins de trois semaines. Mais il espérait que ce serait suffisant. Pour tous les deux.

Arianna avait proposé une promenade sur le port. Elle connaissait tout le monde, et Jonas fut invité à déguster des friandises et de délicieuses pâtisseries dans les boutiques qu'ils longeaient. La nouvelle de la présence de Ben sur l'accident de Kantos la veille s'était répandue à Ilaria, et elle le présentait à tous. Elle ne précisait pas qu'ils s'étaient connus sur le ferry naufragé, et cela convenait très bien à Ben. C'était leur secret, et cela pouvait le rester.

Ils dînèrent à la taverne et durent pousser les tables pour accueillir des connaissances d'Arianna et leur famille. Deux heures plus tard, ils étaient assis avec une vingtaine de personnes, et ceux qui parlaient anglais traduisaient pour Ben les plaisanteries qui fusaient autour de la table.

Au moment de se séparer, Arianna fit le tour pour saluer tout le monde. Ben se sentit obligé d'en faire autant, et Jonas les imita. Ils prirent la route côtière pour regagner l'hôtel sous un ciel criblé d'étoiles qui se reflétaient sur la mer sombre.

— Merci. Nous avons passé une merveilleuse journée, dit Ben en portant Jonas endormi dans le hall d'entrée.

Il y avait encore du monde. Un baiser, même amical, pouvait être mal perçu. Et il n'était pas sûr de se limiter à ça.

— Merci à toi, Ben. Pour tout.

Arianna baisa le bout de ses doigts et les posa sur la joue de l'enfant assoupi, les yeux brillant de tendresse.

— Ça va aller, ce soir ?

Soudain, il ne supportait pas l'idée de la laisser seule dans le noir, en proie à ses terreurs nocturnes.

— Ça ira, dit-elle un peu vite. Je dors seule toutes les nuits, tu sais.

Mais ce soir…

Il chassa cette pensée. Le rôle qu'il jouait dans sa vie était déjà fragile. Parler avec elle, lui donner ses impressions, être à l'écoute des siennes. Être là pour elle, mais pas trop proche, pour éviter que son comportement protecteur ne pose problème.

— Vous aimeriez aller au lac Lava demain ? dit-elle.

— Je ne veux pas abuser…

— Ce n'est pas le cas. J'adore l'endroit, et je n'y suis pas montée depuis longtemps.

— Alors j'accepte avec grand plaisir.

— Je viens vous chercher à 10 heures ? J'apporte le repas.

— 10 heures, c'est parfait. Nous serons à la piscine…

— D'accord. Je vous y retrouve à 10 heures.

Regagnant sa voiture, elle agita la main avant de se glisser au volant.

Il la regarda s'éloigner, partagé entre l'envie honorable de la sauver de ses cauchemars et le désir moins honorable de la tenir dans ses bras pendant son sommeil…

Mais il n'avait pas été présent pour Emma, et il ne pouvait guère promettre de l'être pour quelqu'un d'autre.

Le lendemain, Arianna arriva à la piscine à 10 h. S'asseyant sur une chaise longue, elle accepta le cocktail de jus de fruits que lui tendait Ben.

— Vous avez apporté vos maillots ? demanda-t-elle alors qu'ils descendaient sur les quais pour prendre le bateau.

Ben acquiesça. Il avait entendu dire que se baigner dans le lac Lava, le lac de lave, était une expérience unique.

Arianna avait pris un gilet de sauvetage pour Jonas. Elle le lui fixa soigneusement, puis elle démarra le moteur du bateau et fonça en direction de Kantos. Elle fit le tour de l'île pour la leur faire admirer depuis la mer, puis elle s'engagea dans une petite crique isolée pour y mouiller. Coiffant un chapeau orné d'un ruban bleu assorti à sa robe, elle glissa son sac de paille en bandoulière et les précéda sur un sentier en pente douce.

— Ça va ? demanda Ben comme le chemin devenait plus raide, voyant que Jonas peinait. Tu veux que je te porte ?

Jonas hocha la tête, et il le prit sur son dos pendant qu'Arianna ramassait le sac contenant les maillots et les serviettes.

— La vue vaut la peine, là-haut, dit-elle. Vous allez voir…

Elle pressa le pas, et Ben allongea la foulée pour la suivre.

— Waouh, papa ! s'exclama Jonas, impressionné.

Ils surplombaient un grand lac d'un bleu profond, entouré de pentes raides striées de roches formées jadis par la lave en fusion, qui scintillaient au soleil.

— Qu'en penses-tu ? demanda-t-elle, les yeux brillants.

— C'est spectaculaire.

Ils descendirent prudemment au bord de l'eau. Tenant la main de Jonas, Ben prit celle d'Arianna quand elle trébucha, et il ne la lâcha plus.

Jonas courut sur la rive et ramassa une pierre bleue.

— Regarde, papa ! Je vais la rapporter à la maison.

— Non, nous devons tout laisser en l'état. Si tu l'emportes, ceux qui viendront après nous n'auront pas la chance de la voir. Mais tu peux prendre des photos, si tu veux.

Il tendit son téléphone à Jonas, qui lâcha la pierre et se mit à la photographier.

— Ça n'a pas d'importance, déclara Arianna, désignant

la falaise d'un bleu lumineux située de l'autre côté du lac. Il y en a plein là-bas. Les prélèvements qu'on y a faits pour les boutiques de souvenirs ont permis de découvrir ce qui était caché sous l'argile et la végétation.

— C'est pour le principe. Il est ravi de faire des photos.

Quand Jonas eut fini, il voulut faire des selfies et posa un moment avant de se lasser. Arianna saisit le téléphone et se prit en photo avec lui. Puis ils arrachèrent Ben à sa contemplation pour qu'il se joigne à eux, et il sentit les boucles d'Arianna frôler sa joue quand il se pencha pour poser avec eux.

Comme une famille heureuse…

Il devait éviter ce genre de pensées. Mais, en prenant des clichés d'eux trois avec le lac en arrière-plan, il ne put s'en empêcher. Il fit un instantané d'Arianna et Jonas au bord de l'eau et parvint à capturer Arianna au milieu d'une roue parfaite, sa robe volant autour de ses jambes.

— On se repose ? proposa-t-elle. On se baignera après.

Elle trouva un coin de verdure à l'ombre des arbres qui poussaient presque horizontalement sur les flancs du lac. Elle étendit une couverture par terre et sortit des boîtes de nourriture de son sac. Il prit trois bouteilles d'eau dans le sien, et ils s'assirent pour se régaler de salade au poulet agrémentée de tzatziki et de houmous.

Au moment de ranger les restes, Jonas se blottit contre Arianna. Elle s'allongea à ses côtés et posa un bras protecteur autour de lui, sous le regard attendri de Ben.

Ce moment lui appartenait, avec des photos pour s'en souvenir. Un simulacre de famille heureuse, comme celle qu'il avait laissée lui glisser entre les doigts. Il pouvait s'autoriser à le savourer encore un peu.

Arianna avait remarqué en s'assoupissant le regard de Ben posé sur elle, et sa présence avait fait fuir ses rêves.

Il avait raison. Ce week-end avait été dur, mais elle affrontait enfin les sentiments qu'elle refoulait depuis des années. Sans Ben, elle les aurait réprimés et se serait encore repliée sur son travail, comme s'ils n'avaient jamais existé.

Quand Jonas commença à s'agiter, Ben était toujours là.

Escaladant les rochers, elle trouva un endroit tranquille où enfiler son maillot de bain, puis elle redescendit au bord de l'eau où Ben et Jonas l'attendaient en s'aspergeant.

Ben avait tout pour lui. Un physique, de la classe, de la séduction. Ses cheveux blonds et sa peau claire étaient presque dorés au soleil, les gouttes d'eau ruisselant sur son torse…

Elle détourna les yeux.

— C'est très tranquille ici, observa-t-il comme ils flottaient paresseusement sur l'eau tandis que Jonas pataugeait comme un petit chien, jamais loin de son père.

— Ce n'est pas facile d'accès. Mais bientôt les touristes afflueront à Kantos. Un nouvel hôtel est en construction.

— Ah ? C'est une bonne ou une mauvaise chose ?

— Ça va me poser des problèmes. Je ne pourrai pas couvrir médicalement les deux îles, et il faudra que je prenne un autre médecin au cabinet.

— Tu n'auras pas de mal à le trouver. Qui refuserait de travailler ici ?

Elle fit la moue.

— Beaucoup de praticiens préfèrent exercer en ville. Dénicher quelqu'un pour travailler ici à l'année, c'est un vrai défi.

— Je suis sûr que tu réussiras. L'hôtel va changer la vie sur l'île, non ? Qu'en pensent les gens d'ici ?

— Ils sont pour, parce qu'il générera de l'argent et des emplois. Et, étant construit à l'écart du village, il respectera aussi l'architecture locale.

— C'est ton père qui le construit ? s'enquit Ben.

— Oui.

— Il semble avoir le monopole sur l'hôtellerie de la région… C'est un problème ? dit-il en la voyant s'assombrir.

— Non, ce que mon père fait pour ces îles est très bien. Il en assure le développement en soutenant les communautés locales sans les étouffer… Mais j'ai travaillé dur pour me faire une place ici par moi-même. Je veux qu'on me voie pour ce que je suis, pas pour ce que mon père peut acheter.

— Sept ans d'études de médecine, ça ne s'achète pas.

Visiblement, l'argent n'impressionnait pas Ben. Il appréciait les mêmes choses qu'elle, peut-être parce que leurs ambitions s'étaient forgées en même temps dans le naufrage du ferry.

— Certains pensent que, en étant comblé matériellement, on a tout ce dont on a besoin, remarqua-t-elle.

— J'ai eu la chance de grandir dans une famille où nous ne manquions de rien sur le plan matériel. Mon père est un universitaire et retire beaucoup de satisfaction de son métier, à défaut de faire fortune.

— Il enseigne ?

— Oui. Il est professeur d'université et enseigne l'histoire ancienne. Au moment du naufrage, nous étions en Grèce parce qu'il devait rencontrer des gens aux musées d'Athènes. Ilaria était l'idée de ma mère, car elle voulait profiter de la plage.

— Grand-père va me construire quoi, déjà ? dit Jonas, réagissant à l'évocation de son aïeul.

— Une trirème, répondit Ben en souriant. En miniature.

— On n'a pas la place pour une vraie, ajouta Jonas, battant des bras et des jambes dans l'eau et dépensant un maximum d'énergie.

— Tiens-moi si tu veux flotter, Jonas. Comme aux leçons de natation.

— Je n'ai pas besoin de te tenir, papa.

— D'accord… Ne te soucie pas de nous si tu veux nager, Arianna. On va rester ici à faire semblant de nager.

— Je *sais* nager, protesta Jonas, qui se raidit dans l'eau et fit deux brassées dans un crawl très convenable, avant de reprendre son barbotage de petit chien. Mais je préfère ça.

— Très bien. Je ne voudrais pas qu'Arianna pense que je ne t'ai pas appris à nager correctement.

— Je peux surveiller Jonas, si tu veux, dit-elle. Il faut que tu ailles au milieu du lac plonger sous l'eau.

— Pourquoi ? Il y a quoi là-bas ?

— Tu verras.

Elle voulait qu'il se souvienne de cette journée, et il n'oublierait sûrement pas le moment magique où il nagerait au-dessus des cristaux bleu-vert qui tapissaient le fond du lac.

— Je ne quitterai pas Jonas des yeux, promit-elle.

— Merci, articula-t-il en silence avant de s'adresser à Jonas. Reste avec Arianna, d'accord ? Et, si elle te demande de sortir de l'eau, tu obéis.

Il attendit l'accord du petit garçon puis se mit à nager vers le centre du lac.

Elle regarda ses larges épaules s'éloigner tout en gardant un œil sur l'enfant.

Mais, maintenant que Ben était loin, ses angoisses resurgissaient. Elle eut la soudaine vision de Jonas - ou était-ce Xander ? - aspiré au fond de l'eau. Elle aurait dû se raisonner, mais elle ne pensait plus qu'à mettre l'enfant en sécurité sur la plage.

— Tu as fini de te baigner, Jonas ?

Le garçonnet commençait à être fatigué, mais il l'ignora et continua à s'ébattre.

— On sort de l'eau, tu veux bien ?

— D'accord.

Jonas nagea vers la rive, et elle poussa un soupir de soulagement. Elle l'enveloppa dans une serviette, l'essuya puis lui mit son chapeau et son T-shirt pour le protéger du soleil. Elle se sentait stupide d'avoir eu cette réaction.

Au milieu du lac, Ben lui fit signe de la main, et elle lui rendit son salut. Il leva le pouce puis plongea sous la surface.

Elle se mit à compter les secondes.

Elle savait ce qu'il contemplait. Il était entouré de bleus

chatoyants qui s'intensifiaient à mesure qu'on descendait plus profondément, et c'était tentant de se perdre dans cet environnement enchanté.

La tête de Ben reparut, et il agita la main.

Les mains en coupe autour de la bouche, elle lui cria :

— Ne reste pas sous l'eau trop longtemps !

Elle avait conscience de se comporter comme une sotte. Mais Ben revint vers la rive dans un crawl impeccable.

Il sortit de l'eau et vint vers elle en lissant ses cheveux en arrière, sexy en diable.

Comme si elle n'avait pas déjà assez de mal à garder ses distances…

— Tu as vu le fond du lac ?

— Oui. C'est une splendeur.

— Tu n'as pas envie d'y retourner ?

— Non, une fois suffit…

— Tu es le premier que j'amène ici à réagir ainsi, remarqua-t-elle, perplexe.

Haussant les épaules, il prit une serviette pour se sécher, se pencha soudain pour la serrer contre lui, puis s'écarta.

— Tu vas bien ?

Il avait senti son angoisse.

— Maintenant, oui. J'ignorais ce que je ressentirais en me retrouvant seule dans l'eau avec Jonas… Retourne là-bas, si tu veux. Je ne voudrais pas gâcher ta journée.

Il lui caressa la joue.

— Impossible, Arianna. Je préfère être là, si tu as besoin de moi.

— Donne-moi une chance de me comporter correctement et retourne là-bas. Tout ira bien, promis. Jonas a déjà trouvé une occupation.

Ben regarda son fils qui empilait des pierres en fonction de leurs couleurs. Elle se demanda si, pour une fois, il pouvait se montrer un peu moins vigilant.

— *Vraiment* bien ?

— Vraiment bien. J'ai envie que tu y ailles.

— D'accord, dit-il après réflexion. Tu m'appelleras si tu veux que je revienne ?

— Juré. Ne t'inquiète pas.

Elle le regarda retourner dans l'eau et plonger sous la surface avant de s'éloigner en nageant vigoureusement.

S'il n'était pas aussi beau et si elle n'aspirait pas autant à ses caresses, la situation serait peut-être plus facile. Mais Ben et elle étaient liés, désormais. Par leur passé commun et par leur compréhension mutuelle.

Autant profiter du moment. Elle s'assit et remonta ses genoux contre son menton pour jouir du spectacle.

8.

Arianna déposa Ben et Jonas à leur hôtel. Ils avaient passé une excellente journée, et les voir explorer ce lieu qu'elle aimait l'avait rendu encore plus cher à son cœur.

Dans le rétroviseur, elle vit Ben la regarder s'éloigner, comme la veille.

Elle était partagée entre des émotions contradictoires. Elle ne voulait pas qu'il se tourmente pour elle, il l'avait assez fait, et elle se débrouillerait, comme toujours. Mais il était là pour l'aider à affronter ses démons, et il représentait une tentation non négligeable.

Elle devait résister.

Le crépuscule tombait quand elle arriva chez elle.

Se rendant sur la terrasse, elle écouta le murmure paisible de la mer. Se laissant bercer, elle sombrait dans une douce somnolence quand on frappa à la porte, l'arrachant à sa torpeur.

Seul médecin de l'île, elle était de garde vingt-quatre heures sur vingt-quatre. Elle ne s'en plaignait pas, mais les gens choisissaient souvent le moment où elle avait le plus besoin d'être seule pour la solliciter.

Elle se leva et plaqua sur ses lèvres un sourire… Qui s'effaça alors qu'elle découvrait Ben sur le seuil.

Il semblait détendu, nonchalamment adossé à un pilier du porche, les bras croisés.

Il avait parcouru trois kilomètres à pied dans le noir sur un sentier caillouteux pour venir jusqu'ici !

— Où est Jonas ?

— Au lit. Le fait d'avoir une suite facilite sa surveillance pour Lizzie toute la nuit.

Toute la nuit ? Se frottant les yeux pour chasser le sommeil, elle s'effaça pour le laisser entrer.

— Je ne t'ai pas réveillée ? Tout était éclairé.

Si la maison avait été plongée dans le noir, serait-il rentré à l'hôtel ?

Elle n'était pas sûre de vouloir le savoir.

— Qu'est-ce qu'il y a de si urgent que ça ne puisse pas attendre le matin, Ben ?

— Je... Hum, dit-il, évitant son regard, je sais que ce week-end a été dur pour toi, notamment à cause de ma présence ici. Et que cette journée a parfois été difficile.

— J'ai mes moments, mais ça passe, répondit-elle. Je veux juste les surmonter et avancer.

Cette fois, il soutint son regard. Peut-être était-il encore envoûté par l'étrange magie du lac, car ses yeux semblaient plus bleus, plus brillants.

— Et tu vas les surmonter, ce soir ? Je ne peux pas entrer dans tes rêves, Arianna, mais je peux être là pour te soutenir.

Il s'était insinué dans ses rêves il y avait longtemps déjà, et aujourd'hui il y occupait un rôle central. Il ne pouvait hélas pas en changer le cours, et les ténèbres parvenaient toujours à l'engloutir, l'éloignant de ses mains tendues.

— Je dois régler ça moi-même, Ben. Tu devrais être avec Jonas.

Il soupira.

— Je suis retourné plonger dans le lac parce que tu m'avais dit de le faire. Et tu avais raison. Je suis trop protecteur, et Jonas et toi n'aviez pas besoin de moi. À toi maintenant d'admettre que tu dormirais peut-être mieux avec quelqu'un auprès de toi.

— Avec toi, tu veux dire ? rétorqua-t-elle, sur la défensive.

— Ce n'est pas une proposition complètement désintéressée.

Je suis ici pour moi autant que pour toi. Je veux redevenir celui que j'étais, qui venait en aide aux autres.

— Je me lève tôt demain car je dois aller travailler…

— Raison de plus pour passer une bonne nuit de sommeil.

Elle n'osa pas le remercier d'être là quand elle en avait tant besoin. Elle devait garder ses distances.

Elle alla ouvrir en grand la porte de la chambre d'amis et la bloqua avec un morceau de granite pour l'empêcher de se refermer, indiquant par là qu'ils ne dormiraient pas vraiment séparément et que sa chambre aussi serait grande ouverte.

— Je dois aller me coucher, maintenant.

— Moi aussi, dit-il.

Il ne bougea pas, et elle s'aperçut qu'elle l'empêchait de passer. Elle s'écarta, et il pénétra dans la chambre.

— Prends tout ce qu'il te faut. Le premier levé demain matin prépare le café, dit-elle, certaine que ce serait elle.

— D'accord. À demain matin, Arianna. Bonne nuit.

— Bonne nuit, Ben. Et… merci d'être venu.

Elle tourna les talons et alla se coucher.

Ben avait pris un risque, mais il fallait qu'il vienne. Il avait parlé à Lizzie, qui lui avait conseillé d'aller chez Arianna s'ils avaient des choses à régler. Il avait embrassé Jonas, avait attendu qu'il s'endorme, puis il était parti.

Il ne savait pas s'il était bien placé pour aider Arianna, mais cela ne signifiait pas qu'il ne pouvait rien faire. Alors il était venu.

Et maintenant, allait-il dormir ?

Il se déchaussa et laissa son pantalon et son T-shirt à portée de main pour les enfiler rapidement en cas de besoin. Allongé sur le lit sous le drap blanc, il scruta l'obscurité.

Ici, les nuits étaient plus noires qu'à Londres, où la lueur jaune des réverbères s'infiltrait à travers les volets clos.

Il entendait Arianna s'agiter dans son lit. La maison était silencieuse, et il se retourna sur sa couche.

Peut-être avait-il commencé à s'assoupir quand il entendit un bruit de pas et un froissement de tissu à peine perceptible. Il guetta un signe indiquant qu'Arianna n'allait pas bien, qu'elle ne s'était pas juste levée pour boire un verre d'eau.

— Je peux entrer ? murmura-t-elle d'une voix à peine audible.

— Bien sûr.

Une ombre traversa la chambre et s'assit sur le lit.

Il tendit la main mais rencontra le vide.

— Viens, dit-il, reculant pour lui faire de la place.

Elle s'approcha, et il saisit ses doigts pour l'attirer à lui. Elle n'opposa pas de résistance et s'allongea près de lui sur le lit. Elle était enveloppée dans sa couverture légère, mais il sentait le parfum de ses cheveux, le contact de ses doigts.

Ben l'enlaça.

— C'est bon.

— Oui. Beaucoup mieux.

La tête contre la sienne sur l'oreiller, elle se détendit. Il écouta sa respiration, comme il l'avait fait avec Jonas quand il était bébé.

Son souffle ralentit, devint plus régulier, elle s'endormait.

Arianna rêvait. Ses doigts agrippaient le vide, ses jambes s'agitaient convulsivement. Ben l'attira plus près en veillant à ne pas la réveiller.

Peut-être sentirait-elle sa présence ?

Long moment d'attente angoissante. Elle resta silencieuse et immobile quelques minutes, puis son corps recommença à s'agiter. Soudain, elle sursauta et poussa un cri.

— Qu'as-tu rêvé, Arianna ?

— Je ne… Je ne sais pas.

Elle tenta de s'écarter pour s'asseoir.

Sentant son affolement, et il enlaça ses doigts.

— Détends-toi un moment, dit-il avec douceur. Parle-moi de ton rêve.

La ramener dans le monde qui la terrifiait était risqué, mais, s'il était impuissant à l'en arracher, il pourrait essayer de la réconforter.

— Je... Je suis sur le ferry, puis je tombe à l'eau, bafouilla-t-elle. Je suis entraînée au fond... Je suis aspirée vers le fond, mais... Je dis à Xander de lâcher prise... Je ne peux pas l'aider, mais ce n'est pas ma faute.

— Et tu m'as trouvé ?

— Non, répondit-elle, tendue. Non, je n'ai pas pu te trouver, Ben. Tu n'étais pas là...

— Je suis ici, Arianna. Tiens bon.

Les doigts d'Arianna agrippaient douloureusement les siens, puis elle commença à se détendre. C'était sans doute le moment où, chaque nuit, elle quittait son lit pour aller s'asseoir sur la terrasse.

— Rendors-toi, dit-il doucement. Je suis là, et je te tiens. Tu es en sécurité.

Il y avait une éternité qu'Arianna ne s'était pas endormie dans les bras de quelqu'un. Avec Lawrence, elle n'avait jamais connu le sentiment de sécurité qu'elle ressentait avec Ben. Lawrence n'avait jamais essayé de trouver le chemin de ses rêves pour l'aider à combattre les monstres qui hantaient ses nuits.

Elle n'avait pas fait de nouveau rêve cette nuit-là, et, quand elle s'éveilla, elle était seule. Elle se sentait plus légère, comme si elle s'était en partie libérée du poids de la culpabilité laissée par ses cauchemars. Sa peau se rappelait encore la tiédeur de celle de Ben.

Elle l'entendait s'agiter dans la cuisine, et une délicieuse odeur de café flotta jusqu'à elle.

Elle jeta la couverture sur ses épaules par-dessus son débardeur et sortit sur la terrasse.

— Ma vie pour un café !

Ben passa la tête par la fenêtre de la cuisine.

— Patience ! Il sera prêt dans deux minutes. Puis il faudra que nous nous dépêchions, ou Jonas va se demander où je suis, et tu seras en retard au travail.

Pas un mot sur les rêves. Parce qu'il avait été là et les avait tenus à distance. Il apporta avec le café deux viennoiseries qu'il avait trouvées dans la boîte à pain, et il s'assit près d'elle sur le canapé en vannerie dans le petit matin clair.

— Qu'est-ce que tu vas faire avec Jonas, aujourd'hui ?

— Nous irons probablement tous à la plage ce matin. Et, après la sieste, je pensais visiter le petit musée du village.

— Allez-y pour 15 heures. Le père d'Andreas dirige le musée. Quand Andreas est libre, il organise des excursions au port et apprend à pêcher aux enfants. Il est de repos aujourd'hui après sa garde du week-end, et ça devrait plaire à Jonas.

— Excellent. Je prendrai aussi les enfants de Lizzie, pour permettre à James et elle de souffler. Tu fais quoi, ce soir ?

— On se retrouve pour dîner à la taverne ? Vers 20 heures ?

— Parfait. Heure grecque ou heure anglaise ? dit-il avec malice.

— Heure médicale. Je t'appelle si j'ai un empêchement.

Ce soir-là, Arianna avait décliné plusieurs invitations pour rejoindre Ben et Jonas. Ils passèrent une soirée tranquille, sous la marquise illuminée de la terrasse du restaurant.

— Comment a été ta journée ? demanda Ben quand Jonas eut raconté ses aventures de pêche avec ses cousins et son nouvel ami Andreas.

— Chargée. Je suis venue à l'hôtel cet après-midi, mais vous étiez déjà partis au village.

— Le directeur a appelé Lizzie pour l'interroger sur les

vaccins des enfants, en particulier le ROR. Ça a un rapport avec ta visite ?

— Oui. Il y a un cas de rougeole à l'hôtel, une fillette anglaise. Ses parents m'en ont fait voir.

— Comment ça ?

— Ils affirment qu'elle n'a pas pu l'attraper en Angleterre, que c'est forcément arrivé en Grèce. Ils demandent à être indemnisés par l'hôtel.

— Depuis quand est-elle ici ?

— Dix jours. La période d'incubation de la rougeole est de dix à quatorze jours. Elle a pu l'attraper chez elle, dans l'avion ou ici. Mais je doute que ce soit ici, car elle est le seul cas dans l'île.

— Et les autres enfants de l'hôtel ?

— J'ai demandé au directeur de dresser la liste de ceux qui n'ont pas été vaccinés, et j'y retourne demain pour savoir s'ils ont des symptômes. En attendant, on a installé la famille dans un bungalow séparé et désinfecté son appartement.

— C'est bien de la part de la direction. Si les parents avaient fait vacciner leur fille, elle n'aurait pas contracté la rougeole. L'hôtel n'est pas responsable.

— Je ne peux guère argumenter, car chacun sait que mon père est le propriétaire de l'hôtel. J'ai beau être impartiale, cela n'empêche pas les gens de m'accuser de vouloir dédouaner l'hôtel. Andreas m'accompagnera demain, mais il n'est pas plus objectif, car sa femme est la comptable de l'hôtel, et il travaille au centre médical que j'ai créé.

— Et moi ? Personne ne peut m'accuser d'être partisan. Je serais ravi de t'accompagner. Même si je n'exerce pas ici, je suis médecin, je sais ce que je vois, et je me ferai un plaisir de le dire à quiconque le demandera.

Ce serait idéal. Seulement…

— Seulement, tu n'es pas précisément impartial.

— Nous sommes amis, Arianna, dit-il avec un soupir. Nous passons du temps ensemble, mais ça ne regarde que nous. En tant que médecin, il est normal que je m'intéresse à ton travail et que je t'aide officieusement si je peux.

— Si ça ne te dérange pas, dit-elle, un peu gênée.

— Mais non. Je demanderai à Lizzie de garder Jonas.

— Papa, intervint le garçonnet avec un regard implorant, tante Lizzie passe son temps à lire sur la plage.

— Tu n'aimes pas la plage ?

— J'aime mieux celle d'Arianna. Et aussi la pêche…

Arianna vit Ben hésiter, manifestement partagé.

— J'ai une idée. Si nous organisions quelque chose avec Andreas ? proposa-t-elle, consciente qu'il n'y verrait pas d'objection.

— Excellente idée, répondit-il.

Andreas et Eleni étaient justement installés à une table du restaurant, et ils acceptèrent immédiatement la suggestion d'Arianna. N'ayant pas commencé à dîner, ils les rejoignirent à leur table.

— Salut, Jonas, dit gentiment Andreas, s'attirant un grand sourire de l'enfant.

— Andreas a du temps libre demain, remarqua Eleni. On pensait aller pêcher.

— Je peux venir ? demanda avidement Jonas.

— Avec plaisir, mais il faut demander la permission à ton papa, répondit Eleni avec un sourire.

— *S'il te plaît*, papa…

— Bien sûr, que tu peux y aller, Jonas, dit Ben, se retenant de rire. Merci à tous les deux.

— Merci à *vous* de m'épargner cette visite à l'hôtel demain, répliqua Andreas. Je préfère de loin aller pêcher.

Ils dînèrent tous ensemble, puis Eleni et Andreas prirent congé en promettant à Jonas de passer le chercher à 15 heures le lendemain pour aller à la pêche.

Arianna regagna sa voiture avec Ben et Jonas.

Une question la taraudait, qu'elle n'osait pas poser.

Elle aspirait à la sécurité que seul Ben semblait pouvoir

lui apporter. Elle savait qu'il accepterait, mais elle peinait à trouver les mots. Jonas somnolait quand ils arrivèrent à l'hôtel. C'était sa dernière chance de parler.

Elle descendit de voiture et chercha le regard de Ben.

— Est-ce que tu veux bien… euh…

— Oui. D'accord.

— Tu ne sais même pas ce que je veux te demander.

— Quoi que ce soit, c'est oui, dit-il en posant doucement la main sur sa joue, lui arrachant un frisson.

— Je peux… attendre que Jonas dorme, suggéra-t-elle.

— Rentre. Je viendrai à pied.

— Mais…

Il se pencha et l'embrassa sur la joue.

— Pars. Je viendrai.

En pantalon de jogging et T-shirt, Arianna, pelotonnée sur le canapé de la terrasse, écoutait le murmure de la mer, dont le ressac ponctuait les longues minutes d'attente.

Puis elle vit Ben, et elle retint son souffle en le regardant approcher.

— Ton fils dort ? murmura-t-elle.

Il s'assit au bout du sofa et étendit les jambes devant lui.

— Oui, répondit-il. Il était tout excité de retourner pêcher demain, mais il a fini par se calmer.

— Et que pense Lizzie de ta nouvelle escapade ?

Il rit doucement dans la pénombre.

— Nous avons un accord, elle et moi. Je n'ai pas joué les grands frères envahissants quand elle a commencé à avoir des rencards, alors elle ne m'embête pas non plus.

— Tu considères que c'est un rencard, ce soir ?

— Je l'ignore. Qu'en penses-tu ?

— Je te le dirai quand je le saurai.

Elle se rapprocha et se blottit contre lui. Il glissa un bras autour de ses épaules, et ils demeurèrent silencieux dans l'obscurité percée par la flaque de lumière tremblotante de la lampe-tempête posée sur la table.

— Ça t'arrive de sortir avec des femmes ? demanda-t-elle, faussement désinvolte.

— Non. J'ai assez à faire entre mon travail et mon fils, répondit-il en riant. C'est mon excuse, et je m'y tiens.

Il aurait pu trouver le temps. Beaucoup de parents isolés y arrivaient. Mais Ben ne voulait pas, sans doute prisonnier de sa culpabilité et de la conviction qu'il ne serait plus jamais l'homme qu'il aurait voulu être.

— Et toi ? demanda-t-il.

— Je suis trop prise par le cabinet. C'est *mon* excuse.

— Quelle est la vraie histoire ? Tu connais la mienne.

— J'ai été fiancée une fois. Ça n'a pas marché, dit-elle sans pincement au cœur, comme si la présence de Ben mettait les choses en perspective. Je l'avais rencontré à une soirée de mon père à Londres.

— Un des prétendants qu'il t'avait sélectionnés ?

— Oui, répondit-elle, capable d'en rire aujourd'hui. C'était un peu comme du speed dating. Quinze minutes chrono avant de passer au suivant.

— Devaient-ils faire la queue en bon ordre ? dit-il, amusé.

— Non. Mais la secrétaire de mon père était là pour veiller au grain, et elle est d'une efficacité redoutable.

— Quel effet ça faisait, de voir ces types soumis l'un après l'autre à ton évaluation ?

— J'avais plutôt l'impression que c'était moi qui étais scrutée… Lawrence m'a immédiatement proposé de filer à l'anglaise pour nous épargner les politesses et les ronds de jambe. Ça m'a plu. Il a pris une bouteille de champagne et deux verres, et nous avons escaladé la clôture du square en face de chez mon père. J'ai déchiré ma robe…

— Très romantique, remarqua Ben, sans qu'elle sache s'il la taquinait ou non.

— C'est ce que j'ai pensé à l'époque. Lawrence ne se souciait guère des règles. Il faisait ce qu'il trouvait juste.

— Je suis plutôt d'accord avec cette approche de la vie.

— Tu es très différent, rétorqua-t-elle en lui enfonçant les doigts dans les côtes. Lawrence choisissait toujours la solution de facilité.

— La solution de facilité me paraît souvent une bonne option, avec Jonas, crois-moi, dit-il en riant.

— Ça n'a rien à voir. J'ai toujours fait des cauchemars, et Lawrence me disait juste de me ressaisir. Et il ne comprenait pas que je veuille travailler alors que je n'y étais pas obligée. Mon père ne l'aimait pas beaucoup, mais c'était bien le seul sujet sur lequel ils étaient d'accord.

— Comme si c'était à eux de décider de tes choix de vie !

— J'ai vite compris que Lawrence et moi n'attendions pas la même chose du mariage. Il voulait vivre l'existence que je passais mon temps à fuir. Après des mois de disputes, notre rupture a été un soulagement, j'étais à bout.

— Désolé. On dirait qu'il ne t'a pas donné ce dont tu avais besoin.

— Selon lui, personne ne le pouvait : j'étais trop exigeante.

Elle était encline à le croire. Elle n'avait jamais pu échapper aux répercussions de la mort de son frère sur sa famille, même si elle avait essayé de le cacher. Le jugement de Lawrence l'avait blessée car il était fondé.

— Ce n'était pas à lui d'en juger, dit Ben. L'exigence, c'est demander des choses dont on n'a pas besoin, justement.

— Peut-être…

— Allons, Arianna. Nous sommes médecins. Quand un patient se plaint d'avoir mal aux jambes, on ne lui conseille pas de se ressaisir. On étudie le problème.

— C'est ce que tu fais avec moi, c'est ça ? demanda-t-elle d'un ton bref, angoissée à l'idée de n'être pour lui qu'un problème à résoudre.

Ben se pencha vers elle, lui prit la main et la porta à ses lèvres en la dévisageant tendrement.

— Je tiens à toi comme amie. Si tu veux un médecin, prends rendez-vous avec quelqu'un d'autre.

— Je ne veux personne d'autre, Ben. Je te veux aussi comme ami, bafouilla-t-elle, agrippée à sa main. Je n'aurais pas dû dire ça. Je regrette...

— Ne t'excuse pas, Arianna. Nous ne sommes pas obligés de définir notre relation. Du reste, je ne saurais pas comment, admit-il.

C'était peut-être sa façon d'éluder la tension sexuelle qui crépitait entre eux. Tout ce qui comptait à cet instant, c'était que Ben soit là, avec elle.

Elle réprima un bâillement.

— Il fait chaud, cette nuit. Tu veux dormir dehors ?

Arianna était pleine de ressources. Pour Ben, dormir dehors signifiait jeter un sac de couchage sous une tente hâtivement dressée. Mais elle le pria de se lever, et elle actionna un mécanisme qui déplia le divan en un grand lit.

Elle alla chercher des draps, des oreillers et des couvertures, puis elle mit la touche finale : un voile de mousseline qu'elle accrocha à la marquise et qu'elle drapa autour du lit. En cinq minutes, elle avait transformé le coin-repas en chambre à coucher magique.

Elle s'assit sur le lit.

— Qu'en penses-tu ?

— C'est merveilleux.

Ils étaient enveloppés par les sons et les parfums de la nuit, caressés par la brise fraîche venant de la mer. Mais, dans leur petite bulle, il ne voyait qu'elle.

Se figeant soudain, elle plongea ses yeux dans les siens, et il vit le désir flamber dans leurs profondeurs sombres.

Ils étaient sur le point de basculer. Un pas de plus et ils ne pourraient plus revenir en arrière.

Il n'eut pas la force de résister. Il déposa un baiser sur ses propres doigts et les fit glisser sur la bouche d'Arianna.

Elle sourit, porta la main à ses lèvres, et lui rendit son baiser.

— Tu es si belle, Arianna, murmura-t-il en enlaçant ses doigts. Mais si nous allons plus loin… Je ne pourrai pas rester avec toi.

— Je sais. Et je veux que tu restes.

Pouvait-elle lui faire confiance ? Il lui avait clairement montré qu'il la désirait, et peut-être le croyait-elle incapable de dormir auprès d'elle sans aller plus loin.

— J'en ai pour une minute, dit-elle avec un sourire en se levant. Je vais mettre mon pyjama.

— Un pyjama ? Vraiment ? dit-il, curieusement émoustillé.

— Rassure-toi, je ne crains pas de devoir te repousser cette nuit. Je te laisse juste une minute pour te déshabiller et te coucher sans avoir à *me* repousser.

Il la regarda s'éloigner en souriant.

Elle lui faisait confiance. Même s'il n'était pas aussi sûr de lui, la foi qu'elle avait en lui l'empêcherait de faire une bêtise.

Il retira ses vêtements et se glissa sous les draps.

Arianna revint, vêtue d'un pyjama rayé deux fois trop grand pour elle, qui n'arrivait pourtant pas à dissimuler sa fine silhouette ni la grâce de ses gestes. Puis ils furent ensemble, séparés seulement par quelques couvertures.

— Je doute qu'on puisse faire des cauchemars ici, murmura-t-il en l'enlaçant.

Elle se nicha contre lui et sourit.

— Peut-être éloigne-t-on les cauchemars en les mettant au défi de venir ? Et ils ne viennent peut-être nous hanter que si on les redoute au moment de se coucher.

— Je ne sais pas. Tu les défies ?

— Oui. Ils ne peuvent pas m'atteindre ici, dit-elle.

Il l'espérait, de tout son cœur. Bercé par le murmure de la mer, il la garda contre lui jusqu'à ce qu'elle s'endorme.

Arianna avait dormi profondément jusqu'à l'aube. S'arrachant doucement à ses bras, Ben s'était levé, habillé, et avait préparé du café. Il la rejoignit avec les tasses.

Elle se redressa et s'étira. Il réussit à écarter le rideau de mousseline sans renverser de café, et elle prit une tasse.

— Merci. C'est vraiment très agréable.

Il s'assit sur le lit, étendit les jambes, et elle lui cala le dos avec un oreiller. Il y avait entre eux une sorte d'intimité nonchalante qui était pimentée par leur désir inassouvi.

— Comment as-tu dormi ?

— Comme un bébé, dit-elle en prenant une gorgée de café.

— Tu t'es réveillée toutes les trois heures pour le biberon ? observa-t-il en gloussant.

— Disons comme un bambin de cinq ans, alors. Comme Jonas quand il tombe de sommeil et s'endort sur-le-champ.

— C'est drôle, je ne me souviens pas que tu m'aies donné des coups de pied pendant la nuit. Ni de m'être réveillé avec ton coude dans les côtes.

Ça ne l'aurait pas gêné, au contraire. La tenir dans ses bras l'avait aidé à s'assoupir, et il s'était senti reposé et ragaillardi en s'éveillant sous la caresse de la brise matinale.

— Tu veux prendre ma voiture, ce matin ? Tu pourras ramener Jonas pour qu'il joue un peu sur la plage avant de venir me retrouver au centre médical. Il sera peut-être content de faire des aménagements à sa cascade, dit-elle, désignant la structure bricolée qui occupait encore un coin de la terrasse.

— Oui, sans doute. Tu n'as pas besoin de la voiture ?

— Non. C'est une belle matinée, je vais aller au cabinet à pied.

Il hocha la tête, se demandant s'il n'était pas en train de rêver.

La situation aurait dû lui sembler incongrue, mais cela paraissait presque normal. Boire un café ensemble en discutant de leur journée. Décider qui prendrait la voiture…

9.

Quand Ben et Jonas arrivèrent au centre médical, Eleni et Andreas les attendaient. Andreas remit à l'enfant ravi la canne à pêche qu'il lui avait préparée, et ils partirent pêcher.

— Il sera bien avec eux, remarqua Arianna, rassurante.

— Il avait hâte d'y être. Il ne tenait plus en place.

Ben aurait dû se sentir coupable. Il avait toujours consacré tous ses week-ends et son temps libre à son fils, mais il devait admettre que ces vacances plaisaient beaucoup à l'enfant. Il était en sécurité, et il appréciait l'attention dont l'entouraient Arianna et la petite communauté villageoise.

Chaque moment que Ben passait avec Arianna était précieux, mais il devait constamment se rappeler que ce n'était pas au détriment de son fils.

Ils prirent la voiture d'Arianna pour se rendre à l'hôtel.

Le directeur les attendait à la réception, et ils lui emboîtèrent le pas, passèrent devant la piscine et gagnèrent un groupe de bungalows nichés à l'ombre de grands arbres.

— Deux autres enfants nous préoccupent. Je les ai isolés, et j'ai interrogé tout le monde. Seuls quelques touristes adultes n'ont pas été vaccinés.

— Vous leur avez demandé s'ils avaient eu la rougeole dans leur enfance ? demanda Arianna, qui semblait soucieuse.

— Tous prétendent l'avoir eue.

— Dans ce cas, ils sont immunisés. Merci pour votre implication, vous semblez contrôler la situation.

Le directeur eut une grimace contrite.

— Sauf en ce qui concerne M. Colyer, le père de la petite Anglaise. Il est furieux.

Arianna leva les yeux au ciel.

— Sa colère ne résoudra rien. Voyons si nous pouvons trouver une solution au problème.

L'intérieur du bungalow alloué à Jem et Kriss Colyer était décoré avec un luxe d'une élégance discrète qui n'avait rien à envier aux suites. Mais, quand le directeur le présenta à Jem Colyer, Ben s'aperçut que le geste de la direction ne l'avait pas calmé. Il lui serra la main, ignorant complètement Arianna.

— Je me réjouis de voir qu'on vous a appelé pour examiner Eloise, docteur Marsh. Je me cognais la tête contre les murs, avec le personnel de cet hôtel.

— Je n'ai pas été appelé, monsieur Colyer. Je travaille à Londres, et ne suis pas autorisé à exercer en Grèce. Je suis ici comme observateur, pour rendre service au Dr Petrakis.

— Alors vous pouvez peut-être *observer* que nous sommes très mécontents, répliqua Jem Colyer, l'air mauvais.

— C'est ravissant, ici, intervint Kriss Colyer en prenant le bras de son mari, encore plus beau que la chambre que nous avions. Il faut te calmer, Jem…

— Je ne vois pas pourquoi, rétorqua-t-il, fusillant du regard son épouse, qui le lâcha. En allant sur Internet, hier soir, j'ai appris qu'il y avait eu une épidémie de rougeole en Grèce il y a deux ans. L'hôtel ne nous a pas prévenus, et ma fille l'a attrapée ici. Vous ne pensez pas qu'on devrait nous rembourser notre séjour ?

— Le Dr Petrakis est là pour examiner votre fille, monsieur Colyer. C'est le plus important pour l'instant, dit Ben.

— Bien sûr…, marmonna Jem Colyer.

Mme Colyer accompagna Ben et Arianna dans la chambre de sa fille.

— Excusez mon mari. Il s'échauffe facilement, surtout quand il s'agit d'Eloise.

Arianna avait l'air songeur. Elle n'avait pas dit un mot

depuis leur arrivée, et Ben supposait qu'elle restait à l'écart pour observer les interactions du couple.

— Ce n'est rien, dit-elle. Examinons Eloise pour voir comment elle va aujourd'hui.

Elle sortit une paire de gants en nitrile de son sac et les enfila. Puis elle approcha une chaise du lit d'Eloise.

La fillette sourit en la reconnaissant.

— Bonjour, Eloise. Comment tu te sens ? Je vois que tu as toujours le nez qui coule.

Eloise acquiesça d'un air piteux en se frottant les yeux, et Arianna lui prit la main pour arrêter son geste.

— Tu as mal aux yeux ?

Hochement de tête d'Eloise.

— Je sais que c'est dur, mais tu dois essayer de ne pas les toucher, ma puce. Je vais montrer à ta maman comment les bassiner, et ça ira beaucoup mieux après, tu verras. Et on fermera les rideaux pour que la lumière ne t'agresse pas… Quand j'aurai fini de t'ausculter, précisa-t-elle à la mère, qui fonçait déjà vers la fenêtre.

Arianna examina la bouche de la fillette, et Ben vit les taches gris-blanc caractéristiques à l'intérieur de ses joues. L'enfant geignit un peu quand elle l'assit pour soulever son haut de pyjama. Il n'y avait pas encore d'éruption cutanée, mais tout le reste confirmait son diagnostic.

— C'est la rougeole. Aucun doute.

— Mais elle n'a pas de boutons, objecta Kriss.

— Ils peuvent apparaître plus tard. Mais les autres symptômes sont clairs, et l'éruption pourrait survenir d'ici demain. Vous lui donnez les médicaments que je vous ai remis hier ? Sa température est un peu élevée.

Kriss rougit.

— Je lui ai donné la première dose hier soir, mais Jem n'a pas voulu qu'elle en prenne ce matin. L'étiquette du flacon est en grec, et on ne comprend pas ce qui est écrit…

Arianna eut visiblement du mal à contenir son irritation.

— On lui prescrirait exactement la même chose en Angleterre, dit-elle. Le paracétamol et l'ibuprofène pédiatrique font baisser la fièvre, elle se sentirait déjà mieux si elle en avait pris. Vous ne l'aidez pas, là.

— Non… Non, bien sûr, bredouilla Kriss avant de s'adresser à Ben. Vous voudrez bien le dire à Jem ?

Arianna était en droit d'insister pour le dire elle-même au mari. Mais il savait qu'elle faisait toujours passer le bien-être des patients en priorité, et il quêta son approbation du regard.

Elle approuva d'un signe de tête.

— D'accord, je le lui dirai, déclara-t-il.

Arianna regarda Kriss mesurer une dose de sirop, qu'elle donna à Eloise, puis elle lui montra comment bassiner les yeux de sa fille avec un coton humide. Sa douceur et sa gentillesse eurent l'effet escompté, et Eloise déclara se sentir beaucoup mieux.

— Tu as meilleure mine. Je reviendrai te voir demain.

Ce n'était pas nécessaire, Eloise n'ayant aucune complication. Mais Arianna jugeait sans doute que la famille gérait mal la situation, et Ben partageait son inquiétude.

À la fin de la visite, Arianna demanda à parler à Kriss en privé, et celle-ci les entraîna sur une petite terrasse, laissant la porte ouverte pour le cas où Eloise aurait besoin d'elle.

— Quelque chose tracasse votre mari ? demanda-t-elle, jugeant probablement que la maladie de sa fille n'expliquait pas à elle seule l'irritabilité du père.

— C'est… Ça n'a rien à voir.

— Ça semble beaucoup affecter ses réactions.

Kriss se laissa choir dans un fauteuil, et Arianna se percha sur un accoudoir à côté d'elle.

— Nous… J'ai fait une fausse couche il y a dix-huit mois. Jem l'a très mal vécu.

— Je suis navrée. Ça a dû être dur pour vous deux.

Kriss inclina la tête.

— Oui. Nous l'avions surmonté, et nous voulions essayer

de nouveau, mais l'an dernier Jem a perdu sa grand-mère, qui l'avait élevé après la mort de ses parents. Elle avait un cancer, et il n'a pas pu lui dire au revoir à cause du confinement de l'été dernier.

— Ça a dû être une grande souffrance pour lui.

— Il est rongé par la colère. Contre les médecins qui ne l'ont pas autorisé à voir sa grand-mère et contre le monde entier. Il adore Eloise. Il voudrait l'élever dans du coton. Il a essayé de réserver des places sur un vol pour l'Angleterre hier soir, mais aucune compagnie aérienne n'a accepté de nous prendre à cause de la maladie d'Eloise. Cette quarantaine l'a poussé à bout, il s'inquiète de ce que va nous coûter un séjour prolongé ici, et il se demande s'il aura une retenue sur salaire s'il manque son travail trop longtemps.

Kriss sortit un mouchoir et se moucha.

— Une chose à la fois, dit calmement Arianna. Vous allez probablement devoir rester un peu. Eloise ne devra être en contact avec personne jusqu'à au moins cinq jours après l'apparition des boutons et, même alors, elle ne pourra pas voyager si elle n'est pas complètement remise. Mais je m'assurerai que l'hôtel ne vous facture pas le séjour supplémentaire. Être la fille du propriétaire, cela a ses avantages, précisa-t-elle en souriant devant l'air surpris de Kriss.

— Merci. Je suis désolée pour ce que Jem vous a dit hier. C'est pour ça que vous êtes venue avec le Dr Marsh ?

— Il est là pour vous aider, comme moi. Je peux écrire une lettre à l'employeur de votre époux en précisant que j'ai diagnostiqué Eloise et qu'elle doit rester en isolement. Vous pourrez peut-être l'utiliser pour demander une indemnisation à votre assurance.

— Oui… Merci, je n'y avais pas pensé. Je vais étudier nos papiers d'assurance, dit Kriss avec un sourire tremblant.

— L'état d'esprit de votre mari m'inquiète davantage, avoua Arianna. Il a consulté, après la mort de sa grand-mère ?

Bien vu. Ben partageait son inquiétude à ce sujet.

— Il refuse, répondit Kriss, le visage défait. Il garde ça pour lui et enrage pour tout le reste. Et tout le monde en a bavé, cette année.

— C'est vrai. Ça ne veut pas dire qu'il ne peut pas demander de l'aide s'il a des problèmes. Vous pourriez peut-être en parler à votre médecin, seule ou avec votre mari ?

— Non. Jem ne l'aime pas, et en toute franchise je ne le sens pas non plus.

Ben s'éclaircit la gorge, et Arianna inclina la tête, l'autorisant à participer à la conversation.

— Où habitez-vous, Kriss ? demanda-t-il.

— À Londres. Dans les Docklands. Pourquoi ?

— Mon cabinet est tout près. Si vous prenez rendez-vous avec moi, nous pourrons discuter de la façon d'aider votre époux à accepter ce qu'il s'est passé.

Kriss hésita.

— Je ne sais pas… Il ne voudra jamais m'accompagner.

— Alors venez seule. La situation vous affecte aussi, dit-il.

Ben arracha une feuille d'un carnet, y nota son numéro de téléphone et l'adresse de son cabinet et la lui tendit.

— D'accord. Je viendrai. Merci.

C'était le moins qu'il puisse faire. Jem Colyer avait manifestement besoin d'assistance, car sa colère et son chagrin lui gâchaient la vie. Ben le comprenait. À la mort d'Emma, sa peine était si écrasante que la colère l'avait parfois soulagé. Mais il savait qu'elle ne résolvait rien.

— Peut-on faire autre chose pour vous, Kriss ? demanda Arianna avec douceur.

— Non… Merci pour ce que vous avez déjà fait. Je devrais rejoindre Jem maintenant, avant qu'il tienne des propos regrettables au directeur…

Elle semblait très stressée, et ils la raccompagnèrent à la réception de l'hôtel.

Ils trouvèrent le directeur planté avec raideur devant la

fenêtre, mal à l'aise. Vautré dans un fauteuil, Jem semblait seul avec ses pensées. L'atmosphère était tendue.

Après avoir échangé un regard avec Arianna, Ben prit une inspiration et fonça droit sur Jem.

— Monsieur Colyer, je sais que vous êtes soucieux pour votre fille, et je tiens à vous rassurer, dit-il, attendant qu'Arianna s'assoie pour prendre place en face de lui.

— Bien sûr, que je suis soucieux ! rétorqua Jem.

Il jeta un regard suffisant à Arianna, qui lui sourit aimablement en réponse.

— Je ne peux pas pratiquer la médecine en Grèce, mais je suis médecin, et…

— Peu importe. J'ai toute confiance en *votre* parole.

Ben se retint de demander pourquoi. Arianna était un excellent praticien, et Jem se montrait ouvertement insultant.

— J'ai observé l'examen réalisé par le Dr Petrakis aujourd'hui, et je suis d'accord avec son diagnostic de rougeole.

— C'est évident. Pas besoin de deux docteurs pour me le dire. Je m'inquiète plus pour la médication qu'elle a donnée à Eloise, répliqua Jem d'un ton agressif.

— Le traitement standard de la rougeole est du paracétamol ou de l'ibuprofène pour faire baisser la fièvre du patient afin qu'il se sente mieux. C'est exactement la même préparation que vous trouverez chez un pharmacien en Angleterre.

— L'image sur la boîte est la même que chez nous, hein, Kriss ? dit Jem à sa femme, visiblement exaspérée par son attitude. Mais le produit pourrait être différent.

— Je vous assure que c'est le même, répondit patiemment Ben. Le Dr Petrakis vous a conseillé de garder votre fille en quarantaine car la rougeole est extrêmement contagieuse, mais elle va user de son influence pour qu'on ne vous fasse pas payer les frais de prolongation de votre séjour.

Jem retroussa les lèvres avec mépris.

— Si elle est la fille du propriétaire de l'hôtel, elle a intérêt à tout faire pour nous amadouer, non ? remarqua-t-il en se tournant vers Arianna. Je vous préviens d'ores et déjà que je compte porter plainte. Ma fille a attrapé cette maladie ici, et nous devons être indemnisés.

Régler les problèmes à l'amiable était une chose. Mais le laisser malmener Arianna en était une autre.

Ben s'éclaircit la gorge pour attirer l'attention de Jem.

— Je vous encourage à faire valoir vos droits, mais je crois savoir que vous étiez là depuis dix jours quand le Dr Petrakis a vu votre fille, hier, et elle présentait déjà les symptômes. La période d'incubation de la rougeole étant de dix à quatorze jours, il est plus que probable qu'elle l'ait contractée en Angleterre.

Jem réfléchit un moment.

— Hum. J'ai saisi votre point de vue, doc. Mais je ferai valoir mes droits, vous pouvez y compter.

— Je comprends. Il y a d'autres problèmes qu'on peut vous aider à résoudre ?

— Je ne pense pas, répondit Jem, se levant pour s'approcher des baies vitrées donnant sur le patio. J'ai besoin de prendre l'air. Mais j'espère que vous reviendrez prendre des nouvelles de ma petite Eloise.

— Le Dr Petrakis reviendra la voir demain. Vous avez son numéro, vous pouvez l'appeler si vous êtes inquiet.

Sans répondre, Jem ouvrit les portes vitrées et sortit.

— Merci, dit Kriss avec un sourire piteux. Il est si stressé…

— Aucune importance, dit Arianna en se levant. À demain. Faites attention à vous, et n'hésitez pas à me contacter.

Les invitant à le suivre, le directeur de l'hôtel fonça vers la porte aussi vite que la courtoisie le lui permettait. Une fois dehors, il serra chaleureusement la main de Ben, donna à Arianna les numéros de chambre des deux autres malades, et regagna précipitamment l'hôtel.

— Charmant, ce Jem. Il était comme ça, hier ? dit Ben en s'arrêtant à l'ombre d'un arbre, les yeux fixés sur la mer.

— Pire… Mais ses cris témoignent de sa souffrance.

— Je déplore qu'il ait éprouvé le besoin de t'agresser. C'était injuste.

— Il a peur. Il veut protéger sa femme et sa fille, et il s'en prend à n'importe qui, répondit Arianna.

Elle avait du mérite. Elle avait enduré ses insultes sans broncher, dépassant cela pour aider la famille en détresse.

— Je sais. J'étais comme lui quand Emma est morte.

Arianna se pencha vers lui.

— Mais tu ne t'es pas mêlé du traitement de Jonas, et tu n'as pas forcé ton entourage à marcher sur des œufs.

— Non… Jem a vraiment besoin d'aide, dans son intérêt et celui de ses proches.

— Oui. Je ferai mon possible, et Kriss l'influencera peut-être pour qu'il prenne la bonne décision et vienne te voir à ton retour en Angleterre. C'était gentil de le proposer.

Ben lui sourit.

Le mépris de Jem avait dû être dur à encaisser, mais elle savait mettre sa susceptibilité de côté pour se concentrer sur les besoins des autres. Parfois à son détriment. Elle faisait fi de ses propres sentiments, et il avait la conviction que c'était la cause de ses cauchemars.

— Je reviendrai demain, quand tu iras voir Eloise.

Peut-être était-il encore trop protecteur, mais tant pis. Il avait envie de la protéger, et c'était la première fois depuis des années qu'il sentait qu'il avait le pouvoir de faire du bien.

Elle haussa les sourcils.

— Tu es en vacances, je te rappelle.

— Disons que je prends un petit congé de mes vacances. Une belle île inondée de soleil peut finir par lasser…

— Je l'ignore, car j'y travaille. Je suppose que j'ai le meilleur des deux univers. Et pour rien au monde je n'aurais manqué ta spectaculaire démonstration de sang-froid avec Jem.

— C'était si évident ? dit-il avec une grimace.

— Non. Tu as été ferme mais très gentil.

— J'ai une idée. L'hôtel propose de délicieux cocktails sans alcool ornés d'ombrelles et de cerises.

— Des ombrelles et des cerises, miam…

— Je te propose d'aller voir comment vont les deux autres petits malades, puis nous monterons dans ma suite et nous passerons commande au *room service*. Et, pendant que nous dégusterons nos cocktails, tu pourras te défouler sur cet affreux après-midi. Aussi fort que tu voudras.

Elle sourit et lui caressa la joue.

— Tu connais mes plaisirs coupables !

Il frissonna de plaisir.

Il connaissait une façon encore plus exquise de se défouler. Quant aux plaisirs coupables… Ils devraient se contenter des cocktails.

Arianna diagnostiqua la rougeole chez l'un des deux jeunes malades, et Ben fut d'accord. Le second avait un rhume sans autre symptôme et, comme il avait été vacciné, il était protégé. Elle avait examiné ses dossiers pour s'assurer que tous les enfants de l'île avaient été vaccinés, et l'épidémie semblait sous contrôle.

Ce soir-là, ils dînèrent à l'hôtel avec Lizzie et James. Arianna redoutait ce que Lizzie pouvait penser d'elle, mais elle fut vite rassurée. Celle-ci avait le même humour décontracté que son frère, et elles rirent beaucoup ensemble.

Ben la raccompagna ensuite à sa voiture.

— Tu rentres seule ?

— Oui. Ce… Ce n'est pas que je ne veux pas de toi ce soir, mais j'ai la force pour avancer, maintenant.

— Et tu dois le faire seule, dit-il avec regret.

— Peut-être pas entièrement… Tu as été là quand j'avais besoin de toi, Ben, et je t'en suis très reconnaissante, mais…

— Je comprends. Nous nous sommes imposé des limites

sans lesquelles nous n'aurions pas pu passer ces nuits ensemble. Mais elles restreignent notre relation.

Elle éprouvait le même sentiment. Elle avait pu tenir Ben contre elle, mais juste pour le réconfort. Elle avait pu le toucher, mais pas comme elle aurait aimé. Et, à en juger par la lueur qui brillait dans ses yeux, il était de cet avis.

— Recommençons de zéro, Ben. Je préfère partager avec toi une amitié qui nous mènera où elle voudra, où nous n'aurons pas l'impression de nous sauver mutuellement.

Les doutes étaient encore là, et ils ignoraient s'ils pouvaient être plus que des amis. Ni l'un ni l'autre n'étaient prêts pour ça, mais c'était désormais du domaine du possible.

Comme elle se détournait pour monter dans sa voiture, il posa une main douce sur son bras.

— Est-ce que ce serait trop tôt ?

— Non, coupa-t-elle, et elle se dressa sur la pointe des pieds pour planter un baiser sur ses lèvres avant de s'écarter.

Une seconde passa, puis il l'embrassa sur la joue, et elle ressentit une explosion de sensations qui lui coupa les jambes.

— Bonne nuit. Dors bien, murmura-t-il, les yeux brillants dans la lumière déclinante.

— Toi aussi, Ben.

— Oui. Appelle-moi en arrivant, juste pour me dire que tout va bien. Et si tu as besoin de moi…

— Je sais. Tu n'es pas loin.

— Pars vite, dit-il, souriant. Avant que je ne change d'avis.

Elle s'assit au volant et quitta le parking en marche arrière. Elle se força à fixer son regard droit devant. Mais, quand elle jeta un coup d'œil dans le rétroviseur, Ben n'avait pas bougé, il la regardait partir.

Il allait lui manquer, cette nuit, mais pas comme avant. Elle savait que, s'il partageait de nouveau son lit, ce ne serait ni par compassion ni par sollicitude.

— Alors, qu'en dis-tu ? demanda Arianna alors que Ben

et elle traversaient la réception de l'hôtel après avoir rendu visite à Eloise.

— Elle n'est pas au mieux de sa forme, mais il n'y a pas lieu de s'inquiéter. Elle devrait pouvoir voyager dans une dizaine de jours, et ses parents pourront la ramener chez eux.

— Je crois. Alors pourquoi ce sentiment de malaise ?

— Parce que ce n'est pas Eloise qui a le plus besoin d'aide.

— Mais je ne vois pas ce qu'on peut faire de plus pour Jem.

L'homme avait semblé plus calme aujourd'hui, il s'était même montré aimable avec Arianna. Mais on le sentait sur le fil du rasoir, prêt à exploser de nouveau s'il croyait sa femme ou sa fille menacées.

— Moi non plus. J'ai le numéro de portable de Kriss, je l'appellerai à mon retour pour voir comment ils vont.

— C'est gentil. Au moins, je n'ai pas le sentiment de les abandonner, dit-elle en soupirant. Qu'est-ce que tu vas faire, maintenant ?

— Jonas a découvert la piscine à balles de l'hôtel, et il veut que je lui en construise une à la maison. Je vais essayer de l'en arracher pour aller déjeuner. Et toi ?

— Je vais manger un truc, puis j'irai chercher des arbres. Nous voulons en planter devant et derrière le cabinet. J'ai trouvé l'argent grâce à une souscription, et des gens du village vont venir me donner un coup de main.

Ben lui jeta un regard perplexe.

— Si je comprends bien, ton père a fait bâtir et équiper ce magnifique centre médical, et tu passes du temps à collecter de l'argent pour quelques arbres ?

— Récolter des fonds et planter les arbres moi-même me donne le sentiment d'être la légitime propriétaire du cabinet.

— Je comprends. Tu veux un coup de main ?

Elle espérait qu'il dirait ça.

— Toutes les bonnes volontés sont les bienvenues. Il faut creuser, si on veut de la citronnade.

— Pas de problème. Il te faudrait encore d'autres arbres ?

— Pourquoi, tu veux faire don d'un arbre ?

— Et même de deux, pour que Jonas ait le sien. À condition que ça ne gêne personne, car c'est le projet du village.

— Au contraire ! répondit-elle.

L'idée que Ben plante un arbre au centre médical lui plaisait beaucoup. Elle pourrait le soigner, le dorloter, le regarder grandir, et peut-être Ben reviendrait-il un jour pour le voir crouler sous les fruits.

— Merci. Allons déjeuner, puis je laisserai Jonas à ma sœur pendant que nous irons choisir les arbres.

Projeter quelque chose avec Ben se faisait le plus naturellement du monde. Comme s'ils appartenaient à la même famille.

— D'accord. Planter un arbre te donnera le droit de décider quel mètre carré d'Ilaria tu veux posséder.

10.

Arianna avait avoué à Ben qu'elle n'avait pas fait de cauchemars depuis une semaine. Elle ne sursautait plus en entendant la sirène du ferry, et elle prenait plaisir à naviguer. Elle semblait reposée, détendue, et pour le moment le souvenir du naufrage semblait avoir perdu de son emprise sur elle. Cela ne durerait peut-être pas, mais c'était un progrès. Elle savait désormais qu'elle pouvait s'en sortir.

Ce qui confrontait Ben à de nouveaux défis.

Quand ils avaient emmené Jonas se baigner dans la piscine de l'hôtel, il avait été troublé de sentir les bras et les jambes d'Arianna frôler les siens. En l'observant à la dérobée sur le bateau, il avait été jaloux de la brise marine qui caressait son corps. Et, lorsqu'elle posait ses yeux sombres sur lui en souriant, il plongeait dans un tourbillon de perspectives interdites.

Les deux nuits qu'ils avaient passées ensemble lui manquaient. Ses réveils matinaux auprès d'Arianna endormie l'avaient profondément touché. Ils avaient évité les réalités conflictuelles d'une liaison amoureuse mais, depuis que leur relation avait changé, ils se contentaient d'un chaste baiser et de longues conversations téléphoniques avant de se coucher.

Ce soir-là, Arianna avait convié Lizzie et James à dîner. La soirée avait été très agréable. Devenues amies, Arianna et Lizzie avaient longuement bavardé dans la cuisine pendant que Ben et James prenaient le café sur la terrasse en surveillant les enfants. Puis Lizzie avait déclaré forfait en bâillant. James avait appelé un taxi, et ils étaient rentrés à l'hôtel avec les enfants, dont Jonas. Mais, devant le sourire d'Arianna, Ben s'était attardé.

Assis sur la terrasse, ils regardaient le soleil se coucher.

— Je crois que je ne m'en lasserai jamais, remarqua Ben.

— Moi non plus. J'adore les couchers de soleil. Quand j'étais à Londres et que je prenais le bus pour aller travailler, j'aimais contempler ce spectacle en traversant le London Bridge. C'était à la fois toujours pareil et toujours différent.

— J'ai la même impression quand je passe devant St Paul. Les jours, les ciels changent, mais c'est toujours aussi beau.

— Il ne te reste qu'une semaine à passer ici. Tu devrais profiter de chaque coucher de soleil.

Et de chaque sourire, de chaque parole d'Arianna qui ne cessaient de le surprendre, compléta-t-il silencieusement.

— Que dirais-tu de jouir pleinement de la semaine qui nous reste ? suggéra-t-elle, se tournant soudain vers lui.

Il comprit immédiatement ce qu'elle voulait dire.

— Je ne crois pas que ce soit une bonne idée, Arianna, répondit-il sèchement, alors qu'il brûlait de la prendre dans ses bras et de lui faire l'amour. Je tiens trop à toi et…

— Et quoi ?

— On ne se connaît que depuis deux semaines.

— On se connaît depuis l'enfance, Ben, répliqua-t-elle d'un ton réprobateur.

— Je repars chez moi dans une semaine.

— C'est bien. Ta place est à Londres, la mienne est ici.

Il commençait à en douter. Il pourrait s'engager, s'installer ici avec armes et bagages, juste pour être avec elle. Mais il lui était impossible de faire des promesses qu'il n'était pas sûr de pouvoir tenir.

— Tu sais que je tiens à toi, Arianna. Mais…

— Je sais. Tu ne veux pas me faire souffrir, dit-elle en souriant. Si tu tiens à me protéger, tu devrais d'abord respecter mes décisions.

Elle avait raison. Ils étaient convenus de voir où menait

leur amitié, et ils savaient au fond d'eux qu'ils en arriveraient là. Il n'avait plus d'arguments, et il ne pouvait pas se leurrer ni tromper Arianna en prétendant ne pas la désirer.

Elle fouilla dans son sac et en sortit quelque chose qu'elle garda dans son poing fermé.

— J'ai beaucoup réfléchi, Ben, et c'est ce que je veux. Je crois que toi aussi, mais tu t'y refuses parce que tu vas bientôt partir et que tu es un gentleman, déclara-t-elle, ouvrant la main et lui tendant un préservatif.

— Tu n'en as qu'un ? observa-t-il, railleur.

— Je suis médecin, et j'ai un très grand sac. Je dois te prévenir honnêtement, je suis disposée à profiter de toi.

— Approche, murmura-t-il, pris de vertige devant la violence du désir qui embrasait son corps.

Elle se leva et, sans le quitter des yeux, vint s'asseoir sur ses genoux.

L'attirant contre lui, il l'embrassa avec fougue, et elle répondit ardemment à son baiser.

— C'est ce que j'aime chez toi, Ben. Derrière les apparences, tu n'as vraiment rien d'un gentleman…

Arianna sentait son corps palpiter de désir. Quand elle avait glissé le préservatif dans la main de Ben, elle avait été envahie du sentiment grisant qu'ils pouvaient faire tout ce qu'ils voulaient. C'était encore mieux que dans ses fantasmes.

— Je prépare le lit ? demanda-t-elle, impatiente de faire l'amour avec lui dans la fraîche brise vespérale.

— Je crois que je n'aurai pas la patience d'attendre, répliqua-t-il avec un sourire coquin.

Elle sentit ses doigts froisser le tissu de sa robe, puis sa main se referma sur un de ses seins, et elle gémit de plaisir.

— Allons dans ma chambre, alors, dit-elle en effleurant des doigts la braguette de Ben, lui arrachant un grondement sourd.

Il enfouit les mains dans ses cheveux et l'embrassa voluptueusement, le corps dur, la bouche possessive.

Il déboutonna lentement sa robe et la fit glisser à terre, puis il promena ses doigts sur la fine dentelle qui voilait ses seins dressés par le désir.

Il souriait, comme s'il aimait ce qu'il voyait. Et, quand ses mains glissèrent au creux de sa taille, elle se mit à trembler.

— Ben… maintenant…

Il se pencha et lui baisa le front.

— Bientôt.

Il était tendre, mais elle le savait capable de passion. Et, à cet instant, elle voulait de la passion.

Elle noua les bras autour de son cou, se plaquant contre lui.

— Maintenant, Ben !

En riant, il la souleva et la porta jusqu'à la chambre.

Couchée sur le lit, elle le regarda se déshabiller.

Il était magnifique, avec sa peau lisse dorée par le soleil. Il avait un corps superbe, des hanches minces et de longs membres aux muscles harmonieux. Et il la contemplait comme si elle était la femme la plus désirable du monde.

Puis il la rejoignit sur le lit, la passion brûlant dans ses yeux clairs. Il dégrafa son soutien-gorge, fit glisser son slip et la guida vers le plaisir de toutes sortes de manières en lui chuchotant des mots tendres. Alors qu'elle n'en pouvait plus de désir, il s'écarta un instant pour mettre le préservatif. Puis il reprit sa bouche avec gourmandise.

Quand il s'enfonça en elle, elle l'accueillit avec ravissement et s'accorda au rythme cadencé de ses hanches. Elle remarqua qu'il serrait les dents. Puis elle ne vit plus rien, les yeux clos sous la jouissance qui l'emportait dans un tourbillon de volupté.

— Ouvre les yeux, chuchota-t-il tandis que les vagues de plaisir s'espaçaient lentement.

Elle le regarda.

Tendu à l'extrême, il avait atteint le point de rupture.

Elle l'entoura de ses jambes et sentit son corps dur se soulever, tremblant sous l'effet de l'orgasme.

À bout de souffle, ils demeurèrent enlacés, le cœur battant. L'embrassant tendrement, il roula sur le dos, l'entraînant avec lui, et ils se retrouvèrent peau contre peau. Elle commençait à somnoler, mais la nuit était loin d'être finie.

Il écarta des boucles brunes de son visage.

— C'était juste incroyable, Arianna.

— Oui…

Elle avait répondu à ses caresses avec une passion dont elle se serait crue incapable. Il avait été secoué comme elle, et son incapacité à trouver les mots pour décrire leurs ébats la touchait. Elle baisa sa joue, et il sourit paresseusement.

— Tu veux dormir ? demanda-t-il avec malice.

— Non.

— Tu veux jouer, alors ?

Brillante idée.

Ils parlèrent à voix basse, rirent doucement tandis que les pales du ventilateur tournaient lentement au plafond. Elle contempla le corps athlétique de Ben à la lumière tamisée de la lampe de chevet. Il la laissa l'explorer à sa guise. Puis il la plaqua sur le grand lit, se hissa sur elle, et ils s'unirent de la plus exquise des façons, amorçant de nouveau le lent et délicieux cheminement qui mène à l'extase.

— Tu aimes être dessus ? demanda-t-elle, taquine, comme ils étaient enlacés sur le lit, isolés dans leur bulle.

— J'aimerais te voir sur moi, répondit-il en l'embrassant tendrement.

— Hum, ça me plairait aussi. Et le faire debout. Assis…

— Sur le côté, pour que je puisse te caresser partout…

Elle se blottit contre lui.

— Tu crois qu'une semaine suffira ?

— Nous sommes doués en gestion du temps, répondit-il en l'enlaçant. Il est temps de dormir, mon cœur.

Elle sombra bientôt dans un profond sommeil sans rêve.

Ben avait l'impression d'avoir toujours vécu ici. Il commençait à connaître les gens du village et comprenait quelques mots de grec. Il savait où acheter les meilleurs produits, et à quelle heure les pêcheurs rentraient au port avec leur cargaison de poissons. Et, les quatre dernières nuits, Arianna et lui avaient déployé des trésors d'inventivité pour jouir au mieux de leurs derniers moments d'intimité, et il avait cru plus d'une fois mourir de plaisir.

En allant la retrouver au centre médical, ce jour-là, il la trouva assise à la réception, le visage radieux.

— Quoi ? demanda-t-il, lâchant la main de Jonas, qui se précipita dans les bras de la jeune femme.

— Je... J'ai appelé mon père.

Et, à en juger par son expression, ça s'était bien passé.

Laissant le petit garçon plonger dans le contenu du coffre à jouets destiné aux enfants, il s'assit près d'elle.

— Raconte.

— J'ai téléphoné vers midi. Il était en réunion, mais j'ai laissé un message, et il m'a rappelée deux minutes après. Nous avons bavardé un peu. Beaucoup, même, nous sommes restés près d'une heure au téléphone. Il m'a parlé de son projet d'hôtel pour Kantos.

— Et tu lui as parlé de ton travail ?

— Non. Je lui ai dit que nous avions planté des arbres. Il trouve que c'est une excellente façon d'impliquer tout le monde.

— Et... Vous comptez remettre ça ? demanda-t-il, désireux de voir Arianna faire la paix avec son père.

— Oui, il m'appellera dimanche. Il l'a noté dans son agenda. Non pas pour y penser, mais pour réserver cet horaire. Pour moi.

Ben hocha la tête, heureux pour elle.

Il serait parti, d'ici là, mais peut-être aurait-il des échos de leur conversation. Il lui semblait impossible de ne plus avoir de nouvelles d'Arianna.

— Je m'en réjouis. Je sais que ce n'était pas facile pour toi...

Il fut interrompu par la sonnerie du téléphone.

C'était un des inconvénients de la vie dans l'île : il n'y avait pas d'autre médecin qu'Arianna, et, si un patient avait besoin d'elle, tout le reste devait attendre.

Arianna décrocha, parla en grec, et son visage se troubla.

— Que se passe-t-il ? demanda-t-il, l'échange terminé.

— Tu te souviens de Jem Colyer ? Il regagnait l'Angleterre aujourd'hui avec sa famille, et il a été pris dans une bagarre alors qu'ils embarquaient à bord du ferry. J'ignore s'il y a des blessés, mais la police est sur place.

— Tu vas là-bas ?

— Oui. Je ne sais pas si ce sera long…

— Andreas est là aujourd'hui ?

— Oui, il gérera le cabinet. Et il s'occupera de Jonas, si tu veux m'accompagner.

Ben confia son fils à Andreas et suivit Arianna à l'embarcadère.

Sur le quai, elle se fraya un chemin parmi les passagers débarqués du ferry et s'arrêta pour s'entretenir avec un policier avant de se tourner vers Ben.

— Jem était au bar. Apparemment, quelqu'un a bousculé Kriss et renversé son verre sur elle et sur Eloise. Il a perdu le contrôle et a commencé à jouer des poings avant de s'emparer d'un couteau derrière le comptoir.

Le policier s'adressa en grec à Arianna, qui hocha la tête.

— On a emmené Kriss et Eloise à l'abri, mais Jem est toujours au bar, et il menace tous ceux qui s'approchent.

— Il n'a rien à perdre, remarqua Ben, conscient que, sans sa femme pour le calmer, le forcené était capable de tout.

— La police espère que Kriss pourra lui faire entendre raison, mais ils ne veulent pas la laisser retourner là-bas tant qu'il est armé. Je crains que quelqu'un ne soit blessé, Ben.

— Nous devons y aller. Au moins, nous avons une idée de ce qui le pousse à agir ainsi.

— D'accord. La police va m'escorter et je…

— Tu ne vas rien faire du tout. Je viens avec toi.

Elle lui adressa un sourire crispé.

— J'aurais dû m'en douter.

On leur remit des gilets pare-balles, qu'une policière leur attacha solidement avant de les emmener sur le pont du ferry, où tous les policiers de l'île semblaient s'être rassemblés.

Ben repéra Kriss et Eloise assises avec une policière, hors de la vue de Jem. Le brouhaha qui régnait habituellement sur le bateau avait laissé place à un silence menaçant. Arianna rejoignit l'officier responsable des opérations, échangea quelques mots avec lui et revint.

— Je lui ai dit que nous avions déjà eu affaire à Jem et à Kriss, dit-elle. Il semble croire que nous avons peut-être une chance de lui faire entendre raison.

Ben opina.

— Je vais tenter de lui parler. Mais tu restes en retrait.

Arianna s'empourpra.

— Dois-je te rappeler qu'il s'agit de *ma* patientèle ?

— Non. Et je n'ai pas besoin de te rappeler que, si Jem perd les pédales, j'ai plus de chances que toi de le maîtriser.

— Je n'aime pas ça…

— Je sais. Avant tout, nous devons nous entretenir avec Kriss.

Arianna acquiesça, et Ben se dirigea vers la femme de Jem. Elle tenait le coup, mais son visage était grave.

— Parlez-moi, Kriss, dit-il, s'asseyant près d'elle.

— Vous savez déjà tout. Jem ne fera de mal à personne. Je leur ai dit que s'ils se retiraient et le laissaient tranquille…

— Ils ne peuvent pas, Kriss. Il a un couteau. Il paraît que tout a commencé quand quelqu'un a renversé un verre.

— Oui. Ce n'était rien, mais il a explosé. Je me suis enfuie avec Eloise pour éviter la bousculade.

— Autre chose que nous devrions savoir ? Alcool, drogue ?

— Non, répondit Kriss, catégorique.

— Vous êtes sûre ? observa Arianna d'un air inquiet. Pas de médicament sur ordonnance ?

— Non, il n'a pas consulté depuis des lustres. Il prétend que les médecins n'ont rien fait pour sa grand-mère. Mais il vous apprécie, docteur Marsh.

— Vraiment ?

— Il respecte les gens qui sont francs avec lui.

La situation était complexe, et il n'y avait pas de solution miracle. Ben n'excusait pas le comportement de Jem, mais pour l'instant il voulait le sortir de là en un seul morceau. Les torts des uns et des autres ne le concernaient pas.

Il posa encore quelques questions à Kriss, qui ne leur apprit rien de plus : Jem était instable et imprévisible.

Ben alla rejoindre les policiers avec Arianna.

— Ça ne va pas être facile.

— Moi qui pensais que ce serait une partie de plaisir, maugréa Arianna.

On vérifia de nouveau leurs gilets pare-balles, et elle lui relaya les instructions de l'officier chargé de l'opération.

Dans le bar, Jem faisait les cent pas, de plus en plus agité. Il fallait intervenir maintenant si l'on voulait avoir une chance de le calmer.

Ben pressa discrètement la main d'Arianna avant de s'éloigner en fendant la foule des policiers.

Savoir qu'elle l'observait lui donnait du courage, il devait réussir.

Il s'arrêta devant la porte du bar. Jem avait cessé d'arpenter la salle. Il était retourné au comptoir se servir un verre. Il avait du sang sur le côté du visage et tenait un long couteau de cuisine.

Ben frappa prudemment à la porte, gardant les mains bien visibles à travers la vitre. Jem lui ayant fait signe d'entrer en agitant son couteau, il poussa la porte et pénétra à l'intérieur.

11.

Ravagée par l'angoisse, Arianna sentait son cœur battre la chamade. Comme à l'âge de six ans, quand elle avait vu les vagues lui arracher Ben.

Apparemment, tout se passait bien, et le policier acquiesçait à ses questions muettes, les yeux rivés sur la scène qui se déroulait dans le bar. Ben avait l'air détendu, même si un léger tremblement de ses doigts trahissait son stress. Il gardait ses distances avec Jem et se déplaçait lentement, fixant son attention sur lui sans lui tourner le dos. Il semblait l'encourager à parler.

Il n'obtint d'abord pour toute réponse que des hochements de tête et des mouvements de couteau. Puis Jem commença à lui répondre verbalement, et Ben alla se percher sur un tabouret. Hors d'atteinte de Jem et prêt à détaler, mais assez près pour feindre une complicité avec lui.

Arianna sentait la sueur ruisseler dans son dos.

— C'est trop long, dit l'officier, regardant sa montre et constatant que Ben était dans le bar depuis vingt minutes.

— Il parle toujours…

Elle ne savait pas si c'était ou non une bonne chose. Jem avait vidé son verre et voulu se resservir, mais Ben l'en avait dissuadé, et il avait reposé la bouteille. En continuant à parler, Ben était en danger. Une cible facile.

Dix minutes passèrent. Une tache de transpiration souillait la chemise de Ben entre les omoplates.

Elle aimait son odeur. Celles de sa sueur et de la sienne qui se mêlaient aux parfums frais de la nuit…

Ce n'était pas le moment de penser à ça, mais la peur de le perdre gravait ces instants dans sa mémoire de façon indélébile.

Un crépitement de parasites la fit sursauter, et le policier attrapa sa radio, baissa le son, et parla à voix basse.

Les négociateurs seraient bientôt là et sortiraient Ben de ce guêpier.

Elle s'en réjouissait, mais, si Ben n'arrivait pas à calmer Jem, personne ne le pourrait…

Kriss éclata en sanglots. Elle avait réussi à se contenir pour Eloise, mais la policière qui s'occupait d'elles n'arrivait plus à les calmer. Le chef des opérations chargea deux policiers de les éloigner.

— Il vaut mieux qu'elles s'en aillent, répondit-il au regard interrogateur d'Arianna. Il faut épargner cela à l'enfant.

Apparemment, les policiers jugeaient que, en dépit des efforts de Ben, un drame était inévitable et que la mère et sa fille devaient être protégées.

Arianna déglutit pour réprimer son affolement.

La situation pouvait dégénérer à tout instant. Avec Ben au milieu !

La passerelle du ferry était visible du bar, et Jem leva les yeux au moment où sa femme escortée par les policiers regardait en arrière. Il crispa les doigts sur le manche du couteau et cria en se frappant le front de l'autre main. Ben se leva lentement, tendu. Il parlait toujours, tentant encore de calmer le forcené, dont la posture agressive et les traits déformés par la rage trahissaient les intentions. Arianna pria silencieusement pour qu'il sorte vite et sauve sa peau.

Trop tard. Des matraques apparurent dans les mains des policiers, qui se tenaient prêts, et elle entendit le déclic d'une arme. Jem bondit, courut vers la porte du bar.

S'il tentait de forcer le passage, les policiers ne le rateraient pas. Refusant cette fatalité, Ben le força à s'écarter. Jem le repoussa violemment, mais Ben l'attrapa à bras-le-corps et tous deux s'empoignèrent. Puis le poing de Ben s'abattit sur la mâchoire de Jem, qui s'effondra sur le sol, lâchant le couteau.

Ben alla le ramasser en titubant.

Les policiers accoururent, suivis d'Arianna.

Trois policiers immobilisaient Jem, que Ben tentait toujours d'apaiser.

Elle devait le laisser terminer ce qu'il avait commencé. Elle aurait tout le temps de l'embrasser plus tard.

Le bourdonnement assourdi d'un hélicoptère se rapprochait. L'appareil se retrouva bientôt en vol stationnaire au-dessus d'eux, et l'équipe d'intervention accompagnée de personnel médical en jaillit et sauta sur la jetée.

Courant jusqu'au ferry, les auxiliaires médicaux étendirent Jem sur une civière, et l'examinèrent rapidement avant de le sortir du bar. Visiblement exténué, Ben resta accroupi, la main sur le flanc.

C'est alors qu'Arianna remarqua le sang.

— Ben…

Elle se précipita vers lui, et il lui adressa un sourire crispé.

— Ce n'est qu'une égratignure.

— Laisse-moi en juger par moi-même.

Elle lui retira son gilet de protection et vit une tache de sang sur sa chemise.

Déviée par le gilet, la lame du couteau l'avait touché juste en dessous.

Il grimaça quand elle déboutonna sa chemise.

— Tu ne peux pas attendre qu'on soit seuls ? grommela-t-il, trouvant la force de plaisanter.

— Tais-toi.

Aidée de la trousse médicale apportée par un policier, elle examina minutieusement sa blessure.

L'entaille saignait beaucoup mais n'était pas profonde.

— Alors, docteur ? demanda Ben, avec une désinvolture qui dissimulait mal sa douleur.

— La plaie est superficielle. Je vais la protéger le temps

de te ramener au cabinet, dit-elle en posant sur l'estafilade une couche de compresses, qu'elle fixa avec du sparadrap. Appuie fort dessus.

Ben s'exécuta docilement.

L'officier en chef dégagea le passage pour les emmener à un véhicule de police, et il prit le volant lui-même pour les conduire au centre médical. Puis il repartit après leur avoir serré la main.

Elle referma la porte du cabinet étrangement silencieux.

— Où est Jonas ? demanda Ben.

Elle avisa le message en évidence sur le bureau.

— Andreas et Eleni l'ont ramené chez eux, ils vont bien s'occuper de lui. Je vais te faire des points de suture et ton pansement, et tu pourras aller le retrouver, d'accord ?

— Bon, merci.

Il voulut l'enlacer mais se figea.

— Il y a du sang sur ta robe.

— Ce n'est rien. J'ai des vêtements de rechange ici.

Elle l'étreignit en veillant à ne pas toucher son côté. La poitrine de Ben se soulevait lentement, comme s'il recommençait juste à respirer.

— Je suis là, Ben, murmura-t-elle.

— Je sais. C'est si bon…

Dans la salle de soins, il monta sur la table d'examen et roula maladroitement sur le côté. Elle nettoya soigneusement la blessure, anesthésiant la peau avant de suturer.

Les points devaient être parfaits sur ce corps parfait. Sans laisser de cicatrice, même si elle n'était plus là pour le voir.

Ben garda le silence pendant qu'elle recousait la plaie.

— Voilà, c'est fait. Tu veux voir avant que je pose le pansement ? proposa-t-elle.

— Oui, merci.

Il scruta son flanc dans le miroir qu'elle inclinait pour lui permettre de mieux voir.

— Je suis impressionné. La couture est impeccable.

Il s'efforçait de sourire, mais tout éclat avait disparu de son regard. Elle ramassa sa chemise ensanglantée et la jeta dans la corbeille à linge sale.

— Il ne faut pas que Jonas te voie là-dedans. Andreas garde des tenues médicales ici. On va lui emprunter une tunique.

— Oui, j'ai besoin de voir mon fils, répondit Ben tandis qu'elle l'aidait à se relever.

— Bien sûr. Mais pas avec du sang sur les mains.

Elle prit une lingette et lui nettoya soigneusement la main. Mais la lumière avait déserté les yeux de Ben. Jonas allait le remarquer, et elle avait le cœur serré à cette pensée.

— Jem a vu Kriss partir ? C'est pour ça qu'il a vrillé ?

— Oui, répondit-il. Il était à cran quand je suis entré, mais il semblait se calmer. J'avais réussi à le convaincre qu'il pouvait s'en sortir s'il n'attentait pas à ses jours et ne blessait personne. Puis il a vu Kriss s'éloigner avec Eloise, et il est devenu incontrôlable, menaçant de tuer tous ceux qui l'empêcheraient de passer.

— Alors tu l'as empêché de passer…

— Je n'avais pas le choix. S'il était sorti du bar, il y aurait eu des victimes.

— Il y en a eu une.

— Mais c'est superficiel. Tu l'as dit toi-même.

Elle jeta la lingette souillée dans la poubelle et en prit une propre pour nettoyer son autre main.

— Qu'est-ce qui t'arrive, Ben ?

— J'ai besoin de voir Jonas.

Bien sûr. Pas une fois il n'avait dit qu'il avait besoin d'elle, et elle s'efforça de ne pas y songer. Il était normal qu'elle passe après son enfant, elle respectait cela. Quand bien même elle aurait aimé qu'il pense à elle.

— Lui aussi a besoin de te voir. Mais pas avec ce sang, ni avec ce regard. Qu'est-ce qu'il y a, Ben ?

Il secoua la tête.

— Je réfléchissais à ce qui se serait passé si j'avais été gravement blessé. Si je n'avais pas pu aller le retrouver…

Elle poussa un soupir.

Ne pas être là pour ceux qu'il aimait serait probablement toujours un déchirement pour Ben.

— Ton intervention a tout changé pour Jem. Sans toi, la situation aurait très vite dégénéré.

— Oui… Mais c'était plus facile de sauter à l'eau pour te secourir. Bien moins compliqué.

— Beaucoup de choses semblent plus simples quand on a douze ans.

— C'est vrai. Peut-être que, dans quinze ans, je ne m'inquiéterai pas autant pour Jonas.

— Je ne parierais pas là-dessus, répondit-elle en jetant la lingette sale à la poubelle.

— Sais-tu ce qui va se passer pour Jem ?

— J'ai entendu la police dire qu'il allait être conduit à Athènes pour y subir une évaluation psychiatrique dans un établissement sécurisé où on s'occupera bien de lui. Je connais l'endroit. Il sera inculpé, mais il aura un procès juste.

— Je n'aimerais pas avoir à décider de son sort. Il a mal agi, mais je comprends comment il en est arrivé là.

— Moi aussi. Mais nous sommes médecins, nous n'avons pas à juger. Notre travail consiste à agir au mieux pour les gens sans nous soucier de qui ils sont ou de ce qu'ils ont fait. Alors je pense que nous en avons fini avec cette histoire, conclut-elle en souriant.

Il lui rendit son sourire et mêla ses doigts aux siens.

— Que deviendrais-je sans tes soins et tes conseils ?

Il était temps qu'il aille retrouver son fils. L'agréable marche jusqu'à la maison d'Eleni et Andreas lui remonterait peut-être le moral…

Mais il ne semblait pas pressé, et soudain, contre toute attente, il l'enlaça.

— Attention…

— Ça va. Je veux juste te tenir, Arianna, dit-il en l'étreignant. Quand Jem a voulu sortir du bar, je n'ai eu qu'une seule pensée : tu étais dehors, et je devais à tout prix l'empêcher de t'approcher.

Toute femme aurait aimé entendre qu'un homme était prêt à tout risquer pour la sauver. Et le comportement héroïque de Ben lors du naufrage avait alimenté sa fascination pour lui durant toutes ces années. Mais les choses n'étaient pas si simples : il devait penser à Jonas. Et ce qu'elle aimait tant chez lui, sa nature généreuse, son courage, était peut-être justement ce qui les séparait.

Cependant, il était facile d'ignorer ces pensées quand elle était dans ses bras.

Elle leva la tête et vit que la chaleur était revenue dans son regard. Elle l'embrassa, et il lui rendit son baiser avec fougue.

— Tu sais que tu seras toujours mon héros, n'est-ce pas ?

Ben avait mal partout, mais c'était surtout dû à la tension nerveuse. Sa blessure le faisait à peine souffrir, dans deux jours, il aurait récupéré.

Eleni et Andreas avaient insisté pour les garder à dîner. Ils avaient mangé sous le grand olivier de leur jardin. Pendant le dîner, Arianna avait pris un appel et s'était absentée une demi-heure pour aller soigner une enfant fiévreuse. Andreas avait promis d'aller voir celle-ci à la première heure le lendemain, et le repas s'était achevé dans la joie et la bonne humeur. Ils étaient partis tôt et regagnaient à pas lents la voiture d'Arianna.

Arianna avait expliqué à Jonas que son papa avait été très courageux et que sa blessure était superficielle, qu'elle lui avait juste mis un gros pansement pour qu'elle paraisse plus grave.

— Waouh, papa ! s'était écrié Jonas, visiblement impressionné. Tu vas avoir une médaille ?

— Non. On n'en a une que quand on est très, très brave.

— Parce que toi, tu n'es pas très, très brave ? avait rétorqué son fils, indigné.

— Non.

La réponse s'était perdue dans le « si » d'Arianna.

Ben n'avait qu'une envie, s'endormir contre elle. Mais, ce soir, il se devait d'être présent pour Jonas.

— Papa… On peut aller chez Arianna ?

— Pourquoi veux-tu aller là-bas ? demanda-t-il.

— Pour qu'Arianna m'aide à m'occuper de toi.

— Ce soir, tu veux dire ? demanda-t-il en voyant Arianna sourire.

— Oui… Arianna, tu peux prendre soin de mon papa ?

— Bien sûr. Si c'est ce que tu veux, Jonas.

— Oui.

Ben évita le regard d'Arianna pour ne pas pouffer.

Il ne voulait pas que Jonas soupçonne l'invitation d'Arianna d'être motivée par des raisons autres que médicales.

Arianna comptait dormir dans son lit pendant que Ben et Jonas partageraient le grand lit de la chambre d'amis. Mais, au moment du coucher, l'enfant lui réclama une histoire, et Ben s'étendit près de lui pour écouter.

Jonas se dressa soudain, frappé par une idée.

— Qu'est-ce qui se passera si les points de suture de mon papa s'ouvrent ? Il se videra de son sang sur le tapis ?

— Ils ne s'ouvriront pas, Jonas, dit Ben, ouvrant un œil.

— Oh…, commenta l'enfant, vaguement déçu. Tu es sûr ?

— Oui. Les sutures d'Arianna sont très spéciales. Je ne saignerai pas, encore moins sur le tapis.

— D'accord, dit Jonas, et il se poussa jusqu'au bord du lit pour laisser un espace entre son père et lui. Tu peux te mettre ici, Arianna.

— Arianna a un lit, tu sais, objecta Ben, retenant un sourire.

Mais Jonas leur jeta un regard si suppliant qu'elle ne put résister. Elle grimpa sur le lit et se glissa entre eux.

Le temps qu'elle termine l'histoire, l'enfant dormait à poings fermés.

Il était temps pour elle de partir. Mais, comme elle se redressait, la main de Ben saisit la sienne.

— Reste. S'il te plaît.

Il s'était inquiété pour Jonas, mais lui aussi avait besoin de réconfort.

Elle se blottit doucement contre lui.

Elle allait attendre qu'il s'endorme pour partir. Mais elle avait l'impression d'être à sa place.

L'espace d'une nuit, elle pouvait imaginer être membre à part entière d'une famille plus forte réunie que séparée. Ce qu'elle aurait été si le destin n'avait pas bouleversé sa vie.

12.

Certaines blessures ne guérissent jamais.

La plaie que Ben avait au côté se refermerait. Il était un peu raide et meurtri, mais sa panique irraisonnée quand il avait vu couler son sang avait été disproportionnée.

Peut-être à cause du traumatisme beaucoup plus grave que lui avait infligé la mort d'Emma. Il vivait avec cette souffrance, mais parfois il avait l'impression qu'elle le vidait de son sang. Il avait voulu secourir Jem, la protection de ses patients étant chez lui une seconde nature. Mais il n'arrivait même pas à protéger ceux qu'il aimait. Comme Emma. Et, en agissant d'instinct pour empêcher Jem d'approcher Arianna, il avait failli priver Jonas du seul parent qui lui restait.

Il n'avait d'autre choix que laisser partir Arianna… Encore une blessure qui ne guérirait peut-être jamais.

Le lendemain, samedi, Arianna passa la journée avec lui à l'hôtel pour garder les enfants pendant que Lizzie et James partaient en excursion. Elle lui parut songeuse.

— Tu restes ici cette nuit ? demanda-t-elle quand les parents furent rentrés, et les enfants, couchés.

Elle voulait peut-être passer la nuit seule pour réfléchir à ce qui la tourmentait ?

Il l'attira à lui et la serra dans ses bras.

— Je pourrais.

— Ou tu pourrais venir chez moi ? suggéra-t-elle en soutenant son regard, balayant ses doutes.

— J'en serais ravi.

À peine la porte de la maison d'Arianna fut-elle refermée

sur eux qu'elle l'embrassa à pleine bouche, comme pour chasser les silences de la journée, les noyer dans la passion qui les submergeait chaque fois qu'ils étaient seuls.

— Viens t'allonger…

Elle l'avait dorloté toute la journée, mais cette requête sonnait différemment.

Elle l'entraîna dans la chambre, déboutonna sa chemise et la lui ôta.

Il la laissa faire, désireux que ces moments effacent le passé et l'avenir, tout ce qui n'était pas elle. Elle le déshabilla lentement et empila les oreillers pour qu'il puisse s'allonger sur le lit.

— Je peux être *très* douce avec toi, murmura-t-elle en commençant à déboutonner lentement sa robe.

— Oublie le *très*. Si je saigne, on fera une pause pour éponger le sang sur le tapis, répliqua-t-il, pince-sans-rire.

Le sourire aux lèvres, elle acheva de dégrafer sa robe et la laissa glisser à ses pieds avec un érotisme insoutenable.

— Tu as porté ces sous-vêtements toute la journée, et je ne le savais pas ! protesta-t-il, fasciné par sa lingerie sexy.

— Je ne voulais pas te donner d'idées, dans ton état, murmura-t-elle avec un sourire coquin.

— Je suis d'attaque, ne t'inquiète pas pour ça.

Hochant la tête, elle contempla son corps durci de désir et, grimpant sur le lit, elle déposa un baiser léger sur ses lèvres.

— Tu ne sentiras presque rien…

Il la plaqua contre lui et l'embrassa pour lui montrer la force de son désir.

— Trop tard, mon cœur. Je sens déjà quelque chose.

La nuit passée avait été merveilleuse, comme pour retarder l'avenir qui se profilait. Ben avait chassé de son esprit toute pensée parasite, et Arianna savait qu'il avait été entièrement avec elle.

Mais le temps leur filait entre les doigts. L'Angleterre n'était pas si éloignée – son père s'envolait pour Londres et en revenait en l'espace de vingt-quatre heures. Le problème n'était pas la distance mais de savoir s'ils pourraient poursuivre leur relation. Et il ne leur restait plus beaucoup de temps.

Elle avait cru qu'une nouvelle nuit de passion leur permettrait de prendre un peu de recul, mais, quand elle se réveilla, elle était seule.

Elle se leva, enfila son peignoir en coton et gagna la terrasse, où Ben contemplait la mer, assis dans un fauteuil en rotin.

— Comment ça va ? demanda-t-elle, désignant le pansement visible au-dessus de la ceinture de son jean.

— Bien. Pas de problème…

Elle s'assit près de lui, mais il ne fit rien pour l'attirer à lui, et elle se sentit soudain très seule.

— Peut-on faire ça, Ben ?

— On est en train de le faire, non ?

Il éludait la question. Mais ils devaient en parler.

— Ce n'est pas ce que je veux dire, et tu le sais.

Il inclina la tête.

— Je pense que la moindre des choses c'est de se séparer en amis.

Non. Ça, ça ne marcherait jamais.

Arianna inspira.

— Je ne pourrai jamais n'avoir que de l'amitié pour toi, Ben. J'aurai toujours envie de toi. De t'aimer, d'être aimée de toi.

Elle lut de la souffrance dans son regard.

— C'est impossible, Arianna.

Alors il devait lui dire pourquoi. Formuler clairement la raison, lui donner quelque chose auquel s'accrocher.

— Pourquoi ?

Le visage de Ben s'assombrit.

— Emma…

— Tu l'aimes encore ?

— Ce n'est pas ça, Arianna. J'ai manqué à mes devoirs

envers elle, et… je me suis juré de tout faire pour ne jamais négliger Jonas. D'être là, de le protéger. L'incident de l'autre jour m'a rappelé que je ne pouvais pas vous protéger tous les deux. Et Jonas est mon enfant, il a besoin de moi…

Elle le savait. Elle eut envie de lui dire qu'elle aussi avait besoin de lui, mais elle se tut.

— Tu crois que je tiendrais autant à toi si tu n'étais pas un si bon père pour lui ?

Il secoua la tête d'un air résigné.

— Je suppose que non.

— Il ne t'est jamais venu à l'esprit que je ne voulais peut-être pas que tu me protèges ? Je n'ai pas besoin que tu t'occupes de moi. Je veux juste que tu m'aimes. Explique-moi pourquoi j'ai été sauvée et pas Xander, déclara-t-elle d'un trait, presque sans respirer.

Il la fixa, perplexe. Puis il eut une moue incrédule.

— Tu n'as pas besoin que je te donne une raison, Arianna. Si tu es aveugle au point de ne pas voir combien tu comptes…

Oui, elle avait été aveugle. Avant de retrouver Ben, elle n'avait que son travail pour légitimer sa place dans le monde. Elle avait découvert sa propre valeur en regardant à travers ses yeux. Et il allait détruire tout cela en l'abandonnant.

— Tout ce que je vois, Ben, c'est que tu nous arraches l'un à l'autre.

Ben savait ce qu'il faisait. Il avait gardé le fragile espoir que parler avec Arianna empêcherait l'inéluctable. Mais il avait eu tort.

— Tu veux tenter l'expérience, c'est ça ? Qu'on reste ensemble dans l'espoir que nous ne nous déchirerons pas ?

Elle pinça les lèvres. Elle savait comme lui que c'était exactement ce qui arriverait. Il était encore plus décidé à partir maintenant qu'elle avait montré la piètre opinion qu'elle avait d'elle, car elle avait besoin d'espace pour s'épanouir sans être entravée par son besoin de la protéger.

— Et tu sais précisément ce qui se passera, n'est-ce pas ? dit-elle avec défi.

— Non. Je sais juste que tu mérites mieux que ce que je peux t'offrir.

Elle le regarda avec des larmes de reproche dans les yeux. Puis elle se leva, comme si elle avait pris une décision.

— Ton problème, c'est que tu m'as sauvée une fois et que tu crois maintenant que c'est ton devoir. Et, au cas où tu te poserais la question, je trouve ça exaspérant, dit-elle en tapant du pied, réprimant une grimace quand ses orteils nus frappèrent le plancher. Mais tu ne m'obligeras pas à te regarder partir. Je m'en vais.

— Je serai parti quand tu reviendras.

— Je laisserai mes clés de voiture…

— Non. Je préfère rentrer à l'hôtel à pied, répondit-il, déterminé à ne pas faiblir.

Elle n'arrivait même plus à le regarder. Elle se détourna, entra en trombe dans la maison, et il entendit couler l'eau de la douche. Puis ce fut le silence, suivi du bruit de la porte d'entrée qui claquait.

C'était une des multiples qualités qu'il aimait chez elle : elle ne faisait pas les choses à moitié.

Il resta un moment immobile, accoudé à la balustrade de la terrasse, s'obligeant à respirer, forçant son cœur à continuer à battre.

S'il survivait à ces instants, s'il réfrénait son envie de la rattraper et de lui promettre monts et merveilles pour qu'elle reste avec lui, ce serait moins difficile ensuite.

Mais pourquoi se comporter honorablement faisait-il aussi mal ?

13.

Quand Arianna rentra chez elle, la maison était silencieuse. Il n'y avait pas de désordre dans la cuisine, pas de traces de sable sur la terrasse. C'était comme si Ben n'était jamais venu.

Toute la journée, elle s'était enfermée dans son bureau au centre médical pour s'immerger dans le travail, et maintenant ses yeux s'emplissaient de larmes devant sa maison vidée de son âme.

Elle ouvrit le réfrigérateur et inventoria son contenu. Vin ou crème glacée ? Elle opta pour le vin, gardant la glace pour plus tard.

Elle savait que Ben avait raison. Forcer leur relation à marcher ne ferait que les séparer. Leur histoire avait commencé le jour où il l'avait sauvée, et aujourd'hui les retombées du sauvetage y avaient mis un terme. Elle se servit un verre de vin et but une longue gorgée sans parvenir à sourire de l'ironie de la situation, trop cruelle.

Elle remplit son verre et sortit sur la terrasse.

Toute trace de Ben avait disparu, sauf…

Son regard se posa sur la cascade de Jonas, qu'ils s'étaient tant amusés à construire et qu'il n'avait évidemment pas pu emporter.

Le visage baigné de larmes, elle se dirigea vers la plage, son verre à la main.

À partir de maintenant, sa vie et celle de Ben avaient intérêt à être parfaites, heureuses et réussies en tout point. Cela seul pourrait compenser ce qu'elle avait perdu.

Ben se hâta de regagner son cabinet londonien.

Amalie Cutler avait rendez-vous avec lui cet après-midi, et il était allé chercher lui-même à l'hôpital les résultats qu'elle attendait. Son oncologue étant en congé, le document du laboratoire avait patienté dans une corbeille durant des jours avant que la secrétaire accepte de le lui remettre. Dieu merci, les résultats étaient bons.

C'était la première fois qu'il souriait depuis des semaines. Il faisait bonne figure pour Jonas et riait même avec lui, comme avant. Mais il traitait sans ménagement ses collègues du cabinet plus souvent qu'à leur tour. Il était énervé, stressé, il avait le cœur brisé. Arianna lui manquait atrocement, et c'était pire de jour en jour… Mais cette bonne nouvelle était une raison de se réjouir.

Il pénétra dans son bureau, s'assit dans son fauteuil et alluma son ordinateur.

Amalie était la première à passer, elle n'aurait pas à attendre. Il l'appela par l'Interphone.

Amalie avait bonne mine, et ses courts cheveux blonds, qui avaient repoussé après la chimiothérapie, étaient coupés avec style.

— Comment vous sentez-vous, Amalie ?

— Bien… Mais j'attends mes résultats, et je ne les aurai pas avant le retour de vacances de mon oncologue.

— Je suis allé les chercher à l'hôpital. Ils étaient prêts à être envoyés. J'ai le plaisir de vous annoncer que les nouvelles sont bonnes.

Les yeux écarquillés, Amalie porta la main à sa bouche.

— C'est vrai ? Vous êtes sûr, docteur Marsh ?

— Absolument. Votre cancer est en rémission complète. Vous aurez des contrôles de temps en temps et je vous conseille de continuer à voir votre infirmière oncologue si vous en éprouvez le besoin, mais vous avez franchi un cap décisif.

Il lui tendit l'enveloppe contenant les résultats.

Elle l'ouvrit en tremblant, scruta les documents et leva des yeux pleins de larmes.

— Je… Je ne comprends pas vraiment ce que ça dit.

— Peu importe. Prenez un moment pour assimiler tout ça.

— Je dois appeler mon mari pour le prévenir. Et ma mère…

— Je vais demander qu'on vous prépare une tasse de thé, et on vous trouvera un endroit tranquille où passer vos coups de fil. Après quoi vous reviendrez ici, et nous discuterons des prochaines étapes. Et de la raison de votre visite d'aujourd'hui.

Amalie sourit.

— Je m'inquiétais tant pour mes résultats que j'ai perdu le sommeil. J'étais venue vous demander de me prescrire quelque chose pour dormir. Mais je crois que je n'en aurai plus besoin, maintenant.

— Très bien. Alors restons-en là. Dites-le-moi, si vos insomnies persistent.

Amalie avait déjà sorti son téléphone de son sac, impatiente de passer ses appels. Elle se leva en serrant l'enveloppe contre son cœur, et il la raccompagna.

Au moment de sortir, elle s'arrêta et lui pressa la main.

— Merci de tout cœur, docteur Marsh. Vous avez été là pour moi tout au long de cette épreuve, et ça a tout changé.

— Avec plaisir, répondit-il, la gorge serrée.

L'émotion intense qu'il ressentait était familière, mais il ne l'avait pas éprouvée depuis la mort d'Emma. Il avait fallu qu'il aille à Ilaria pour reconquérir ce sentiment de plénitude, grâce à celle qui lui avait montré le chemin.

Arianna.

Jonas s'était pris de passion pour les jeux de société. Chaque soir après le dîner, Ben et lui jouaient aux dames.

Généralement, Ben le laissait gagner, mais il essayait toujours de lui faire respecter les règles.

— Tu triches encore, Jonas ?

— Non, papa, répondit l'enfant d'un air innocent.

— Tu en es sûr ? Comment ton pion est-il allé d'ici à là ?

Jonas étudia attentivement le damier puis remit son pion à la bonne place.

— J'ai besoin de ton avis, fiston, dit Ben avant de porter son verre à ses lèvres, imité par Jonas, qui but une gorgée de jus de fruits.

— À propos de quoi, papa ?

C'était toujours ainsi qu'ils commençaient une conversation débouchant sur une décision importante. Et celle-ci serait peut-être la plus importante de la vie de Ben.

— Tu sais ce que veut dire « prendre un risque » ? demanda Ben, attrapant deux petits gâteaux, qu'il posa à portée de l'enfant. Tu peux en rafler un sous mon nez, mais, si tu essayes d'avoir les deux, je pourrais t'en empêcher.

Jonas réfléchit. Puis il plongea brusquement en avant, saisit un gâteau dans chaque main et s'écarta, se mettant hors de portée.

— Je t'ai eu, papa !

Ben sourit. Jonas n'avait aucun problème de motricité, et il devait constamment compliquer le jeu pour se montrer plus malin que lui.

— Il faudra que je sois plus rapide la prochaine fois.

Jonas acquiesça en enfournant un biscuit.

Il avait pris un risque en se focalisant sur l'alléchante récompense sans penser qu'il pourrait tout perdre, trop jeune pour songer aux conséquences.

Ben venait peut-être de trouver comment s'arracher au désespoir qui ne le lâchait pas depuis son retour d'Ilaria.

— À toi de jouer, papa.

— Oui, pardon…

Ben étudia le jeu, l'esprit ailleurs.

Était-ce vraiment aussi simple ?

Finalement, il attendrait que Jonas soit couché pour prendre sa décision.

La vie sur Ilaria ne se réduisait pas à la lumière et aux couchers de soleil. La mer qui lui servait d'écrin dissimulait de dures réalités sous sa surface scintillante. Il y aurait toujours des maladies, des dissensions, des déceptions et des souffrances. Arianna aimait la beauté de son île natale, son rythme de vie tranquille, et ses habitants, qui l'avaient accueillie comme *leur* médecin, pas juste comme la fille du milliardaire qui avait transformé l'île. La lumière unique et les couchers de soleil n'étaient qu'une valeur ajoutée.

Aujourd'hui, pourtant, elle n'y prêtait guère attention. Elle avait mal partout en se levant le matin, même si elle avait bien dormi. Et le vide laissé par l'absence de Ben lui semblait pire que les cauchemars.

Elle avait repris le cours de sa vie, travaillant dur pour endormir sa peine. Et, en un sens, un peu de Ben était resté avec elle. Il l'avait convaincue que sa vie n'avait pas été sauvée en échange de celle de Xander, et, si la mort de son frère restait une tragédie, elle savait désormais qu'elle avait droit à sa propre place dans le monde.

Elle était fatiguée. Il se faisait tard, la semaine avait été chargée, et elle avait juste envie de manger un morceau et de se coucher tôt. Le lendemain, on était samedi, et elle avait tout un week-end devant elle en perspective.

Elle sentit son téléphone vibrer dans sa poche alors qu'elle pénétrait dans la maison. Lâchant son sac, elle pria pour que personne n'ait besoin d'un médecin ce soir.

Elle prit l'appareil, scruta l'écran, et un picotement lui parcourut l'échine.

Ben !

Un espoir insensé, douloureux, s'empara d'elle. Avec un

frisson de peur, car elle savait que Ben ne la contacterait pas à moins d'une urgence grave.

Elle hésita à effacer le message sans le lire. Ou elle pouvait le lire avant de le supprimer. Ses doigts tremblaient tant qu'elle lâcha le téléphone, qui s'écrasa par terre. Elle s'empressa de le ramasser et vit avec soulagement que l'écran était fêlé mais qu'il fonctionnait toujours.

Je veux que tu saches que je t'aime. Sans toi, Arianna, je me noierai toujours.

Quoi ?

Elle chercha fébrilement une suite susceptible de lui indiquer ce qu'elle devait faire. Mais il n'y en avait pas. Ben lui disait où il en était, et il attendait sa réponse.

« Je t'aime. » Il ne l'avait jamais dit avant, et elle non plus. Mais il y avait de l'amour dans tout ce qu'ils avaient partagé. De l'amour et de la confiance.

« Je me noierai toujours. » C'était tout Ben. L'homme qui sauvait les autres mais n'y attachait pas d'importance, ne voyant que les façons dont *elle* l'avait aidé.

Elle réfléchit.

Ce serait la meilleure chose, la plus difficile, la plus terrifiante, mais aussi la plus merveilleuse qu'elle ait jamais faite…

Puis elle prit une profonde inspiration et se dit qu'elle allait dormir là-dessus et appeler le lendemain matin.

Elle alla dans la cuisine prendre une bouteille d'eau dans le réfrigérateur avant de se rendre compte qu'elle n'avait pas besoin de réfléchir. Elle savait depuis longtemps ce qu'elle devait faire.

Elle ressortit son téléphone de sa poche, vérifia qu'elle n'avait pas d'autre message, puis composa un numéro.

— Papa…

— Arianna ?

— J'ai besoin de ton aide.

Elle entendit son père retenir son souffle. Il n'avait pas

l'habitude d'être à court de mots et, quand il parla, sa voix tremblait légèrement.

— Merci de m'appeler, Arianna.

L'hélicoptère se balança un moment au-dessus de la mer puis se posa en douceur sur le terrain à côté de la maison. Le pilote coupa le moteur et courut vers Arianna, se baissant pour éviter les pales du rotor, qui tournaient encore. Il lui prit son sac et la guida vers la porte de l'appareil, où elle grimpa.

À la vue de son père, elle eut un mouvement de recul, mais il lui tendit la main pour l'aider à s'asseoir à côté de lui, et elle ne protesta pas quand il se pencha pour attacher sa ceinture de sécurité.

Décidément, c'était le jour des surprises !

— Qu'est-ce que tu fais là ?

— Dans mon hélicoptère ? répliqua-t-il innocemment.

— Sur Ilaria. Je croyais que tu ne devais jamais y remettre les pieds, observa-t-elle, perplexe.

— Techniquement, je n'ai pas les pieds sur l'île…

— Tu joues sur les mots, maintenant ?

Son père sourit.

— J'arrive à réduire tout le monde au silence, sauf toi, remarqua-t-il avec un soupir. C'était pareil quand tu étais petite.

Son visage reflétait une tendresse qui lui rappela la façon dont Ben regardait Jonas, et son cœur se gonfla de joie.

— Je pensais ce que je t'ai dit l'autre jour, papa, je ne veux pas qu'on passe encore deux ans sans se parler.

Elle était déterminée à sauver ce qui pouvait l'être de leur relation. À croire que tout n'était peut-être pas perdu non plus avec Ben.

Son père eut un sourire empreint de regret.

— J'ai commis bien des erreurs, Arianna. Je me disais que le chagrin nous avait éloignés, mais c'était à moi d'empêcher ça. Je t'ai abandonnée, et je donnerais tout maintenant pour avoir une chance de me racheter.

Elle s'aperçut qu'il tremblait et lui prit la main.

— Je dois me rendre seule en Angleterre, papa. Mais, à mon retour, j'irai te rejoindre à Athènes pour qu'on parle. Et j'aimerais que tu viennes voir le centre médical.

C'était peut-être trop demander mais, si les miracles étaient possibles, autant viser grand.

— Ça me ferait très plaisir…

Le pilote avait repris sa place aux commandes, et les pales du rotor accélérèrent dans un vrombissement assourdissant. Son père dut crier pour se faire entendre.

— Je suis très fier de toi, Arianna.

Elle lui pressa la main avec émotion.

— Je suis contente que tu sois là, papa. Merci…

L'appareil décolla, s'envolant au-dessus de la mer assombrie par le crépuscule.

Le voyage d'Athènes jusqu'à Londres allait lui sembler long et solitaire. Elle pria pour que ses espoirs ne soient pas déçus à son arrivée dans la capitale anglaise.

14.

Aurait-il dû envoyer ce texto ?

Ben y avait réfléchi toute la nuit, avant de s'arracher péniblement à son lit pour conduire Jonas à la fête d'anniversaire d'un petit camarade. Devant sa mine de papier mâché, la maman de ce dernier l'avait renvoyé chez lui en lui disant de revenir chercher Jonas à 18 heures. Il travaillait dur toute la semaine, et il avait besoin d'une journée de repos.

En réalité, il aurait préféré travailler pour ne pas penser. Avait-il bien formulé le message envoyé à Arianna ? Comprendrait-elle qu'il n'attendait rien d'elle, qu'il voulait juste qu'elle sache où il en était ? Comment allait-elle réagir ? Si elle le repoussait, accepterait-il sa décision, ou continuerait-il à l'aimer ?

C'était plus compliqué qu'attraper deux gâteaux secs. Mais une chose était sûre : il ne cesserait jamais d'espérer.

Quelle que soit la réaction d'Arianna, il n'aurait pas tout de suite de ses nouvelles. Si elle supprimait son message, il n'aurait plus de nouvelles du tout, et si elle répondait elle prendrait probablement son temps pour soupeser ses paroles.

Pendant son séjour à Ilaria, les mauvaises herbes avaient envahi son jardin, et il décida de le désherber pour penser à autre chose.

Il travailla durant une heure, puis il transporta les brassées d'herbes arrachées jusqu'à la cour de devant pour les tasser dans la poubelle réservée aux déchets végétaux. Dans la rue, une limousine passa lentement devant la maison, et il se demanda s'il y avait un mariage dans le quartier.

À Ilaria, tout le monde savait ce que faisaient ses voisins, mais pas ici…

La limousine s'arrêta et fit marche arrière.

Il grimaça en la voyant s'approcher dangereusement de la petite voiture d'un voisin qui démarrait, et il se demanda s'il allait devoir guider le chauffeur pour l'aider à se garer. En tout cas, bloquer la route ne semblait pas le gêner, car il sortit de la limousine, dont il ouvrit la porte arrière.

Arianna en descendit.

Chaussée de ballerines et vêtue d'un pantalon slim et d'un T-shirt rayé sous une élégante veste blanche, elle avait beaucoup de classe. Elle fit signe à son chauffeur de regagner son siège et, comme il tardait à démarrer, elle tourna la tête pour adresser un sourire d'excuse au conducteur de la petite voiture. C'est alors qu'elle vit Ben qui la regardait fixement.

Derrière elle, le voisin démarra, la manquant de peu et l'obligeant à battre en retraite entre deux voitures en stationnement.

Il se précipita vers elle, s'immobilisant à distance respectueuse.

— J'aurai du mal à te secourir si tu restes plantée au milieu de la route.

Quelle que soit la raison de sa venue, qu'elle soit là pour lui planter un poignard dans le cœur ou pour le prendre dans ses bras et lui sauver la vie, il l'accepterait. Son sort reposait désormais entre ses mains.

— J'aurais pu mieux planifier mon arrivée, admit-elle en le couvant d'un regard intense qui lui rendit espoir.

— Viens, allons à l'intérieur.

Il la précéda jusque chez lui et gagna le jardin. Elle sourit en évitant les tas d'herbes amoncelés sur le chemin.

À sa suite, elle franchit les portes vitrées et entra dans le salon.

— J'aime ta maison, dit-elle en regardant autour d'elle.

Les livres de la bibliothèque, les jouets rassemblés dans le panier devant la grande cheminée, les confortables fauteuils un peu fanés, tout revêtit soudain un lustre nouveau aux yeux de Ben. Si Arianna aimait sa maison, alors il l'aimait encore plus.

— J'ai eu ton message, dit-elle en se tournant vers lui. Et je suis venue tout de suite.

— Comment… ?

Elle n'avait pas la mine fripée de quelqu'un qui a passé la nuit dans l'avion. Elle était magnifique, l'incarnation de ses rêves les plus fous.

— J'ai demandé un coup de main à mon père. Il est venu me chercher à Ilaria en hélicoptère et m'a mise dans son jet privé à destination de Londres.

Il aurait le temps d'entendre toute l'histoire. Plus tard.

— Tu veux l'appeler pour le prévenir de ton arrivée ?

— Il est déjà au courant. Mon chauffeur doit être garé au coin de la rue, en train de lui faire son rapport.

Ben sentit un frisson glacé lui parcourir l'échine.

Arianna ne comptait peut-être pas rester plus de quelques minutes. Elle portait à l'épaule un sac en cuir qui pouvait contenir quelques vêtements de rechange… ou de quoi lire durant le long voyage de retour.

— Arianna, pardon de t'avouer ça si brutalement, mais je t'aime. Quoi que tu décides, ça m'ira…

Elle s'avança et posa les doigts sur ses lèvres pour lui imposer le silence.

— Tu m'as aidée à voir en moi, Ben, et grâce à toi je me sens digne de ton amour. J'accepte ce cadeau avec joie, et je t'aime en retour, comme tu le mérites.

Il faillit tomber à genoux, le cœur gonflé d'un espoir indicible.

Elle avait changé, peut-être autant que lui. L'Arianna qui n'admettait pas d'avoir été sauvée du naufrage alors que son frère avait péri acceptait son amour.

— Quand je t'ai dit que j'avais besoin d'être sauvé par toi, je le pensais, Arianna. Je ne te promets pas de ne pas avoir envie de te protéger car je t'aime, mais Jonas n'a que faire d'un super héros, et toi non plus. Je n'aspire plus à tout ça, je ne désire plus qu'une chose : que tu m'aimes.

— Je t'ai toujours aimé, déclara-t-elle en souriant. Alors qu'en penses-tu ? Nous détruirons-nous mutuellement ou serons-nous plus forts ensemble ? Je ne peux pas te laisser partir une seconde fois, tu es coincé avec moi. Nous devrons affronter ensemble ce que l'avenir nous réserve.

— Ça paraît merveilleux.

Il voulut la toucher et s'aperçut qu'il avait les mains sales et que son T-shirt était couvert de taches d'herbe. Devait-il aller se nettoyer avant de pouvoir sentir sous ses doigts la douceur de sa peau ?

Elle sourit en le voyant hésiter.

— Je me moque que tu sois sale, Ben. J'ai besoin d'un câlin.

Il l'attira à lui, et elle lui tomba dans les bras.

Leur étreinte était réelle, solide, contrairement aux précédentes, et ils le savaient. Il l'embrassa tendrement, et le baiser affamé qu'elle lui donna agit sur lui comme un baume apaisant.

— Où est Jonas ?

— Chez des copains. Il rentre à 18 heures.

— Bon. Enfin… pas bon, mais…

— Je vois ce que tu veux dire. Il va être content de te voir. Mais, là, c'est moi qui suis enchanté de t'avoir pour moi seul…

Elle gloussa et, reculant d'un pas, elle lui retira son T-shirt.

— Je suis très heureuse de te voir aussi, dit-elle.

Elle s'attaqua à la ceinture de son jean, mais il l'arrêta.

— Pas si vite, protesta-t-il avec un sourire, lui prenant son sac, qu'il posa par terre. J'espère que tu es préparée.

— Je suis prête à n'importe quoi, Ben. À tout.

Elle promena les doigts sur son torse, et ses pectoraux frémirent sous la caresse. Il se sentait plus fort avec elle. Elle et lui, ensemble. Il lui ôta sa veste et fit glisser son T-shirt par-dessus sa tête.

Sa peau était aussi délicieuse que dans son souvenir.

— *Tout ?* Ça va prendre beaucoup de temps, Arianna.

— Une vie entière ?

Il l'embrassa.

Bientôt, il la porterait à l'étage, il la déshabillerait, ils prendraient une douche ensemble avant de faire l'amour passionnément. Mais pour l'instant il lui suffisait de l'embrasser en se répétant avec délice qu'ils s'aimaient et qu'ils seraient toujours là pour se sauver l'un l'autre.

— Je ne suis pas sûr qu'une vie entière soit suffisante.

Épilogue

Deux ans plus tard

La réception en l'honneur du baptême des jumelles d'Arianna et Ben battait son plein. Les invités s'étaient égaillés sur la plage, et bon nombre d'entre eux ne rentreraient pas chez eux avant le lendemain matin.

Arianna, souriante, attira l'attention de Ben sur la charmante scène de famille qui se déroulait sur la terrasse ombragée, où l'on prenait les traditionnelles photos de famille dans un calme relatif.

Les deux grands-mères avaient posé en riant, bavardant et s'échangeant les bébés. À présent, la mère d'Arianna câlinait les deux nourrissons, et son père, une main sur l'épaule de Jonas, enlaçait de l'autre son ex-femme, avec qui il venait de convoler à nouveau.

Jonas allait passer deux semaines chez ses chers pappous Ioannis et yia-yia Alexandra dans leur villa de la montagne, avec les parents de Ben. L'enfant avait hâte de se faire dorloter par ses quatre aïeuls, et Arianna et Ben allaient pouvoir passer du temps avec leurs bébés. Après le tourbillon des préparatifs du baptême, cette parenthèse serait la bienvenue.

Cela n'avait pas toujours été facile. D'abord, ils avaient dû décider où vivre et où travailler efficacement, dans l'intérêt de Jonas. L'amour du garçonnet pour la vie dans l'île avait été décisif. Il était inscrit dans une école anglaise du continent où il apprendrait le grec avant d'intégrer plus tard un lycée grec. De plus, leurs familles s'entendaient très bien, et Ben n'était pas privé de ses parents, souvent invités à séjourner dans la famille d'Arianna. Ils envisageaient même d'acheter une maison à Kantos à la retraite du père de Ben, qui voulait passer ses étés à pêcher avec Ioannis. La mère d'Arianna avait confié à celle de Ben qu'elle était heureuse de voir son mari prendre du recul par rapport à ses affaires.

Arianna et Ben avaient été confrontés à bien des défis. Ben avait travaillé dur pour perfectionner sa maîtrise de la langue grecque afin de pouvoir exercer la médecine dans les îles. Arianna avait souffert de sévères nausées matinales au début de sa grossesse, et au fil du temps la charge de travail du centre médical avait fini par reposer sur les épaules de Ben. Il s'était opposé à son beau-père au sujet de la grande villa que Ioannis Petrakis voulait leur faire construire, arguant que le produit de la vente de sa maison de Londres lui permettait de subvenir aux besoins de sa famille.

Finalement, en refusant de vivre ailleurs que dans sa charmante maison de la plage, Arianna avait trouvé un compromis qui satisfaisait tout le monde. Une extension en L de même style avait été ajoutée à la bâtisse principale, nichée parmi les citronniers et les orangers plantés par Ben. En cadeau de mariage, le père d'Arianna leur avait tout de même fait construire une piscine ouverte et ombragée sur la propriété.

Ben avait pris la direction du nouveau centre médical en construction sur Kantos, qui fonctionnerait sur le modèle de celui d'Ilaria et offrirait ses services à l'hôtel et au village. Chaque matin, il descendait à pied à la plage et prenait le bateau amarré à leur petit embarcadère privé pour conduire Jonas à l'école avant de se rendre au travail.

— Comment se fait-il que nous ayons autant de chance ? remarqua Arianna en regardant leurs parents et amis déambuler joyeusement dans le cadre idyllique où ils avaient choisi de vivre.

— Eh bien… Nous n'avons jamais compté sur la chance.

Quoi qu'il arrive, nous nous serions battus pour que ça marche, répondit Ben en enlaçant ses épaules.

— À quoi imputes-tu tout ça, alors ?

Il réfléchit un moment.

— À beaucoup d'échanges. Et quelques disputes.

— Et des réconciliations sur l'oreiller ? lui murmura-t-elle à l'oreille.

— Oui. J'aime particulièrement ça. Prends garde, je pourrais te chercher querelle avant longtemps, dit-il avec un sourire coquin.

Il sortit son téléphone de sa poche pour répondre à un appel.

— Ne me dis pas que quelqu'un est malade ? Presque tous les habitants de l'île sont ici !

— C'est Mme Panagos. Son neveu est passé la chercher, et elle ne se sent pas très bien. Il ne trouve pas son traitement.

Arianna leva les yeux au ciel.

— Si elle allait chez le pharmacien déposer ses prescriptions, elle aurait ses médicaments sous la main quand elle en a besoin.

Il acquiesça d'un signe de tête.

— Je vais demander à son neveu s'il peut aller les prendre. Je file chez elle. J'en ai pour un quart d'heure maximum, et je les ramènerai tous les deux. Ça nous permettra de garder un œil sur elle.

Il s'éclipsa discrètement, contourna la maison et se faufila entre les oliviers qui bordaient la propriété. S'immobilisant un instant, il tourna la tête et contempla Arianna.

Il paraissait impossible qu'il puisse l'aimer plus que la veille, et pourtant, avec elle, l'aube se levait chaque jour sur une journée encore plus belle.

ANN McINTOSH

Deux médecins à Miami

Traduction française de
CHRYSTELLE POULAIN

BLANCHE

HARLEQUIN

Titre original :
NIGHT SHIFTS WITH THE MIAMI DOC

1.

Mme Morales faisait peine à voir. Adossée à ses oreillers, elle semblait très angoissée, et le Dr Regina Montgomery lui adressa un sourire compréhensif.

D'après le dossier, la situation était claire. Mme Morales, âgée de soixante-huit ans, avait été admise aux urgences pour un malaise. Les médecins avaient détecté une arythmie et prescrit un bilan. Ils avaient, en toute logique, ciblé les fonctions cardiaques, mais Regina avait des doutes.

— Depuis quand a-t-elle les chevilles enflées ? demanda-t-elle à Amelia Jackson, l'infirmière qui l'assistait.

Regina ne parlait pas espagnol, un gros handicap dans le cas présent.

— Demandez-lui si ces démangeaisons sont chroniques et si elle a eu des crampes, ajouta-t-elle.

Le temps d'obtenir les réponses, elle relut les informations affichées sur sa tablette. Malgré les premiers résultats d'analyses, elle s'interrogeait. Un cardiologue allait bientôt descendre, mais en tant qu'interniste - praticienne spécialisée en médecine interne - elle ne devait rien laisser au hasard.

— Le gonflement dure depuis environ huit mois. À cette époque, les démangeaisons avaient déjà commencé. Elles n'ont jamais disparu. Les crampes sont plutôt rares, résuma Amelia.

Ces symptômes pouvaient évoquer une maladie rénale, et Regina secoua la tête. Ses soupçons se confirmaient.

— A-t-elle consulté un néphrologue ?

L'infirmière lui lança un regard dubitatif, mais traduisit la question. À peine avait-elle fini que Mme Morales se mit à parler à toute vitesse, et un flot de larmes inonda ses joues ridées.

Regina abandonna sa tablette et prit une poignée de mouchoirs dans la boîte posée sur la table de chevet.

— Ça va aller, madame, calmez-vous, dit-elle d'un ton apaisant.

Elle tapota l'épaule de la patiente et lui présenta les mouchoirs. La tension de Mme Morales était déjà vertigineuse. Il fallait éviter qu'elle ne grimpe encore…

— D'où vient cette panique ? demanda Regina.

— Mme Morales est arrivée du Mexique l'année dernière, expliqua Amelia. Depuis, elle a du mal à se faire soigner. Elle n'aime pas trop les médecins américains.

Le regard implorant de la malade, qui n'avait pas fait un geste pour prendre les mouchoirs, émut Regina. Elle lui tamponna les yeux, puis les joues, avec douceur. Si seulement elle avait pu lui parler en espagnol !

— Je comprends, dit-elle. Mes grands-parents aussi sont arrivés aux États-Unis sur le tard. Ils allaient très peu chez le médecin, uniquement quand ils ne pouvaient pas s'en passer. Rassurez-la et dites-lui qu'on va bien s'occuper d'elle. Vous avez pu joindre son fils ?

— Oui, mais il est en déplacement à Tampa sur un chantier. Il lui faudra quelques heures pour rentrer à Miami, il est parti en bus avec d'autres ouvriers. En attendant, il a demandé à sa femme de venir.

— Très bien. C'est une bonne chose.

Amelia traduisit la remarque de Regina, et la malade tendit la main. Regina la prit aussitôt, geste qui lui valut un sourire timide.

Elle avait retiré ses gants à la fin de l'examen et fut émue par le contact de la peau rêche, sans doute usée par les travaux manuels, de Mme Morales. Elle avait bien connu cette sensation avec sa grand-mère lorsqu'elles arpentaient main dans la main les rues de Brooklyn. Elle y avait toujours puisé un immense réconfort. Comme elle aurait voulu transmettre ce sentiment de sécurité à sa patiente !

Mais, hélas, elle était démunie et, après avoir serré les doigts tremblants de Mme Morales, elle lui effleura la joue puis recula légèrement.

Intérimaire ou pas, elle avait de nombreux patients à voir. Elle ne pouvait pas rester là.

— Dites-lui que je vais demander le reste de ses résultats en urgence, Amelia, s'il vous plaît. Je reviendrai dès qu'on aura du nouveau.

Elle s'éloigna sur un dernier sourire et sortit dans le couloir. Elle était désormais responsable de Mme Morales, ici, en médecine. Il lui incombait de prescrire les examens adéquats et de contacter les bons spécialistes.

En réalité, ce poste ressemblait beaucoup à celui qu'elle occupait à San Francisco en soins intensifs. Il y avait juste assez de différences pour lui rappeler que ce changement de décor était salutaire.

Au moins, ici, on ne la regardait pas comme une bête curieuse. Personne ne s'intéressait à sa vie privée. Personne ne décortiquait ses faits et gestes dans l'espoir de colporter des ragots.

Il avait suffi d'un faux pas - bien involontaire - pour que sa réputation soit compromise. Pour elle, une femme de couleur qui rêvait de devenir chef de service, le coup avait été dur à encaisser. Plus que d'autres, elle avait dû bâtir sa carrière à la force du poignet. Elle avait appris à se battre et à se montrer irréprochable en toutes circonstances. Mais il y avait eu un accroc dont elle était incapable de prédire les conséquences à long terme…

« Prends des vacances », lui avait conseillé Cher, sa meilleure amie. « À ton retour, ils auront trouvé autre chose à se mettre sous la dent. Plus personne ne parlera de toi ! »

Mais Regina n'aimait pas les vacances. Elle n'en avait jamais pris, sauf quand elle avait eu besoin de temps pour réviser, ou plus tard pour assister à des séminaires. Sa vie tournait autour de son métier, à l'exclusion de tout le reste.

Plutôt que de planifier un séjour au soleil, elle s'était connectée à un site d'intérim médical et ne l'avait pas regretté. Ce remplacement de sept semaines dans un hôpital de Miami lui était apparu comme une aubaine. Quitter les soins intensifs pour travailler en médecine la ferait sortir de sa zone de confort. Elle qui appréciait les défis, elle avait sauté sur l'occasion.

« Tout changement a du bon ! » aurait dit sa mère. Deux jours après son arrivée en Floride, Regina était du même avis. Elle ne voyait que « du bon » dans ce poste qui lui permettait de s'aérer l'esprit mais aussi de soigner des patients différents, comme Mme Morales.

Elle traversa le couloir jusqu'au poste des infirmières, où elle gratifia la surveillante d'un sourire courtois. Elle se montrait toujours affable avec ses collaborateurs mais savait garder ses distances. Elle avait payé cher l'unique fois où elle avait dérogé à ces principes…

— Pouvez-vous appeler le labo, s'il vous plaît ? Il me faudrait les analyses de Mme Morales au plus vite. Le rapport albumine/créatinine doit revenir en priorité.

— Bien sûr, docteur. Je vous biperai dès qu'on aura le résultat.

— Merci.

Une fois le bilan connu, elle devrait peut-être contacter un néphrologue. En attendant, elle allait poursuivre sa tournée. La matinée s'annonçait chargée, ce qui ne l'effrayait pas. Elle était prête à tout donner pour ses malades.

— Je n'ai pas ma place ici, Matt. Tout le monde est super intelligent. Ils maîtrisent à fond. Moi, je suis nulle !

Le Dr Mateo Herrera coinça son portable entre l'oreille et le menton. Puis il prit un stylo dans sa poche pour signer le formulaire que lui tendait Janie Curtis, une infirmière du service de néphrologie.

— N'importe quoi, Serena, répondit-il au téléphone. Tu es l'une des personnes les plus brillantes que je connaisse. Dis-toi bien que les autres se donnent un genre. À dix-huit ans, personne ne peut tout savoir. Ni à trente-deux ans comme moi, ni jamais, d'ailleurs.

— Tu n'aurais pas dû m'envoyer à l'université si loin de chez nous. Tu avais hâte que je déguerpisse, voilà la vérité.

Mateo réprima un soupir. Sa sœur était en pleine crise d'angoisse, une habitude chez elle. Dans ces cas-là, il devait rester « zen » et ne pas envenimer les choses.

— Bien sûr, je voulais me débarrasser de toi, répondit-il sur le ton de la plaisanterie. C'est pour ça que j'ai insisté pour que tu restes à Miami !

Le campus local se trouvait à quarante minutes seulement. En étudiant là-bas, Serena aurait pu continuer à vivre chez eux.

— Si mes souvenirs sont exacts, une certaine jeune demoiselle a préféré partir à l'université de Gainesville…

Il entendit Serena reprendre son souffle. La tactique allait-elle fonctionner ?

— Je sais, fit-elle de mauvaise grâce. Mais je me suis trompée. Je n'y arriverai pas, toute seule ici.

Le cœur de Mateo se serra. Il avait des liens fusionnels avec ses frères et sœurs ; pourtant, il devait encourager Serena à prendre son envol…

— Écoute, ma puce. Tu n'as passé que quinze jours là-bas. Essaye de t'adapter, d'accord ? Si ça ne marche pas, on en reparlera le mois prochain, à mon anniversaire. On fera le point et, s'il le faut, on organisera un transfert de dossier universitaire.

— D'accord…

Serena avait répondu d'un ton hésitant, mais au moins s'était-elle calmée. C'était le mieux qu'il pouvait espérer dans l'immédiat.

— Oh ! zut ! s'exclama-t-elle. J'ai cours dans un quart d'heure. Il faut que je te laisse !

— Bisous. Je t'aime…, fit-il à toute vitesse, car Serena avait la fâcheuse manie de raccrocher trop vite. Rappelle-moi ce soir.

— D'ac ! Bye, Matt !

Il rangea son téléphone et Janie lui fit un sourire compatissant.

— Votre sœur n'était jamais partie de la maison, j'imagine ?

Il secoua la tête en souriant. Tout le monde connaissait son histoire familiale. Il parlait souvent de sa « tribu » à ses proches collaborateurs.

— Elle va s'y faire, ne vous inquiétez pas, dit Janie d'un ton rassurant. Quand ma fille est entrée à l'université, elle nous appelait tous les soirs en pleurant. Et puis, du jour au lendemain, on a eu du mal à avoir des nouvelles. Elle s'était fait des amies. Elle était débordée.

— Je croise les doigts pour que vous ayez raison.

— Vous verrez, faites-moi confiance !

Janie tira une fiche de sa pile et la lui donna.

— Ils demandent un avis néphrologique, au quatrième étage. Voulez-vous que j'envoie le Dr Timmins ?

Il jeta un coup d'œil à sa montre. Il avait une heure et demie à tuer avant les consultations externes, pendant lesquelles, deux fois par semaine, il suivait ses patients réguliers.

— Non, j'ai le temps, répondit-il. Je vais monter.

Il se dirigea d'un bon pas vers les ascenseurs tout en repensant à sa conversation avec Serena.

Après la mort de leurs parents, neuf ans plus tôt, il avait emmené les trois enfants adoptés de la famille - Micah, Ben et Serena - chez un pédopsychiatre. Le Dr Strong lui avait expliqué que cette dernière, âgée de neuf ans, serait la plus perturbée. Car, si les garçons avaient été adoptés six ans auparavant, elle n'était là que depuis onze mois.

Elle n'avait pas encore intégré l'idée qu'elle faisait partie de la famille. Elle risquait même de se reprocher le décès de ses parents adoptifs, « papa Emilio » et « maman Isabella », avait prévenu le Dr Strong. Il ne s'était pas trompé !

Mateo avait dû batailler ferme pour aider Serena à se construire, mais ses efforts avaient payé. Elle était devenue une adorable jeune fille, belle et intelligente. La voir s'épanouir à l'université était son vœu le plus cher, à présent.

Il monta en soupirant dans l'ascenseur. Qu'il était difficile de laisser ses problèmes personnels à la porte de l'hôpital ! Il jouait un rôle de père depuis si longtemps qu'il n'arrivait pas à couper le cordon. Pourtant, les garçons étaient adultes et Serena commençait ses études supérieures. Il devait les laisser voler de leurs propres ailes.

Bien sûr, il serait toujours là pour eux. Il n'imaginait pas qu'il puisse en être autrement. Ce n'était pas une question de devoir mais d'amour. L'amour que ses parents avaient porté à ces trois bambins.

Ils n'avaient hélas pas eu le temps de les voir grandir, mais Mateo avait repris le flambeau et il continuerait. Tant pis si sa vie personnelle passait au second plan. Il avait l'habitude.

Une douce sonnerie, signalant l'arrivée de l'ascenseur au quatrième étage, le tira de sa rêverie. Il descendit mais, alors qu'il se dirigeait vers le poste d'accueil, il se figea. La voix féminine lui semblait curieusement familière…

— … Et cet avis est essentiel. Le néphrologue est-il monté ?

— Pas encore, docteur Montgomery.

Montgomery ? Regina Montgomery ?

Une drôle de sensation de chaleur se diffusa au creux de son ventre. Poussé par l'excitation et la surprise, il parcourut à la hâte les quelques mètres qui le séparaient du comptoir.

Waouh…

Même s'il ne l'avait pas vue depuis neuf ans, Regina Montgomery était aussi belle que dans son souvenir. À l'époque, il avait effectué un stage sous sa supervision et avait, comme les autres étudiants, gardé une distance respectueuse. Ce qui ne l'avait pas empêché d'éprouver un désir intense chaque fois qu'ils avaient été en contact.

Grande, longiligne, Regina avait le port de tête et l'élégance d'une statue. En ce temps-là, ses sourires étaient savamment dosés. Elle savait exprimer l'amusement ou l'intérêt tout en érigeant une barrière infranchissable entre ses subordonnés et elle.

Son regard d'ambre aurait pu être chaleureux comme un rayon de soleil, au lieu de quoi il avait la fierté du regard d'une lionne, et Mateo avait souvent rêvé de la faire rire aux éclats, juste pour voir. Il avait rêvé de cela, et de bien d'autres choses.

Il avait eu envie de toucher sa peau lisse, appétissante et dorée comme un caramel. Il s'était imaginé perçant le mystère de cette femme jusqu'à tout savoir d'elle…

Bien sûr, il s'était traité d'idiot et avait mis son émoi sur le compte d'un fantasme sur une collègue un peu plus âgée dont il admirait non seulement le physique mais aussi les compétences professionnelles. Mais maintenant ? Pourquoi, neuf ans plus tard, se sentait-il encore chamboulé ?

La surprise de la voir ici, à Miami, avait provoqué en lui un choc aussi bizarre qu'inattendu.

Il inspira profondément, puis s'avança encore.

— Docteur Regina Montgomery. Quelle surprise…

2.

Regina se raidit en entendant une voix masculine, grave et un peu rauque, prononcer son nom.

Un frisson inexplicable lui parcourut la nuque et elle dut faire appel à toute sa maîtrise pour ne pas tourner la tête d'un mouvement brusque. Au lieu de cela, elle sourit à son interlocutrice, puis elle pivota en levant les sourcils.

L'homme qui s'avançait vers elle était si beau qu'elle en eut le souffle coupé. Il avait des cheveux bruns coupés court, avec des mèches négligemment ébouriffées qui retombaient sur un front haut. Son magnifique regard gris-vert pétillait de malice. Quand il lui sourit, deux fossettes apparurent aux coins de sa bouche sensuelle et Regina se sentit toute chose.

Alors son nom lui revint en un flash. Elle esquissa un sourire crispé et tendit la main.

— Docteur Herrera. Ça me fait plaisir de vous revoir.

Une paume large et tiède se referma sur la sienne. Ce fut comme si la foudre lui transperçait le bras, mais elle parvint à rester stoïque.

Le sourire du médecin s'élargit.

— Vous vous souvenez de moi ? Ça fait un bail, pourtant.

Si elle se souvenait de lui ? Il n'était pas le genre d'homme qu'on oubliait !

Malgré son jeune âge - il avait commencé son internat en avance –, elle l'avait trouvé très mature et remarquablement professionnel. Son physique avait fait le reste pour asseoir sa popularité auprès des femmes. Elle se rappelait encore les stratagèmes déployés par les infirmières pour être inscrites avec lui au tableau des gardes nocturnes !

Quant à elle, elle n'avait pas craqué. À l'époque jeune chef des internes, elle n'aurait pas pris le risque de compromettre sa réputation. Il n'avait jamais franchi les limites avec elle, et c'était heureux, car elle aurait dû le recadrer à son corps défendant…

— Je me souviens de tous les gens qui ont travaillé avec moi, répondit-elle, ce qui était faux.

Elle se dégagea doucement et recula. Plus vite ils aborderaient le terrain professionnel, mieux cela vaudrait.

— Vous êtes le néphrologue de garde, je suppose ?

— Absolument. Qu'est-ce qu'on a ?

Elle lui donna sa tablette, où s'affichait le dossier de Mme Morales, puis pivota vers l'infirmière pour aborder le cas d'un autre patient. Elle procédait toujours ainsi : lorsque le spécialiste avait pris le relais, elle le laissait diriger les opérations. Elle faisait comme d'habitude… ou presque.

Avec quelqu'un d'autre, elle aurait davantage parlé, mais là c'était au-dessus de ses forces. Elle devait détourner son attention de Mateo Herrera.

Quelle idiote elle faisait ! Un aussi bel homme était probablement en couple, peut-être marié et père de famille. Et, au fond, quelle importance ? Elle-même ne s'intéressait plus au sexe opposé, ni de près ni de loin…

— Vous aviez raison de vous inquiéter.

Elle se tourna vers Mateo, qui rangeait une petite calculette dans la poche de sa blouse. Son sourire charmeur avait fait place à une expression inquiète.

— Si vous êtes disponible, allons voir Mme Morales, dit-il. Je vais avoir besoin d'un bilan rénal approfondi.

— Je suis libre, pas de souci. Merci, Carla, dit-elle à l'intention de la surveillante. On refera le point plus tard.

Mateo allait partir vers les chambres, mais elle l'arrêta d'un geste.

— Avant qu'on y aille, autant vous prévenir : Mme Morales ne parle quasiment pas anglais. Elle est mexicaine.

— Je parle couramment espagnol.

Le sourire en coin reparut. Elle se mordit les lèvres pour s'empêcher d'y répondre et sentit la chaleur affluer à ses joues.

— C'est parfait, alors.

Elle s'engagea dans le couloir sans plus attendre et surtout sans regarder Mateo. Après tout, sa réaction était banale. Quelle femme normalement constituée aurait pu rester de marbre face à un tel apollon ?

— Déjà, à l'époque, vous évitiez les suppositions, dit-il. Même si quelqu'un s'appelle Herrera, vous ne direz jamais qu'il parle espagnol avant d'en être sûre.

— Dans notre métier, les suppositions peuvent tuer des gens. Je me base sur les faits, rien que sur les faits.

— Vous disiez déjà cela il y a neuf ans. Je m'en souviens très bien, répondit-il, du rire dans la voix. Alors… Depuis quand vivez-vous en Floride ?

La question personnelle la prit par surprise.

— Je ne vis pas en Floride. Je remplace simplement le Dr Nguyen pendant son congé de maternité.

— Ah bon ? Vous avez quitté le Charthouse Memorial pour devenir intérimaire ?

— Serait-ce une mauvaise chose, d'après vous ?

Elle avait parlé plus sèchement qu'elle ne l'aurait voulu et réprima un soupir. Pourquoi avait-elle si peur que Mateo Herrera ait une mauvaise opinion d'elle ?

Elle risqua un regard du coin de l'œil. Il souriait. Il avait l'air curieux, rien de plus.

— Bien sûr que non, répondit-il. Simplement, je ne vous voyais pas itinérante mais plutôt chef de service.

Qu'il ait aussi bien cerné ses ambitions lui fit plaisir. Pour une fois, elle pouvait peut-être déroger à sa ligne de conduite, qui consistait à éviter les conversations personnelles avec ses collègues ?

— J'ai quitté le Charthouse il y a six ans, mais je suis restée à San Francisco, ou plus exactement à Oakland. On m'a offert un poste aux soins intensifs et j'ai accepté le défi. Ce travail me plaît beaucoup, mais… j'ai eu besoin de changer d'air. J'ai pris un congé pour venir ici.

— Vous êtes partie avant le burn-out ?

Les poules auraient des dents avant qu'elle ne lui dise la vérité. Il y avait des limites !

— Quelque chose comme ça, fit-elle.

— D'accord.

Ils étaient arrivés devant la chambre 5. Mateo mit la main sur la poignée de la porte, sans toutefois l'ouvrir.

— J'aimerais vous inviter à dîner pour vous souhaiter la bienvenue.

Stupéfaite, elle ouvrit la bouche, prête à lancer un « non » catégorique, mais des mots différents jaillirent de ses lèvres :

— Chez vous, avec votre femme ?

Il haussa les sourcils.

— Au risque de vous décevoir, je ne suis pas marié. Je n'ai jamais eu le temps de chercher une femme.

Donc c'était un play-boy. Ou alors il mentait, car elle ne l'imaginait pas célibataire. Mais quel intérêt aurait-il eu à raconter des histoires ? Tout se savait, dans un hôpital…

— Et vous ? Avez-vous épousé le neurochirurgien que vous fréquentiez à l'époque ?

Un délicieux frisson la parcourut à l'idée qu'il se rappelait un « détail » aussi insignifiant.

— Quoi, vous vous en souvenez ?

— J'ai encore l'image de votre bureau rempli de bouquets de roses rouges.

Elle ne put s'empêcher de rire.

— C'était à la fin. Il voulait me convaincre d'abandonner ma carrière pour l'épouser et lui faire de beaux enfants.

Il la dévisagea, l'air interloqué.

— Après en avoir discuté, j'imagine ?

— Pensez-vous ! Un neurochirurgien ne veut pas savoir ce qu'une femme a dans le crâne.

La boutade le fit rire… et une lueur sensuelle éclaira son regard.

— Donc vous n'êtes pas mariée ?

L'air s'était chargé d'électricité. Elle eut du mal à garder un visage impassible.

— Pour reprendre votre expression, je n'ai jamais eu le temps de chercher un mari.

Cette réponse abrupte le fit enfin réagir. Il ouvrit la porte et, lorsqu'il s'écarta pour la laisser entrer la première, une vague de chaleur intense la submergea.

Sa résolution de fuir les hommes allait être difficile à tenir. Pourtant, elle n'avait pas le choix. Elle tiendrait, Mateo Herrera ou pas !

Il allait y avoir du sport…

Regina passa devant Mateo en laissant derrière elle un délicieux sillon floral, et il réprima un sourire. Il la sentait troublée, malgré ses grands airs. Il n'aurait pas pu expliquer pourquoi, mais il était convaincu que son attirance pour elle était réciproque.

Il devait laisser cette question de côté, car une patiente avait besoin de lui. Néanmoins, il y reviendrait. Il n'avait pas l'intention de lâcher l'affaire. Maintenant qu'il se retrouvait seul à la maison, une petite aventure sans conséquence serait un remède idéal contre la tristesse et le vague à l'âme…

Mme Morales était installée dans une chambre de trois lits. Elle occupait l'espace près de la fenêtre et, contrairement aux deux autres patientes, elle ne dormait pas.

Après avoir fermé les rideaux de séparation, Regina prit sans hésiter la main tendue de la vieille dame.

Mateo n'avait jamais oublié sa manière exemplaire de traiter les patients. Calme, gentille et à l'écoute, elle avait toujours su mettre les gens à l'aise. Sans qu'il en eût vraiment conscience, elle lui avait servi de modèle. Il s'était beaucoup inspiré d'elle durant toutes ces années !

Il se présenta en espagnol, ce qui lui valut un timide sourire en retour. Puis il interrogea le plus délicatement possible Mme Morales pour éviter de lui faire peur. Avec son visage rond tout ridé, elle lui rappelait sa grand-mère paternelle, et, rien qu'à imaginer sa « nana » adorée dans la même situation, il avait mal au cœur...

Il procéda si bien qu'à la fin de la consultation la patiente l'appelait « papito » d'un ton affectueux. Elle avança même la main pour lui caresser la joue, et il croisa le regard amusé de Regina, qui n'en avait pas perdu une miette. Heureux que les choses se soient bien passées, il lui sourit.

— J'ai expliqué à Mme Morales que, vu ses symptômes, je devais commander un bilan rénal approfondi. Elle est d'accord. J'attends encore l'avis cardio, mais j'aimerais lancer les examens le plus vite possible.

À peine avait-il fini sa phrase que la porte s'ouvrit. Il continua de rédiger ses notes et, finalement, leva la tête lorsqu'on écarta le rideau de séparation.

Le Dr Morgan Welk - cardiologue en chef - venait d'arriver, flanqué d'un interne qui, vu sa tête, aurait sûrement préféré être ailleurs. Mateo n'en fut pas étonné. Il n'appréciait guère Welk, un médecin tyrannique et souverainement désagréable.

Il dut prendre sur lui pour accueillir son confrère plus âgé avec la cordialité nécessaire.

— Bonjour, docteur Welk.

— Qu'est-ce que vous fichez ici, Herrera ? C'est une patiente cardio.

Avant qu'il n'ait pu répliquer, Regina s'interposa.

— J'ai demandé l'avis d'un néphrologue, dit-elle d'un ton poli mais froid.

Welk pivota vers elle et la toisa. Du moins essaya-t-il, car il mesurait dix bons centimètres de moins qu'elle...

— Et vous êtes… ?

— Dr Montgomery, interniste chargée du dossier.

— Je ne vous connais pas, fit-il entre ses dents.

Il semblait vexé, réaction somme toute normale pour un homme qui voulait, et croyait, tout savoir de la vie de l'établissement !

— Moi non plus, répondit Regina sans se démonter. Mais ce n'est pas grave.

Elle affichait toujours le même sourire glacial, comme si l'incorrection de son collègue ne la dérangeait pas le moins du monde. Médusé, Welk ouvrit et referma la bouche. Il n'avait pas l'habitude qu'on lui tienne tête dans cet hôpital.

— Écoutez, jeune fille…

— *Docteur* Montgomery. À qui ai-je l'honneur ?

Cette fois, Welk la dévisagea comme si elle avait perdu la tête. Puis il pesta entre ses dents et tourna les talons.

— J'ai assez perdu mon temps ! fit-il par-dessus son épaule. Rappelez le cinquième étage quand vous saurez ce que vous voulez.

— Merci, répondit Regina. J'inscrirai sur le dossier que le cardiologue a refusé d'examiner ma patiente.

Sa réponse produisit l'effet escompté : Welk s'arrêta net. Cet imbécile savait bien quels problèmes il aurait avec le service juridique si l'incident s'ébruitait !

Il se retourna, écarlate, en pinçant les lèvres.

— Je n'ai pas refusé d'examiner cette dame. Mais je n'ai pas le temps d'attendre et Herrera prend toute la place !

— Ça tombe bien, j'ai fini, répondit sèchement Mateo.

Il prit congé de Mme Morales, non sans lui avoir expliqué qu'il reviendrait plus tard. Regina adressa un clin d'œil et un petit signe à la vieille dame, après quoi, sans un regard pour Welk, ils traversèrent la chambre et sortirent dans le couloir.

Si Regina lui avait plu d'emblée, Mateo se sentait encore plus attiré par elle, à présent. Sa fermeté envers Welk l'avait bluffé. Il rêvait de la fréquenter en dehors du travail pour voir ce que cachait ce vernis froid et impassible. Pourtant, il allait devoir y aller à pas mesurés, sous peine de recevoir le même traitement que ce « pauvre » cardiologue !

Elle le devança pour prendre la parole :

— Je ne pense pas… que ce dîner soit une bonne idée.

Rester calme, détaché. Agir comme si cela n'avait aucune importance. Telle serait la meilleure stratégie.

— Deux anciens collègues qui veulent refaire connaissance : je ne vois pas où est le problème, répondit-il d'un ton neutre. On ne s'est pas parlé depuis des années. Ça pourrait être sympa.

Elle fronça légèrement les sourcils, puis haussa les épaules.

— Vu comme ça… Pourquoi pas ?

Il faillit lever le poing en l'air et se reprit juste à temps.

Elle avait dit oui !

Oui…

3.

Après huit jours de travail non-stop, Regina connaissait presque les rouages de l'hôpital par cœur. Elle s'était bien adaptée, mais ce jeudi soir la fatigue commençait à se faire sentir.

Pieds nus et un verre de vin blanc à la main, elle sortit sur sa terrasse. Elle avait loué un penthouse avec vue sur la mer, et le climat lui semblait étonnamment doux pour un mois de janvier. Ses collègues se plaignaient du « froid », alors que l'air était à 23 °C, presque 10 de plus qu'à San Francisco.

Elle s'installa dans un fauteuil en rotin, puis étira doucement ses muscles cervicaux. Même si le rythme était moins soutenu ici - huit jours de garde et une semaine de repos, au lieu de quinze jours d'affilée –, elle avait consacré beaucoup d'énergie à son intégration. Cerise sur le gâteau, on l'avait appelée trois fois la nuit pour des urgences. Elle avait besoin de recharger les batteries, à présent !

Au moins, elle pouvait être satisfaite du résultat. Ses collègues et les infirmières semblaient l'apprécier, ce qui n'était pas rien. Seul Morgan Welk faisait de la résistance, mais elle s'en moquait. Tant pis si le vieux cardiologue l'avait prise en grippe : elle savait remettre ce genre d'individus à leur place.

Quiconque lui cherchait des noises trouvait à qui parler. Elle mettait les points sur les *i*, les barres aux *t*, et passait à autre chose.

En fait, tout aurait été pour le mieux dans le meilleur des mondes… n'eût été son rendez-vous avec Mateo.

La perspective de dîner avec lui le lendemain l'excitait et

l'effrayait à la fois. Sa raison lui criait d'annuler la soirée, mais son côté aventureux - celui qu'elle réprimait toujours - lui soufflait d'y aller pour découvrir où cela les mènerait.

Le détachement apparent de Mateo n'était qu'un leurre. Elle avait bien remarqué la lueur incendiaire qui flambait dans son regard pendant leurs échanges. Aurait-elle le courage d'accepter ce qu'il lui offrait ?

Elle but une gorgée de vin et, songeuse, reposa son verre. Peut-être se berçait-elle d'illusions ? Mateo devait avoir toutes les femmes jeunes et célibataires de l'hôpital à ses pieds. Pourquoi s'intéresserait-il à elle, qui avait cinq ou six ans de plus que lui ?

Ils allaient dîner ensemble et passer un bon moment, point. Si jamais les choses tournaient différemment, elle mettrait le holà. Elle était très forte pour ériger des barrières infranchissables quand elle le jugeait nécessaire.

Depuis l'épisode qui avait précipité son départ de San Francisco, elle s'était promis de fuir les hommes. Quatre mois après, elle avait toujours honte et sa colère n'était pas retombée. Jamais elle n'oublierait la femme furieuse qui l'avait abordée un soir sur le parking de l'hôpital. L'autre l'avait accusée, preuves à l'appui, d'être une briseuse de ménage. Horrifiée, Regina était restée sans voix.

Comment aurait-elle pu soupçonner que Kevin était marié ? Il avait prétendu être célibataire et elle n'avait pas mis sa parole en doute. Ils se fréquentaient depuis dix mois, à l'époque. Elle commençait même à envisager une relation plus sérieuse, comme il le réclamait avec insistance.

Elle ne l'avait pas encore laissé venir vivre chez elle. D'abord parce qu'elle finissait un master, option management des hôpitaux. Ensuite parce qu'elle travaillait dur en réanimation pour devenir chef de service. Tout bien considéré, son attitude avait fait d'elle une proie facile !

En privilégiant sa carrière, elle avait fourni à Kevin des excuses en or pour annuler certains rendez-vous. Il n'était pas disponible ? Aucun problème. Elle avait toujours autre chose à faire. Voilà comment il avait pu la duper…

Mortifiée et échaudée, elle avait depuis renoncé aux hommes. Plus jamais elle ne se laisserait ridiculiser de la sorte. Cette histoire stupide l'avait propulsée au cœur des rumeurs de l'hôpital et, même si elle se moquait du qu'en-dira-t-on, là, ça avait été trop.

Elle était partie pour la Floride bien décidée à tourner la page et, surtout, à ne s'intéresser à personne. Que Mateo lui plaise à ce point ne la réjouissait guère : cette attirance était plutôt une contrariété majeure dans son scénario bien huilé.

Heureusement, des années de maîtrise lui permettaient de sauver la face. Mais combien de temps pourrait-elle lui opposer ce masque ? Elle avait l'impression qu'il lisait en elle comme dans un livre ouvert et qu'il aimait cela. Alors, même si elle avait du caractère, ce dîner lui faisait peur.

Certes, Mateo ne l'avait jamais appelée sur son mobile. Certes, il se montrait irréprochable à l'hôpital. Mais comment savoir ce qu'il avait derrière la tête ?

Une chose était sûre : elle l'admirait beaucoup, et pas seulement pour son physique. Il avait très vite diagnostiqué le problème rénal de Mme Morales, qui l'appelait maintenant « papito » à chaque visite. Quand Regina avait insisté pour qu'il lui traduise le terme, il avait admis, tout confus, que cela voulait dire « petit père ». Elle avait trouvé sa gêne adorable. Elle *le* trouvait adorable tout court !

Elle but une gorgée de vin et soupira. Sa réaction devait être due au déménagement, à sa nouvelle vie. Néanmoins, personne ne la détournerait de son plan de carrière.

Pas même un homme aussi adorable que Mateo Herrera.

Mateo se gara sur le parking de l'immeuble puis consulta sa montre. Fait rare, la circulation était fluide et il venait d'arriver avec un quart d'heure d'avance chez Regina. « Chez » n'était d'ailleurs pas le terme exact puisqu'ils devaient se retrouver dehors.

Si seulement il avait mieux géré son timing ! Attendre là, en voiture, lui mettait les nerfs en pelote. Il n'était pas sorti avec une femme depuis des lustres, mais là n'était pas le problème. Il allait sortir avec Regina, qu'il désirait comme un fou, et cette simple idée lui mettait la tête à l'envers.

Dès qu'il la voyait, son cerveau refusait de lui obéir. Son corps réagissait d'une manière primitive, presque animale, au point qu'il avait l'impression d'être redevenu adolescent.

Jamais encore il n'avait connu un émoi aussi violent. Jusqu'alors, il avait mis sa vie personnelle entre parenthèses pour élever ses frères et sa sœur, n'entretenant que de brèves relations. Mais il avait assez vécu pour savoir que ce trouble était inédit !

Il tourna pour la dixième fois la tête vers les baies vitrées du hall… et sentit son cœur manquer un battement.

Regina, tout juste sortie de l'ascenseur, se dirigeait vers le miroir du hall, la tête haute et la démarche souveraine. Il n'y avait pas de mots pour la décrire. Elle était… renversante.

Un chemisier bleu électrique épousait les courbes de son buste et soulignait sa taille fine. Une jupe en soie de toutes les couleurs découvrait ses longues jambes, au galbe rehaussé par des escarpins à talons vertigineux. Avait-on le droit d'être aussi sexy ?

Il prit une profonde inspiration pour se ressaisir. Sa fascination n'était pas seulement due à la beauté de Regina. Il admirait aussi son port altier, son élégance féline. Elle avait l'air intouchable… et, bien sûr, il mourait d'envie de la toucher.

Quand, postée devant le miroir, elle replaça une mèche rebelle, il sentit ses mains fourmiller sur le volant. Elle attachait d'habitude sa longue chevelure en chignon. Aujourd'hui, ses boucles soyeuses cascadaient sur ses épaules. Quel effet cela ferait-il d'y glisser les doigts ? De lui masser la nuque pour la faire soupirer de plaisir ?

Tu t'égares. Tu te considères comme un gentleman, alors prouve-le !

Non sans mal, il détacha le regard de Regina, ouvrit sa portière et descendit de la voiture. Elle l'aperçut presque aussitôt et se dirigea vers la porte. Il se précipita pour l'ouvrir juste avant qu'elle ne l'atteigne.

— Salut, dit-elle, sortant dans un nuage de parfum. J'espère que… tu n'as pas attendu trop longtemps.

Il avait déjà remarqué qu'elle avait du mal à le tutoyer. Pourtant, c'était une pratique courante entre collègues.

— Pas du tout, je viens d'arriver. Tu es très élégante, ce soir.

C'était l'euphémisme du siècle, mais il devait rester prudent. Elle n'était pas du genre à apprécier les compliments trop appuyés !

Son petit sourire le rassura : il avait dit ce qu'il fallait. Ni trop, ni trop peu…

— Merci, répondit-elle, un peu sèchement toutefois. Je ne sais pas où on va, j'espère que ça conviendra.

Lorsqu'elle fut installée dans la voiture, il lui replia sa jupe pour ne pas la coincer dans la portière.

— Ta tenue conviendra partout, répondit-il d'un ton suave.

— Donc c'est la baraque à sandwichs ?

Elle le taquinait ouvertement et il éclata de rire. Comme il aurait voulu embrasser le sourire sur ses lèvres !

— Bien sûr, répondit-il. J'ai réservé le banc le plus proche du stand.

— Génial. Je prendrai mon hot-dog avec de la choucroute.

— Pas question. Tu es au pays des haricots rouges, ici !

Ils riaient encore tous les deux lorsqu'il s'assit au volant. Il n'y avait rien de tel qu'un peu de légèreté pour détendre l'atmosphère. Mais, loin de calmer son désir, l'humour de Regina n'avait fait que l'attiser davantage…

Quoi qu'il advienne, avec une telle compagne, il était sûr de passer une bonne soirée.

Dans l'immédiat, il n'en espérait pas davantage.

4.

Regina se laissa aller contre l'appui-tête en cuir avec un petit sourire désabusé. Malgré ses bonnes résolutions, elle avait craqué. Elle avait choisi une tenue hyper sexy pour ce dîner avec Mateo. Et pour quel résultat ?

« Tu es très élégante. » Voilà tout ce qu'il avait trouvé à dire. Elle aurait été mieux inspirée de mettre un jean et un T-shirt !

Plus agaçant encore, elle avait eu l'impression de se liquéfier sur place à la seconde où il s'était matérialisé devant elle. Habituée à le voir porter la blouse - très avantageusement, d'ailleurs –, elle le trouvait encore plus beau en jean noir et chemise blanche. N'importe quelle femme aurait admiré sa silhouette masculine, ses épaules larges, son torse puissant. Elle s'était même sentie rougir, ce qui ne lui arrivait jamais !

Allons, elle pouvait se détendre. Elle n'avait rien à craindre d'un homme qui, loin de se récrier d'admiration, l'avait simplement complimentée pour son « élégance ». Ils allaient passer une bonne soirée, se quitter bons camarades et les choses en resteraient là. C'était aussi bien, non ?

— Alors, où est cette fameuse baraque à sandwichs ? demanda-t-elle, bien décidée à se détendre.

Mateo s'était arrêté à un feu rouge. Un grand sourire aux lèvres, il pivota vers elle.

— Dans le quartier de Miami Beach. Il y a une belle vue sur la mer et s'il ne fait pas trop frais on peut dîner en terrasse. Ils font même venir des orchestres certains soirs.

Le restaurant - car, bien sûr, c'en était un - appartenait à un couple de musiciens très connus. Forts de leur succès, ils avaient ouvert plusieurs établissements réputés.

— Ils tiennent celui-ci eux-mêmes, dit Mateo. Parfois, certains soirs, Maria rejoint l'orchestre sur scène et nous offre quelques chansons.

— Hum, ça a l'air sympa. J'ai toujours adoré leur musique.

— Moi aussi. Je…

La sonnerie du téléphone relié à l'ordinateur de bord interrompit Mateo. Un prénom féminin, « Serena », venait d'apparaître à l'écran.

— Pardon…, marmonna-t-il, en appuyant sur une touche pour connecter l'appel. Salut, ma belle… Quoi de neuf ?

— Salut ! Dis, t'es à la maison ?

La voix juvénile et impatiente intrigua Regina. Elle ne put s'empêcher de guetter la réaction de Mateo. S'il changeait de contenance…

— Non, répondit-il sans se troubler.

— Ah, zut ! Je ne trouve pas mon sweat blanc en polaire. Je voulais que tu le cherches.

Bizarre. De plus en plus étrange, même…

Qui était cette Serena ? Elle semblait assez proche de Mateo pour laisser des affaires chez lui, et cette idée mit Regina en colère. Elle avait été trahie une fois. Elle n'accepterait pas d'être à nouveau roulée dans la farine !

— Ce n'est pas ton seul sweat, que je sache, dit-il.

— Non, mais c'est mon préféré.

— Va donc fouiller dans ton panier de linge sale… Ou dans la pile de linge propre qui attend d'être rangée. Tu finiras par mettre la main dessus.

Le haut-parleur de bord exhala un grand soupir. Mateo leva les sourcils, puis un sourire indulgent étira ses lèvres.

— Tu as bien des piles de vêtements partout, comme d'habitude, Serena ? demanda-t-il d'un ton amusé.

Nouveau soupir.

— Oui.

— Je m'en doutais, mon cœur. Alors cherche, et si tu ne trouves pas j'irai voir dans ta chambre.

— D'accord…

— Je te rappelle demain. Bisous, bisous !

— Euh… Déjà ? T'es où, là ? Qu'est-ce que tu fais ?

— Rien de spécial ! À plus… Bye.

Il coupa la communication, puis mit son clignotant pour quitter le boulevard périphérique.

— Ah, les petites sœurs, fit-il. C'est un poème…

La boule qui nouait la gorge de Regina disparut comme par enchantement.

— Je te crois sur parole, je suis fille unique. Et, quand j'entends ça, je m'en réjouis !

Il rit mais, avant qu'elle n'ait pu l'interroger, il lui demanda si elle se plaisait à l'hôpital. Rechignait-il à parler de lui ? Pourquoi Serena n'avait-elle pas plutôt appelé leur mère ? Cela signifiait-il qu'à trente-deux ou trente-trois ans il vivait toujours chez ses parents ?

Pour sa part, elle avait pris le large à la fin du lycée et n'était jamais revenue. Elle n'aurait pas pu cohabiter plus longtemps avec un père vieux jeu et misogyne pour qui les filles étaient « juste bonnes à faire des gosses ». Elle avait dû supporter ses insultes en silence jusqu'au jour de son départ. Un des plus beaux jours de sa vie.

Son père était décédé, à présent, mais elle ne voyait pas beaucoup sa mère. Elle n'avait jamais songé à se rapprocher d'elle. Force était de reconnaître qu'elles n'avaient pas grand-chose en commun.

Question famille, Mateo semblait avoir eu plus de chance, mais de là à rester chez papa-maman… Cette façon de vivre ne lui ressemblait guère. Il devait y avoir une explication !

— Alors, que comptes-tu faire de ton temps libre ? demanda-t-il, interrompant ses réflexions.

— Je dois boucler un mémoire de management d'ici la fin de l'année.

— Et tu t'en préoccupes maintenant, au mois de janvier ? Moi, à ta place, je ferais du tourisme.

— Je ne suis pas en vacances, répondit-elle, sur la défensive. Ma carrière passe avant tout.

— À t'entendre, « vacances » est un gros mot !

Elle perçut l'amusement dans sa voix et, gênée, détourna la tête.

— Je ne pars quasiment jamais.

— Raison de plus pour profiter de ton séjour. Il y a beaucoup de choses à faire à Miami. Ce serait dommage de passer à côté.

Elle haussa les épaules.

— Je verrai bien si quelque chose m'intéresse.

Du coin de l'œil, elle le vit lui jeter un regard perplexe. Néanmoins, il n'épilogua pas. Il se contenta de lui montrer quelques lieux d'intérêt le long de la route qui menait à Miami Beach.

Quelques instants plus tard, il se gara près du front de mer, puis ils gagnèrent le restaurant, un endroit chic à l'élégance discrète. Là, guidés par le maître d'hôtel, ils rejoignirent un patio couvert où plusieurs tables offraient une vue spectaculaire sur l'océan.

— La tempête de la semaine dernière a laissé des traces, dit Mateo. Regarde-moi ces vagues.

Elle rit.

— Certaines de nos collègues n'ont pas apprécié le rafraîchissement. Elles se promenaient avec des gros pulls et des écharpes comme s'il avait neigé. J'ai halluciné !

Il éclata de rire, les yeux pétillants de malice.

— Que veux-tu, en Floride, les habitants tiennent beaucoup à leur climat. Dès que les températures baissent, c'est la catastrophe. Je suis sûr que ma sœur n'a pas le moral à cause de ça. Elle est partie étudier à Gainesville, où il fait quatre ou cinq degrés de moins qu'ici.

Un serveur prit la commande des apéritifs, puis Regina, curieuse, rebondit sur le sujet :

— Quel âge a ta sœur ?

— Dix-huit ans. Elle vient de commencer la fac et elle a du mal à s'intégrer. Depuis quelques années, elle a une légère phobie sociale et un problème de confiance en elle. Je fais de mon mieux pour l'aider. Je préférerais qu'elle reste là-bas plutôt que d'envisager un changement d'université.

— Tu sembles très… investi, dit-elle, de plus en plus perplexe.

Il leva les yeux du menu et fronça légèrement les sourcils.

— Tu l'ignores sans doute, mais je suis le tuteur de Serena et de mes deux frères cadets depuis neuf ans. Nos parents sont morts dans un accident d'avion. Après leur décès, j'ai arrêté mon internat à San Francisco pour revenir ici. C'était ça, ma raison familiale. Je pensais que quelqu'un te l'avait peut-être dit, à l'époque.

Bouleversée, elle secoua la tête.

— Non, je… ne savais pas, murmura-t-elle. Je suis désolée.

Il haussa les épaules.

— C'est gentil, mais ça va, tu sais. De l'eau a coulé sous les ponts. Mes parents me manquent tous les jours, mais avec les années on s'habitue au vide. J'aimerais juste qu'ils soient là pour me conseiller certaines fois. Quand les trois petits étaient ados, il y a eu du sport !

— Combien êtes-vous donc ?

— Six. Mes parents ont eu trois enfants biologiques – je suis le dernier. L'année où je suis entré en fac, ils ont adopté Ben et Micah. Serena est arrivée onze mois avant leur décès.

Son sourire triste et nostalgique la toucha profondément. Elle se retint de lui presser la main par-dessus la nappe.

— Maman et papa voulaient rendre des enfants heureux, dit-il. Lola, Cristobal et moi-même étions grands. L'adoption correspondait bien à leur philosophie, alors ils ont franchi le pas.

— Et, à leur mort, tu as pris le relais…

Elle n'était absolument pas surprise : elle l'imaginait bien assumer cette responsabilité sans se poser de questions.

— C'était la meilleure solution pour toute la famille. Lola venait juste de décrocher le poste de ses rêves chez un éditeur, à New York. Cristobal est géologue pour une compagnie pétrolière, il était toujours en déplacement. Moi, je pouvais déménager, ou plutôt réemménager ici, sans avoir trop de problèmes professionnels.

Déménager et réemménager.

Cela avait l'air simple, mais à quels sacrifices avait-il consenti en devenant chef de famille ? Elle ne le connaissait pas assez pour lui poser la question.

— J'imagine que tu as dû traverser une période très difficile, dit-elle d'un ton doux. Entre le chagrin et les problèmes d'organisation… Je compatis.

Nouveau haussement d'épaules. Il n'était pas homme à s'apitoyer sur son sort. Elle en était persuadée.

— J'ai fait mon devoir, répondit-il, confirmant son intuition. Mes parents auraient souhaité et apprécié que je prenne le relais. Je n'ai aucun regret, au contraire.

Elle opina et baissa la tête sur son menu. Elle n'avait pas ressenti pareille émotion depuis des lustres. Le Mateo qu'elle venait de découvrir était un homme touchant, surprenant, bouleversant. Elle s'était attendue à beaucoup de choses en acceptant ce dîner, mais pas à cela.

Le vernis du beau gosse s'était craquelé, révélant un « père » de famille. Un être exceptionnel capable d'endosser de lourdes responsabilités, que beaucoup d'autres auraient fuies.

Comment gérer le tumulte qu'il avait fait naître en elle ?

Elle avait cru maîtriser la situation. Tout avait basculé en quelques instants.

Non seulement Mateo Herrera était monté en flèche dans son estime, mais il avait touché son cœur. Et, cette fois, il y avait danger !

5.

Mateo s'appuya en arrière sur sa chaise avec un soupir heureux.

Quelle joie de pouvoir sortir sans se dépêcher de rentrer ! Si la solitude lui pesait depuis quelques semaines, ce dîner le réconciliait avec sa nouvelle vie !

Jusqu'alors, il avait tout organisé autour des « gamins », comme il les appelait affectueusement. Quand Serena avait quitté le nid, il s'était senti perdu et même un peu déprimé. Ses trois protégés lui téléphonaient tous les jours, mais ce n'était plus la même chose…

Aujourd'hui, il prenait enfin la mesure du sacrifice auquel il avait consenti. Il avait assumé son rôle de pilier sans regret, sachant qu'il était devenu le ciment de la famille. Si tout le monde se retrouvait encore à Thanksgiving ou à Noël, il y était pour beaucoup. Et jamais il n'avait pensé avoir besoin d'autre chose.

Jusqu'au départ de Serena… et jusqu'à ses retrouvailles avec Regina.

Cela faisait longtemps qu'il n'avait pas eu une conversation aussi intéressante, avec une femme belle et pleine d'esprit. Ils avaient abordé une foule de sujets et, en se montrant habile, il avait réussi à mieux la cerner. Il avait notamment eu confirmation qu'elle était très ambitieuse.

— Où as-tu trouvé le temps de faire un master de management ? demanda-t-il, admiratif.

— Je me suis organisée. Je n'avais pas trois enfants à charge, dit-elle en souriant. Pas de vie sociale non plus, d'ailleurs.

— Le jeu en valait-il la chandelle ?

Elle fixa, songeuse, son assiette. Quand elle leva la tête, il lut la réponse dans son regard.

— Ce sera le cas lorsque je deviendrai la première femme de couleur à diriger mon service.

Elle semblait sûre d'elle, comme si le poste ne pouvait pas lui échapper. Et, même s'il brûlait de la chatouiller sur ce point, il n'osa pas. Il avait d'ailleurs entièrement confiance en ses capacités. C'étaient plutôt les embûches extérieures qui risquaient de freiner sa carrière.

— Quand je veux quelque chose, rien ne m'arrête, dit-elle comme si elle avait lu dans ses pensées. Plus il y a d'obstacles, plus je m'entête.

— C'est une qualité majeure, concéda-t-il. Beaucoup de gens ne résistent pas à la pression.

— Dommage. Ils renoncent à leurs rêves au lieu de se battre.

— On dirait que tu parles d'expérience.

Un voile de tristesse passa dans son regard brillant.

— C'est le cas… Mon père n'aimait pas l'idée qu'une femme puisse faire des études ou travailler. Quand ma mère l'a rencontré, elle avait été admise en fac de droit, mais, après leurs fiançailles, il l'a dissuadée d'y entrer. Elle a toujours vécu sous sa coupe, et je me suis promis que ce serait différent pour moi. Quand j'ai eu dix-huit ans, il s'est mis en tête de me trouver un mari. J'ai quitté la maison.

Peiné pour elle, il crispa la main sur le pied de son verre.

— Comment t'en es-tu sortie ?

— Je suis allée vivre chez ma grand-mère. Grâce à mes bons résultats, j'ai obtenu une bourse pour intégrer la fac de médecine. J'ai dû faire des petits boulots en plus, mais j'ai réussi… Quant à ma mère, elle a fait du droit après la mort de mon père. Elle avait presque soixante ans quand elle a obtenu son diplôme. Aujourd'hui, elle est avocate, spécialisée dans la défense des gamins défavorisés de Brooklyn.

— C'est formidable ! Tu dois être fière d'elle.

— Oui, très.

Il reposa son verre en soupirant. Ce genre de récit lui permettait de mesurer sa chance. Son père avait fait fortune dans le pétrole et, chez les Herrera, aucun enfant n'avait eu à s'inquiéter pour ses études.

En tout cas, l'histoire de Regina le touchait beaucoup. Son courage forçait l'admiration et, à bien des égards, il se sentait proche d'elle. Il rêvait d'approfondir leur relation sur le plan physique, mais aussi et surtout émotionnel…

Il sourit en la voyant poser sa cuiller sur son assiette à dessert vide. Elle avait manifestement apprécié le repas autant que lui. À présent, l'orchestre s'installait sur la scène aménagée en bord de mer, et elle regarda les musiciens d'un air pensif.

— C'est dommage, ils vont commencer alors qu'on a fini, dit-elle.

Le besoin de la pousser hors de sa zone de confort le submergea une nouvelle fois. Une femme sensible et passionnée se cachait derrière le masque, il en était certain. Une Regina qui ne demandait qu'à s'épanouir…

— On pourrait commander des cafés et rester un peu, suggéra-t-il, l'air de rien.

Il crut qu'elle allait refuser, mais, à sa grande surprise, elle héla un serveur qui passait par là. Après que le garçon eut noté la commande, elle reprit son observation et soudain elle écarquilla les yeux.

— Oh ! On dirait…

Il pivota vers la porte qui, de la plage, ouvrait sur l'intérieur du restaurant. La célèbre chanteuse propriétaire des lieux venait d'entrer pour saluer les habitués, comme elle le faisait souvent.

— Oui, c'est bien Maria, fit Mateo, amusé par l'air éberlué de Regina. Normalement, elle va venir jusqu'ici et tu pourras faire sa connaissance.

— Oh ! là là, je n'en reviens pas ! Quand je vais raconter

ça à ma copine Cher… On écoutait leurs chansons en boucle quand on était gamines !

Très demandée par les clients, la patronne mit quelques minutes à se diriger vers eux. Lorsqu'elle arriva à leur table, elle les gratifia d'un regard entendu, comme s'ils étaient un couple, et Mateo eut du mal à réprimer un sourire de triomphe.

— Bonsoir, dit Maria de sa voix rauque. J'espère que vous passez un bon moment… ?

— Oui, c'est absolument parfait, répondit Regina.

Elle avait recouvré son calme. Nul n'aurait pu dire qu'elle était une vraie groupie !

— Allez-vous monter sur scène ce soir ? demanda Mateo.

Si Maria chantait, Regina serait aux anges. Il voulait tellement qu'elle soit heureuse…

— J'y pensais, répondit Maria avec un sourire entendu. Mais à une condition : promettez-moi de danser !

— Avec plaisir, si ma partenaire est d'accord.

Regina parut hésiter, puis esquissa un petit sourire.

— Pourquoi pas ?

— Alors entendu, je chanterai ! dit Maria avec l'air satisfait de quelqu'un qui a réussi un bon tour. Ah, voilà vos cafés ! Vous avez juste le temps de les boire avant qu'on ouvre la piste.

Après le départ de la chanteuse, Regina prit son café mais arrêta son geste, la tasse suspendue en l'air.

— Tu sais danser sur de la musique disco ? demanda-t-elle.

Il éclata de rire.

— Non, du tout. J'essayerai de ne pas te faire honte.

— C'est toi qui auras honte, pas moi !

Il rit de nouveau. Quel caractère ! Il devait vraiment y aller en douceur et, surtout, lui donner l'impression qu'elle menait la « danse ». Il n'était guère habitué à cela, mais il était prêt à tout pour la faire entrer dans son lit… et, plus encore, dans sa vie.

Partagée entre l'amusement et la surprise, Regina dégustait son café en silence.

À bien des égards, Mateo était une énigme. Les hommes qui l'invitaient à dîner se comportaient souvent de la même manière : ils se montraient insistants et un brin machos. Dans ces cas-là, elle les recadrait fermement puis leur faussait compagnie.

Elle n'avait pas l'habitude de cette masculinité discrète, à la fois naturelle et respectueuse. Elle avait trouvé la conversation riche et passionnante, sans que l'un n'ait besoin de céder aux opinions de l'autre. Certaine que Mateo la comprendrait, elle lui avait même parlé de sa famille, chose qu'elle ne faisait jamais, sauf avec ses amies.

De quel bois cet homme était-il fait ? Tout lui plaisait chez lui, mais l'expérience - surtout sa mésaventure avec Kevin - l'avait rendue méfiante. La meilleure option serait sans doute de goûter l'instant présent et de s'amuser un peu. Elle ne voyait aucune objection à rejoindre la piste de danse, surtout en si bonne compagnie !

L'orchestre commençait à jouer, à présent. Elle reconnut une version instrumentale d'un « tube » à la mode, comme si les musiciens attendaient un signal pour aborder les choses sérieuses. Puis Maria les rejoignit sur scène et l'atmosphère changea, basculant vers le mode « eighties » réclamé par le public.

Alors que les applaudissements se déchaînaient, Mateo posa sa tasse.

— Prête ?

Non, elle ne l'était pas. Elle prit cependant la main qu'il lui tendait et le suivit. Plusieurs têtes se tournèrent vers eux lorsqu'ils gagnèrent la piste, mais elle s'en moquait. Elle n'avait d'yeux que pour son cavalier…

Au lieu du rythme endiablé auquel elle s'attendait, la musique se fit soudain langoureuse. Le slow bien connu des fans déchaîna des exclamations enthousiastes. Néanmoins, elle hésita au bord du parquet, fascinée par le regard incendiaire de Mateo.

Elle crut qu'il allait l'attirer dans ses bras, mais non. Il exerça une légère pression sur ses doigts, et finalement ce fut elle qui se rapprocha de lui.

Il pressa une paume au creux de ses reins et, déconcertée, elle se laissa entraîner sur la piste. Il la tenait à distance quand d'autres auraient essayé de jouer « collé-serré ». Elle allait décidément de surprise en surprise…

Force était d'admettre qu'il savait danser. Loin d'être « raide comme un piquet » - comme aurait dit sa grand-mère maternelle –, il évoluait avec une grâce féline. Il la guidait d'une légère pression dans le dos, lui étreignant à peine les doigts de l'autre côté, et pourtant elle s'abandonnait, subjuguée. Qu'aurait-elle pu faire d'autre ?

Elle avait cédé à sa virilité calme, douce et subtile. Le désir ardent qu'il lui inspirait se doublait d'un sentiment de sécurité étrange, inattendu. Depuis quand n'avait-elle pas éprouvé un tel bien-être ? Elle ne s'en souvenait plus. Cela ne lui était sans doute jamais arrivé.

Bouleversée, elle baissa la tête… et réalisa son erreur quand son regard tomba en arrêt sur la bouche de Mateo. Ses lèvres fermes, sensuelles, lui parurent plus tentantes que jamais. Avait-on le droit d'être aussi sexy ? Il lui semblait qu'il avait pris possession de son corps mais aussi de son âme au cours de cette danse. Le moment le plus sensuel, le plus fort qu'elle ait connu de toute sa vie…

Les dernières notes de la chanson la firent retomber sur terre. Elle inspira profondément pour recouvrer un semblant de maîtrise d'elle-même.

Où avait-elle puisé la force de ne pas embrasser Mateo ? Elle ne le saurait sans doute jamais !

6.

Quand Mateo reconduisit Regina à leur table, elle avait le corps en feu.

En voyant son sourire tranquille, presque indifférent, elle se rembrunit. Pourquoi était-il si calme alors qu'elle venait de vivre l'un des moments les plus érotiques de sa vie ?

Elle se laissa tomber sur sa chaise et but un grand verre d'eau. Puis, alors que Maria entamait un tube disco hyper rythmé, elle secoua la tête.

— Voilà ce à quoi je m'attendais ! Je ne pensais pas qu'ils allaient jouer un slow. Elle l'a chanté exprès pour nous, je pense !

Mateo, qui lui avait avancé sa chaise, se pencha vers elle pour couvrir le bruit de la musique.

— Cela nous a permis de mieux nous connaître, lui chuchota-t-il à l'oreille.

Un long frisson la parcourut. Elle recula légèrement pour éloigner son visage.

— En tout cas, on peut dire que tu sais danser !

— C'est génétique. Ma mère était danseuse.

Après avoir fait signe au maître d'hôtel d'apporter l'addition, il se rassit à sa place. Elle aurait voulu l'interroger, mais la musique était trop forte et elle dut attendre qu'ils soient dehors.

— Tu me disais… que ta maman était danseuse ? demanda-t-elle alors qu'ils marchaient vers sa voiture.

— Oui. Quand elle a rencontré mon père, elle dansait dans une compagnie professionnelle de Buenos Aires pour payer ses études. Elle a arrêté dès qu'elle a obtenu son diplôme, mais elle a toujours dansé à la maison. C'est elle qui nous a donné le virus. Enfin… Elle n'a pas eu le temps d'apprendre aux petits.

La tristesse perceptible dans sa voix fendit le cœur de Regina. Elle trouvait merveilleux qu'il soit si attaché à sa famille, tout en ayant conscience que, sur ce plan-là, ils étaient très différents.

Il avait sans doute eu la jeunesse idyllique dont elle avait maintes fois rêvé. Là où elle avait dû se battre, il avait pu compter sur le soutien de ses parents. Certes, lui comme elle étaient médecins, mais ils n'avaient pas emprunté le même chemin vers la réussite !

— Leur as-tu appris, toi ? demanda-t-elle.

— On voit bien que tu es fille unique ! répondit-il en riant. Même si je suis leur tuteur, ils ne voulaient pas prendre ce genre de leçons avec leur grand frère. Micah et Ben ont eu l'air horrifié quand je le leur ai proposé. Du coup, plus tard, j'ai inscrit Serena à des cours de danse.

Encore une chose que Regina n'avait jamais eue… Mais ce n'était pas une raison pour se montrer aigrie. Il n'y était pour rien !

— Et elle a accroché ?

Ils étaient arrivés à la voiture, à présent. Il lui ouvrit sa portière et secoua la tête.

— Pas du tout, elle a deux pieds gauches. En revanche, elle joue très bien au foot.

Elle s'installa sur le siège passager en riant. Elle appréciait vraiment l'humour de Mateo, son côté chaleureux. Attirance physique ou pas, elle avait passé une excellente soirée.

— Veux-tu boire un dernier verre avant de rentrer ? demanda-t-il après avoir pris place derrière le volant.

Elle hésita. Vu les sentiments confus qu'il lui inspirait, elle devrait peut-être s'en tenir là. Et si elle perdait le contrôle de la situation ?

Allons, elle devenait ridicule. Miami ne serait qu'une parenthèse dans sa vie. Elle ne risquait pas grand-chose.

— Avec plaisir, répondit-elle.

Mateo avait-il prévu de l'emmener chez lui ? N'importe quel homme l'aurait sans doute fait, mais il n'était pas « n'importe qui ». De sa part, elle s'attendait à tout : il pouvait lui réserver une nouvelle surprise !

Jamais encore elle ne s'était sentie à ce point vulnérable. Qu'elle le veuille ou non, l'épisode Kevin et son départ de San Francisco l'avaient fragilisée. Elle avait dû revoir son plan de carrière, abandonner provisoirement ses repères et ses objectifs. Et, depuis, elle se posait mille questions sur tout car elle avait un peu perdu de sa légendaire confiance en elle…

— Qu'as-tu prévu de faire pour le reste du week-end ? demanda Mateo, interrompant ses réflexions.

— J'ai une cousine éloignée qui habite Boca Raton. Je lui ai promis d'aller la voir.

Cette perspective ne l'enchantait pas car elle connaissait très peu Marylin, mais au moins elle avait trouvé quelque chose à répondre. Mateo ne se sentirait pas « obligé » de jouer les chevaliers servants pour la distraire !

— Je ne pensais pas que tu avais des proches par ici, dit-il.

— On est arrière, peut-être même arrière-arrière-petites-cousines, du côté de ma grand-mère. Pour tout t'avouer, je m'y perds.

— Comme je te comprends ! Chez moi, quand on est « cousins », on ne préoccupe pas du degré.

Il s'était éloigné de Miami Beach. Elle remarqua, en lisant les panneaux, qu'il se dirigeait vers la baie de Biscayne.

— Tu as une grande famille aux États-Unis ? demanda-t-elle, curieuse.

— Une tante et trois cousins, mais le gros des troupes vit toujours en Argentine. À la mort de mes parents, ma tante Leona est venue du Texas pour s'occuper des petits. Elle sortait d'un divorce difficile et le changement lui a fait du bien. Elle est restée jusqu'à l'année dernière. Là, elle est repartie à Houston.

— Ses enfants étaient ici avec elle ?

— Non, ils étaient déjà grands. Elle a dix ans de plus que mon père et elle s'est mariée jeune.

Il mit son clignotant pour tourner vers une allée étroite bordée de vignes. Au bout du chemin, un portail automatique s'ouvrit à leur approche. Mateo s'engagea sur un parking et Regina, surprise, aperçut un long bâtiment blanc, des mâts qui dépassaient et quelques taches lumineuses sur la mer.

— Mais… Où sommes-nous ?

— C'est un yacht club avec marina privée. Un super endroit pour prendre un verre, avec vue imprenable sur Miami.

— Tu as un bateau ?

Plus elle en découvrait sur lui, plus elle était consciente de leurs différences. Même si elle gagnait très bien sa vie, elle n'aurait pas pu atteindre ce niveau de luxe !

— Mon père était membre du club, dit-il. Un jour, il a offert un minuscule voilier à Ben, qui semblait intéressé par la navigation. Le bateau est resté là. Ben fait ses études, il ne s'en sert que pendant les vacances. On verra plus tard s'il le garde. Franchement, ça me fait rire de voir cette barcasse amarrée près de ces géants des mers. Mais bon… c'est quand même un bateau. On ne va pas se laisser intimider !

Il était d'une bonne humeur contagieuse, et Regina rit de bon cœur.

— Absolument ! dit-elle.

Elle se dépêcha de sortir, il ne devait pas prendre l'habitude de lui ouvrir sa portière. Mais, toujours galant, il lui offrit le bras avant d'entrer dans le club.

Le restaurant se situait sur la droite, le pub, à gauche. Le barman les gratifia d'un large sourire lorsqu'ils entrèrent.

— Bonsoir, madame. Bonsoir, docteur Herrera. Ça me fait plaisir de vous voir !

— À moi aussi, Keith. Comment allez-vous ?

Visiblement, ces deux-là se connaissaient bien et Mateo semblait très apprécié. Regina, elle, se sentait un peu mal à l'aise car elle ne mettait pas souvent les pieds en terrain inconnu !

Après avoir pris leurs boissons - vin blanc léger pour elle, bière artisanale pour Mateo –, ils traversèrent une véranda très chic et se retrouvèrent dehors. Quelques marches descendaient vers le petit port où étaient ancrés les yachts des plaisanciers. L'endroit offrait une vue somptueuse sur la baie, et Regina, fascinée, s'accouda à la balustrade.

L'atmosphère était paisible, presque irréelle. La présence de Mateo, son délicat parfum boisé ajoutaient une irrésistible touche de magie à ce moment précieux. Elle était bien…

— C'est très beau, dit-elle d'un ton froid, comme pour conjurer le charme du clair de lune.

— C'est l'un de mes endroits préférés à Miami. Je viens ici quand j'ai besoin de réfléchir ou simplement de respirer un peu.

— Ça ne m'étonne pas.

Il s'était adossé à la balustrade pour la regarder. Dans la semi-pénombre, son expression lui parut énigmatique et elle frissonna.

— J'ai pensé à un truc…, reprit-il.

Une sonnette d'alarme se déclencha dans le cerveau de Regina. L'expression « penser à un truc » était souvent synonyme d'ennuis.

— Oui ?

— J'ai une maison à Islamorada, dans les Keys. Ces îles sont magnifiques. On pourrait y passer un week-end ? J'ai des consultations externes le mardi et le jeudi, mais je peux facilement poser le vendredi et le lundi. On aurait quatre jours devant nous… Sur ta semaine de repos, ça collerait, non ?

— Euh… Oui.

Elle savait maintenant pourquoi Mateo la déstabilisait à ce point. En général, à ce stade de la soirée, elle avait compris où son partenaire voulait en venir et, surtout, si elle lui plaisait. Là, elle n'en était pas sûre.

Mateo s'était conduit en parfait gentleman. Hormis quelques lueurs dans son regard, elle n'avait rien détecté de spécial. Or, elle détestait naviguer à vue. Comment lui répondre sans savoir ce qu'il attendait ?

Agacée, elle se secoua. Ces tergiversations ne lui ressemblaient guère. D'habitude, elle disait oui ou non, parfois même avant que la question ne soit posée !

Sans sourire, elle regarda Mateo droit dans les yeux.

— Ça a l'air sympa, mais, comme je ne sais pas quoi faire de toi, j'ai du mal à me décider.

Il haussa les sourcils et eut un petit sourire en coin.

— Aucun problème. Si tu veux juste qu'on soit collègues et amis, on passera quand même un bon week-end.

— Et si je veux autre chose ? demanda-t-elle, désarçonnée.

Son sourire se fit carnassier, son regard, incendiaire.

— Le week-end sera encore meilleur…

Il s'était rapproché et elle eut l'impression de manquer d'air. Malgré la fraîcheur de la nuit, sa peau lui parut soudain moite et brûlante. Elle dut se raisonner pour ne pas prendre ses jambes à son cou lorsque, en une fraction de seconde, il se remit à la toiser avec indifférence.

— Quand te décideras-tu, au juste ?

— Je n'en sais rien.

Elle but une gorgée de vin et se détourna, feignant d'admirer le paysage. Jouer les femmes froides et distantes avait ses limites. Elle avait beaucoup de mal à y parvenir.

— Je trouverai bien une solution, dit-elle comme pour elle-même.

Cette fois, Mateo éclata de rire et son amusement ne fit qu'accentuer le désir qu'elle éprouvait. Pourquoi ne l'embrassait-il pas ? D'aucuns auraient pris cette liberté depuis longtemps, mais pas lui. Il préférait lui laisser la main pour qu'elle prenne la décision !

Les rares aventures qu'elle s'était autorisées - elle n'avait guère de temps pour cela - ne l'avaient pas préparée à cette situation. Elle avait plus ou moins accepté ce que l'homme lui offrait, sans se poser de questions, lorsque cela lui convenait. Mais Mateo ne lui facilitait pas les choses, et ce détachement le rendait plus séduisant encore.

Le savait-il ? Oui, et il en profitait !

— Dis-le-moi, quand tu sauras, reprit-il. Je dois poser mes congés en début de semaine pour l'organisation du planning.

— Pas de souci, tu auras ma réponse avant lundi.

Elle avait répliqué d'un ton neutre, comme s'il s'agissait d'une discussion d'affaires, mais elle bouillonnait intérieurement.

Sans réfléchir, elle abandonna son verre sur la balustrade, vaincue par le désir qui couvait en elle. Elle fit un pas en avant puis, sans hésiter, embrassa Mateo.

N'étant pas femme à se contenter de demi-mesures, elle lui donna un vrai baiser. Elle devait être claire, lui montrer qu'elle avait envie de lui. Elle allait…

Toute pensée cohérente déserta brusquement son cerveau. Loin d'être passif, Mateo venait d'inverser les rôles en lui encerclant la nuque. Elle sentit une paume brûlante se plaquer sur ses reins, tandis que, d'un mouvement fluide, il l'attirait plus près.

Ivre de plaisir, elle s'abandonna. Elle avait voulu jouer, voir si son intuition était bonne… mais en quelques secondes elle avait perdu toute maîtrise d'elle-même. Et, si d'ordinaire elle séparait très bien le physique et le spirituel, là, elle en était incapable.

Tout son être se dissolvait en un invraisemblable chaos d'émotions. Un feu liquide s'était répandu en elle, attisé par le contact du corps musclé de Mateo. Lui ne se montrait ni doux ni persuasif. Au contraire, sa bouche ferme exigeait une réponse qu'elle ne pouvait pas refuser…

Comme en rêve, elle s'entendit gémir. Elle se dégagea dans un éclair de lucidité, et à son grand soulagement il la libéra dès qu'elle aplatit les paumes sur son torse. Elle pouvait enfin respirer. Elle aurait dû se réjouir, alors d'où venait ce curieux sentiment d'abandon ?

Elle prit une profonde inspiration, puis reprit son verre comme si de rien n'était. Alors seulement elle se rendit compte qu'elle tremblait. Elle but pour se donner une contenance, mais rien ne pouvait effacer le goût de ce baiser sublime…

Exceptionnellement, elle ne trouvait rien à dire. Elle n'avait pas le courage de chercher une remarque spirituelle ou de plaisanter. L'exercice était au-delà de ses forces.

Jouer les indifférentes. Voilà ce qu'elle avait de mieux à faire.

— Pour ce week-end… je te rendrai réponse le plus vite possible, dit-elle d'un ton détaché.

— Super.

Il reprit sa bière - qu'elle ne l'avait même pas vu poser - et la vida d'un trait.

— On peut y aller, si tu es prête.

Il n'avait pas l'air le moins du monde ému par ce qui venait de se produire. Elle prit sur elle pour ne pas se jeter dans ses bras.

— Oui, c'est bon, j'ai fini.

Sur le chemin du retour, elle s'efforça d'entretenir une conversation légère. Chaque fibre de son corps brûlait de poursuivre l'aventure, mais elle devait se maîtriser. Il était trop tôt. Elle ne savait pas. Elle ne savait plus…

À peine Mateo s'était-il garé devant son immeuble qu'elle sortit de la voiture. Il la raccompagna jusqu'à la porte.

— Merci pour cette soirée, dit-il d'un ton calme. C'était sympa.

— Merci de m'avoir invitée. J'ai passé un très bon moment.

Incapable de soutenir son regard, elle chercha ses clés dans son sac et sursauta légèrement lorsqu'il lui pressa l'épaule.

— Bonne nuit, chuchota-t-il, avant de l'embrasser sur la joue.

— Bonne nuit, Mateo.

Renonçant à provoquer un dernier baiser plus intime, elle pénétra dans le hall. Elle n'osa tourner la tête qu'une fois entrée dans l'ascenseur… et s'aperçut que Mateo n'avait pas bougé. Il était resté là, devant la grande baie, à la regarder partir.

Bizarrement, elle en fut toute chose.

7.

Ce jeudi matin, planté devant l'ascenseur, Mateo se réjouissait presque d'avoir été appelé en médecine.

Un de ses patients réguliers, Rex Knowles, avait été hospitalisé à la suite d'une chute. Mateo plaignait sincèrement le pauvre homme, mais au moins cette visite au quatrième étage allait lui donner l'occasion de voir Regina !

Il ne l'avait pas croisée une seule fois depuis leur fameux dîner. Le lundi matin, elle lui avait certes donné des nouvelles, mais pour refuser son invitation. Il avait jugé plus prudent de masquer sa déception et avait répondu par un SMS assez neutre :

Ce n'est pas grave. Si ça te tente, on pourra y aller plus tard.

Dans le doute, il avait quand même posé son vendredi, et le lundi suivant. Il espérait bien voir Regina pour la faire changer d'avis d'ici là. Il aurait été fou de ne pas essayer, après le baiser torride qu'ils avaient échangé !

Jamais de toute sa vie il n'avait connu un moment aussi fort. Le souvenir de cette étreinte ne le quittait pas, ni le jour ni la nuit. Il rêvait du corps souple de Regina plaqué contre le sien. Il la sentait encore frémir d'excitation. Les effluves d'un parfum fleuri pénétraient son sommeil agité…

Quand elle s'était écartée, sur la terrasse du pub, il avait failli la reprendre dans ses bras. Il avait d'abord cru qu'elle ne ressentait rien, puis il avait vu ses mains trembler. C'était bien la preuve qu'elle était aussi émue que lui !

Voudrait-elle l'admettre ? C'était peu probable. Elle ne

semblait pas du genre à s'épancher. Que pouvait-il faire pour l'aider à s'ouvrir ?

Il monta dans l'ascenseur et se ressaisit en arrivant au quatrième étage. L'heure n'était pas aux questions personnelles. Il essayerait de parler à Regina plus tard ; en attendant, le devoir l'appelait.

L'objet de ses pensées l'attendait justement au poste des infirmières. Elle l'accueillit d'un signe de tête, sans sourire. Regina Montgomery dans toute sa splendeur !

— Bonjour… Ton patient, M. Knowles, est tombé chez lui ce matin. Peux-tu me briefer ?

Blessé par sa froideur, Mateo s'obligea néanmoins à rester de marbre.

— Rex souffre d'une maladie rénale polykystique. Il est dialysé, maintenant. Il devait revenir à ce propos mardi prochain. Sa femme s'occupe très bien de lui, avec l'aide de leurs enfants adultes. C'est un super couple. Ils sont mariés depuis près de quarante ans… Que s'est-il passé, au juste ?

— Aucune idée. Leur fille venait déposer des courses, elle l'a trouvé par terre dans le jardin. Il n'a pas pu lui dire comment il était tombé. Elle l'a conduit ici parce qu'il saignait de la tête. Les urgences, voyant son dossier, ont préféré l'hospitaliser. Son état mental m'inquiète.

Elle s'engagea dans le couloir. Il la suivit, préoccupé.

— Heureusement, le scanner n'a montré aucune fracture du crâne, reprit-elle. Par ailleurs, il n'y a ni nouveaux saignements ni signes inflammatoires. Mais, comme il a déjà eu des pertes de mémoire, je n'aimerais pas qu'il nous fasse une commotion cérébrale. Ce serait le bouquet !

— Je l'ai fait tester par un neurologue pour un possible début d'Alzheimer, mais ce n'est pas ça. Les pertes de mémoire sont plutôt liées à sa pathologie et aux fréquentes dialyses. Il est sur la liste des transplantations. Sa femme et ses enfants étaient volontaires pour lui donner un rein, mais personne n'est compatible.

— Oh ! mince… Il n'était encore jamais tombé ?

— À ma connaissance, non. Sa femme me l'aurait dit. Elle l'accompagne toujours pour être sûre qu'il ne me cache rien.

— J'espère qu'on trouvera rapidement un donneur compatible.

— Moi aussi. Son état se dégrade beaucoup trop vite.

Regina consulta sa tablette en fronçant les sourcils.

— On vérifie régulièrement la présence d'éventuels kystes hépatiques, j'imagine ?

— Bien sûr. J'aimerais avoir les clichés du scan, s'il te plaît. Il est temps qu'on regarde s'il n'a pas d'anévrismes.

— Absolument.

Elle s'arrêta devant la chambre 3 en fronçant les sourcils.

— Allons-y, dit-elle d'un ton abrupt.

Elle s'engouffra dans la pièce avant qu'il n'ait pu lui tenir la porte. Il lui emboîta le pas, avec l'impression pénible d'être devenu la dernière roue du carrosse.

Voilà, elle l'avait fait.

Regina avait pu parler à Mateo sans lui montrer combien sa présence l'affectait. Elle avait relégué leur baiser dans un coin de son cerveau. Elle était restée calme, professionnelle. Jamais il ne saurait à quel point cela avait été difficile !

Depuis cette fameuse soirée, elle pensait à lui non-stop. Elle faisait des rêves érotiques toutes les nuits. Elle imaginait ses mains posées sur elle, sa bouche explorant son corps. Elle se réveillait épuisée, frustrée et complètement perdue…

Elle avait dû prendre sur elle pour paraître « normale » chez sa cousine, mais elle avait réussi. La visite s'était déroulée dans un climat agréable et, pendant deux jours, elle avait presque réussi à faire passer Mateo à l'arrière-plan. Mais le répit avait été bref et, de retour à Miami, elle avait appréhendé ces retrouvailles.

Elle avait eu raison de craindre le pire, car elle avait senti la présence de Mateo avant même qu'il n'arrive au poste des infirmières. Son corps l'avait trahie. Elle avait soudain eu très chaud et dû enfoncer les ongles dans la paume de ses mains pour ne pas courir vers lui.

Heureusement, elle avait tenu bon. Maintenant, elle n'avait plus qu'à rester à l'écart, au pied du lit, pendant qu'il examinait Rex Knowles. Les prochaines collaborations seraient encore plus simples : il lui suffirait de s'accrocher à l'idée qu'elle *pouvait* le faire.

Après la visite, elle resta de marbre lorsqu'ils sortirent dans le couloir.

— Aimerais-tu dîner avec moi ce soir ? demanda-t-il.

Son cœur manqua un battement, mais elle ne cilla pas.

— Je suis de garde, je risque d'être dérangée. Et je vais finir tard.

— Ça tombe bien, je ne pars pas avant 19 heures. Et il faudra bien que tu manges quand même, fit-il sans sourire. On pourrait juste aller grignoter quelque chose. Je voudrais te parler de l'autre soir.

Au moins, c'était direct. Tellement franc qu'elle fut prise au dépourvu.

— Il n'y a pas grand-chose à dire, répondit-elle d'une voix mal assurée.

— Au contraire, il faut qu'on discute. Fais-moi plaisir, dit-il, l'air faussement exaspéré. Je te propose juste un sandwich et une conversation. Je ne vais pas me jeter sur toi !

Vaincue, elle céda. Elle refusait de passer pour une poltronne. Elle dînerait avec lui et… advienne que pourra.

Ils se quittèrent là-dessus et ne se revirent pas de la journée.

Le soir venu, elle prit son temps pour effectuer sa dernière tournée, si bien qu'il était presque 19 h 30 quand elle descendit enfin sur le parking. Mais Mateo n'était pas homme à renoncer pour un petit retard. Il était là, qui l'attendait…

Ils décidèrent de dîner dans une brasserie près de chez elle et s'y rendirent séparément, chacun dans leur voiture. Comme ils avaient faim, le début du repas se déroula en silence. Elle avait presque terminé sa soupe et dégusté trois tartines quand il posa son demi-sandwich sur sa serviette.

— Je voulais juste te dire - au cas où tu n'aurais pas compris - que tu me plais beaucoup, Regina.

Elle abandonna sa cuiller et prit son temps pour se tamponner la bouche. Elle put ainsi réprimer le « toi aussi » qui lui montait aux lèvres. Mieux valait jouer la carte de la prudence.

— D'accord, dit-elle, le cœur battant.

— Mais, par honnêteté, je dois préciser qu'une relation longue ne m'intéresse pas.

Elle le fixa, désarçonnée.

— Ah bon ? Pourquoi ?

— D'abord, tu ne vas pas rester à Miami. Ensuite, j'ai mis certains projets en sommeil, par la force des choses. Maintenant que les gamins sont grands, je veux m'y atteler. Histoire de n'avoir aucun regret…

Elle comprenait parfaitement, même si cela lui paraissait bizarre d'être, pour une fois, de l'autre côté de la barrière. D'habitude, c'était elle qui tenait ce genre de discours. Elle se mettait à la place des hommes qui l'avaient entendu. Ils avaient dû trouver la pilule amère !

— Que voudrais-tu faire ?

— J'aimerais intégrer une équipe de transplantation rénale. Un nouvel hôpital va bientôt ouvrir dans le secteur, avec un service spécialisé. Je suis déjà des cours complémentaires et, quand j'aurai obtenu mon certificat, je postulerai sans doute là-bas.

Gagnée par son enthousiasme, elle mit sa « déception » de côté.

— Mais c'est super !

Il opina et se carra contre le dossier de sa chaise. À son air sérieux, elle devina que la discussion n'était pas terminée.

— Tu comprends donc que je n'ai pas l'intention de t'envahir, Regina.

— Oui. Et ça tombe bien car je ne l'accepterais pas.

— Dans ce cas… j'aimerais renouveler mon invitation. Quoi que tu décides, on passera un bon week-end. J'en suis certain.

Elle but quelques gorgées de soupe pour se donner le temps de réfléchir. Que faire, que répondre ?

Il avait sans doute raison de penser qu'ils passeraient un bon week-end. Ils appréciaient chacun la compagnie de l'autre. Le « plus si affinités » se produirait inévitablement, pour sa plus grande joie. Et au moins, maintenant, elle savait à quoi s'en tenir.

Il s'était montré franc, honnête. Il ne comptait pas s'investir émotionnellement et n'attendait rien de particulier. Dans ces conditions, pourquoi refuserait-elle le plaisir d'une aventure légère et sans conséquence ?

Avec lui, elle n'aurait pas à se poser mille questions. Elle n'aurait pas à le « surveiller » pour détecter d'éventuels mensonges. Elle n'aurait pas à contenir ses émotions en permanence de peur d'être blessée. C'était le remède idéal, après le fiasco qu'elle venait de vivre !

Force était d'admettre qu'elle manquait d'expérience dans le domaine « léger ». Mais, à en croire ses amies, ce genre de relations n'apportait que du bonheur. Il n'y avait ni rupture douloureuse ni récriminations. Simplement le souvenir de moments agréables en excellente compagnie.

— Si je viens… j'aimerais bien aller à Key West, dit-elle enfin. Ça me ferait plaisir de visiter la maison de Hemingway.

Le sourire sexy de Mateo déclencha un long frisson en elle.

— Bien sûr. On fera tout ce que tu veux.

Vraiment ? Il ne savait pas à quoi il s'exposait. Si elle se jetait sur lui…

— D'accord, je viendrai. J'ai très envie de découvrir les îles.

À sa façon de la regarder, elle sut qu'il avait tout compris. Ce week-end ne serait pas un séjour platonique entre collègues, et il le savait. Mais, bizarrement, cela ne l'ennuyait pas d'être aussi transparente. Elle se réjouissait même qu'il puisse lire en elle comme dans un livre ouvert.

Tout était possible à Miami… La preuve !

8.

— Les maisons sont construites en hauteur à cause des ouragans. Ils utilisent du verre spécial ultra-résistant.

— C'est magnifique…

Regina contemplait depuis quelques instants déjà avec admiration la somptueuse villa des Herrera. La bâtisse moderne aux immenses baies vitrées, érigée sur de hauts piliers en béton, était d'une beauté à couper le souffle.

Qu'il devait être facile d'oublier ses soucis dans un endroit pareil !

Accoudée à la balustrade, elle s'absorba dans le paysage, tout aussi splendide. Elle eut un petit frisson lorsque Mateo se rapprocha d'elle.

— Nous sommes du bon côté du Golfe pour les couchers de soleil, dit-il. On peut les regarder depuis le bateau, c'est encore plus sympa.

Les Herrera n'avaient décidément pas fait les choses à moitié. Elle avait déjà remarqué la petite embarcation à moteur rangée en contrebas dans un bel appentis…

— Ça me plairait d'aller faire un tour en mer, admit-elle.

Quand il lui glissa une main sous le coude, la réaction fut immédiate : elle eut la chair de poule.

— Viens, on va rentrer les bagages et les provisions. Ensuite, tu pourras t'installer tranquillement pendant que je sortirai le bateau.

— Bonne idée.

Elle avait décidé de rester sur ses gardes, au moins au début, le temps de « voir venir ». Et si Mateo commettait un impair ? S'il se montrait lourd ou trop insistant ? Elle ne pouvait pas s'empêcher d'être méfiante. Chassez le naturel…

Très détendu, il ouvrit la porte et déposa leurs petites valises dans le hall, tandis qu'elle s'occupait des sacs de courses.

— Je te laisse visiter. Choisis ta chambre ! dit-il.

— Où est la tienne ? murmura-t-elle sans le regarder.

— C'est la dernière au fond. Surtout, ne te gêne pas. Fais comme chez toi.

Avant qu'elle n'ait pu réagir, il était sorti. Restée seule, elle explora les lieux ; la maison était aussi belle à l'intérieur qu'au-dehors.

Dans la pièce principale en L, l'espace cuisine ouvrait sur une vaste salle à manger - salon aux tonalités apaisantes de gris et de jaune pâle. Le mobilier, bien que luxueux, ne sacrifiait rien au confort et, cerise sur le gâteau, les vitrages qui montaient du sol au plafond offraient une vue panoramique sur les alentours.

Séduite, Regina enleva ses sandales et déposa les sacs à provisions sur le plan de travail. Mateo lui avait dit de ne rien apporter, mais comment pensait-il tenir quatre jours avec un peu de pain, d'antipasti et de fromage ? Il devait fréquenter assidûment les restaurants locaux, pendant ses week-ends à Islamorada !

Après avoir rangé les courses, elle alla se poster derrière une fenêtre du salon. Là, elle repéra immédiatement Mateo qui s'employait à sortir le bateau du hangar. Le soleil jouait dans sa chevelure ébène et elle l'observa, fascinée.

Elle n'avait pas souvent l'occasion de l'admirer à son insu. Elle n'allait pas s'en priver, d'autant qu'il était un vrai régal pour les yeux. Sa musculature jouait à chaque mouvement sous le tissu de son polo et Regina soupira, vaincue.

Inutile de se voiler la face : elle savait très bien où elle allait dormir. Elle avait pris sa décision depuis longtemps, et le fait que Mateo reste sur la réserve la déconcertait un peu. Puisque tout était clair, pourquoi avait-elle l'impression d'osciller sans arrêt au bord du gouffre ?

Allons. Elle connaissait la réponse.

Jusqu'à présent, elle avait toujours regardé de haut les hommes avec qui elle sortait. Elle n'avait jamais engagé son cœur. Là, c'était différent. L'attitude de Mateo, sa vie, son passé forçaient l'admiration. Elle l'aimait bien et, rien que pour cela, elle devait rester sur ses gardes.

Ils s'étaient mis d'accord pour une aventure sans lendemain. Elle connaissait les règles, elle les avait acceptées et même provoquées. Espérer autre chose aurait relevé de l'inconscience. Elle aurait été folle de vouloir plus !

Mateo emplit ses poumons d'air salin, heureux de sentir la brise sur son visage.

Même s'il appréciait Miami, il adorait se ressourcer dans ce paysage de carte postale. Jamais il ne se lasserait de ce bleu qui allait du turquoise à l'encre noire dans les profondeurs du golfe. Les îles offraient un contraste verdoyant avec l'immensité liquide, et il avait toujours aimé cette beauté naturelle, préservée et apaisante.

Ici, il rechargeait ses batteries. Il évacuait la tension qui lui crispait parfois les muscles. Cela fonctionnait toujours… ou presque.

Car, cet après-midi-là, il se sentait tendu. L'incertitude lui nouait la gorge. Qu'allait faire Regina ? Elle n'avait, comme toujours, rien laissé paraître de ses intentions.

D'un côté, il comprenait sa méfiance. Quelque chose de très fort couvait entre eux. Une relation qui pourrait, s'il ne se trompait pas, être explosive. Il était normal que Regina veuille se préserver.

Mais, d'un autre côté, il était à bout de patience. Il doutait de pouvoir se contrôler plus longtemps, et d'ailleurs il n'attendait pas un simple « oui » de sa part. Il voulait une reddition complète, corps et âme. Si elle s'abandonnait, il la rendrait folle de plaisir…

D'où lui venaient ces pulsions sauvages, presque animales ? Sans doute de cette interminable attente. Ils avaient discuté « normalement » pendant le trajet, mais la tension érotique avait été palpable !

Le goût des lèvres de Regina ne le quittait plus, ni la nuit ni le jour. Et, depuis ce fameux baiser, son imagination avait pris le relais avec une vigueur hallucinante. Alors, si l'histoire devait s'arrêter là, il préférait le savoir rapidement pour éviter de perdre la raison !

Allons. Traîner dehors, le nez au vent, ne lui apporterait pas les réponses espérées. Il allait rentrer et, cette fois, essayer d'y voir plus clair !

Il trouva Regina dans la cuisine, affairée à préparer un joli plateau-repas. Elle avait disposé le fromage et la viande avec soin, en intercalant des tomates cerises et des billes de mozzarella. Elle avait également taillé les radis en fleurs, découpé les carottes et les concombres en bâtonnets… Quel changement pour lui qui, bien souvent, se contentait de glisser du jambon entre deux tranches de pain de mie !

— Waouh ! dit-il. Tu n'aurais pas dû t'embêter.

Tandis qu'il se lavait les mains, elle brancha le grille-pain.

— Comme disait feu mon grand-père, « si t'y fais joli, les gens z'y niaqueront ».

Il éclata de rire, médusé. Jamais il ne l'aurait crue capable d'imiter l'accent jamaïcain à la perfection. Néanmoins, il s'abstint de la questionner : il savait déjà qu'avec elle c'était la meilleure tactique.

Il s'installa sur un tabouret haut, face à elle, et lui sourit.

— Micah avait quelques amis jamaïcains au lycée. Je me rappelle l'avoir entendu rouspéter parce qu'il fallait le décodeur, certaines fois !

Elle lui sourit, le regard pétillant de malice.

— Moi, je parlais le patois jamaïcain avec mes grands-parents. À la maison, mon père nous l'interdisait. C'était rigolo de l'entendre à nouveau chez ma cousine, l'autre jour. J'ai dû demander de l'aide par moments, mais je n'étais pas si perdue que ça, alors que je n'ai pas pratiqué depuis des années.

Il découvrait là une Regina très différente, plus relaxée et plus ouverte. Le déjeuner se passa d'ailleurs dans un climat très détendu, à tel point qu'il oublia presque les questions qui l'avaient taraudé en arrivant.

— Un tour en bateau, ça te tente ? dit-il lorsqu'ils eurent terminé leur café.

— Ah, oui ! Il fait un temps magnifique.

— La brise risque de souffler, malgré tout. Tu as pris un coupe-vent ?

— Oui, j'en ai un. J'irai le chercher quand j'aurai fini la vaisselle.

Gentiment, il lui donna un coup de hanche pour l'écarter de l'évier.

— Laisse, je vais la faire. Va plutôt te préparer.

Il la regarda partir, fasciné par le balancement gracieux de ses hanches. Puis il se chapitra. Il aurait tout le temps de l'admirer pendant ces quatre jours et, avec un peu de chance, de faire davantage…

Après avoir tout lavé, il réfléchit quelques instants et décida d'aller mettre un caleçon de bain. Il faisait trop frais pour nager, mais un peu de manutention sur le bateau était parfois nécessaire. Et, dans ces cas-là, mieux valait être en maillot qu'en jean.

Il repassa dans le hall pour récupérer ses affaires, puis gagna sa chambre. Mais à peine avait-il poussé la porte que son cœur tressauta violemment. Il y avait déjà un sac au pied du lit…

Une nuisette en voile diaphane attendait sur la courtepointe. Les sandales de Regina étaient proprement rangées dans un coin, face à la penderie…

Il se tourna vers la porte de la salle de bains adjacente

au moment précis où Regina en sortait. Vêtue d'un bikini blanc, elle était en train de rassembler sa longue chevelure en chignon. Elle haussa les sourcils lorsqu'elle le vit, mais ne dit rien, et pour cause : elle avait une pince à cheveux dans la bouche.

Fasciné, il la dévora du regard. Sa poitrine ronde, sa taille fine, ses hanches déliées, ses longues jambes… Il aimait tout chez elle. Il y avait de quoi perdre la raison !

Elle récupéra sa pince de sa main libre et eut un petit sourire provocateur.

— J'ai choisi ta chambre, finalement. J'espère que ça ne te dérange pas… ?

Le pouls qui battait follement à la base de son cou lui prouva qu'elle était aussi bouleversée que lui. Autre signe révélateur, sa voix avait tremblé…

— Pas du tout, au contraire, répondit-il, le corps en feu.

Sans l'avoir vraiment voulu, il s'avança vers elle et la contourna. Il mourait d'envie de la toucher, mais il était trop tôt…

— Tu es si belle que j'ai mal rien qu'à te regarder, fit-il tout bas contre sa nuque.

Elle laissa échapper un petit son guttural.

— Je suis contente de te faire autant d'effet…

La voyant batailler avec la pince à cheveux, il se rendit compte qu'elle tremblait. Bouleversé, il contempla leur reflet dans le grand miroir de la chambre. Une femme belle à tomber. Un homme prêt à tomber à genoux…

— Je veux te voir, Regina.

Avec douceur, il lui enleva sa pince et la posa sur la table de chevet. Comme si elle n'attendait que ce signal, elle laissa cascader ses longues mèches. Elle aussi semblait fascinée par leur image, à présent. Ses prunelles d'ambre étaient devenues deux abîmes de passion où il voulait se perdre…

Sans quitter le miroir des yeux, elle passa les mains dans le dos et dégrafa son soutien-gorge. Le sous-vêtement blanc tomba doucement sur le parquet et Mateo crut qu'il allait suivre le même chemin, subjugué par la fière beauté de cette poitrine nue.

Avec une lenteur délibérée, elle fit alors glisser son slip le long de ses cuisses. Tous les muscles de Mateo se tendirent d'un coup. Incapable de résister davantage, il s'approcha et promena un index caressant le long de son dos.

Faisait-il un rêve érotique ?

Si oui, il espérait bien ne jamais se réveiller…

9.

Regina tremblait de la tête aux pieds.

Une étrange vibration courait de sa nuque vers ses reins depuis que Mateo l'avait effleurée. Cette caresse, bien que légère, avait allumé une multitude d'incendies, faisant durcir les pointes de ses seins et trembler ses genoux.

Voir Mateo la regarder dans le miroir l'avait électrisée. À présent, elle s'enivrait de sa proximité, de son odeur si virile, et bientôt elle s'abandonnerait. D'ailleurs, ils respiraient déjà à l'unisson, comme un prélude à l'orage…

Jamais encore on ne l'avait scrutée ainsi, avec ce mélange de respect et de passion, comme si elle était la plus belle femme de la terre. Mateo la désirait, mais son expression révélait bien d'autres choses, et, rien que pour cela, elle avait les jambes en coton.

Elle aurait voulu lui dire de se déshabiller, de l'embrasser, de la toucher. Mais ce regard intense et pénétrant l'avait rendue muette. Elle ne pouvait que rester là, à le fixer comme si sa vie en dépendait…

Quand, enfin, il fit courir ses mains le long de ses bras, un long frisson la parcourut. Chavirée, elle ferma les paupières.

— Ouvre les yeux, Regina, dit-il d'une voix rauque. Je ne veux pas que tu te caches.

Elle obéit, et un gémissement sourd monta de sa gorge quand les prunelles vertes de Mateo s'assombrirent. Fascinée, elle vit ses mains descendre vers sa poitrine, qu'il encercla avec une sensualité époustouflante. C'était le moment le plus érotique de sa vie de femme. Le plus beau, le plus ensorcelant…

Il se mit à la caresser du bout des doigts, explorateur tendre et minutieux. Et soudain il fit rouler ses mamelons durcis entre ses pouces, arrondissant les lèvres dans son cou pour taquiner sa peau ultrasensible du bout de la langue.

Elle crut mourir de plaisir, mais ce n'était que le début, et, sans cesser de la regarder, il laissa ses paumes errer vers sa taille. Diabolique, il s'arrêta délibérément au-dessus de l'espace brûlant qui pulsait entre ses cuisses. Un seul effleurement la catapulterait dans le vide. Elle en était certaine. Elle n'avait jamais voulu quelque chose aussi fort de toute sa vie…

Ivre de désir, elle faillit capturer la main de Mateo pour lui montrer ce qu'elle voulait, mais n'osa pas. Tel un artiste, il avait décidé de prendre son temps pour l'emmener vers les sommets. Elle devait suivre son tempo… quitte à se liquéfier sur place.

Quand il lui mordilla l'épaule, elle laissa échapper un gémissement sourd. Et soudain, au moment où elle pensait ne plus pouvoir tenir, il la fit pivoter vers lui et l'embrassa. En une fraction de seconde, les caresses langoureuses laissèrent la place à un déchaînement de passion, tandis que, mus par la même fougue, ils se pressaient l'un contre l'autre.

Elle voulut lui arracher ses vêtements, mais il l'en empêcha. Il lui saisit fermement la taille, puis se pencha pour capturer entre ses lèvres le mamelon durci d'un sein. Elle s'arc-bouta en réponse, les mains crispées dans ses cheveux noirs.

Dans l'extase du moment, elle se rendit à peine compte qu'il s'agenouillait devant elle. Elle perçut la fermeté de ses mains sur ses fesses, se délecta du sillon humide laissé par sa bouche sur son ventre. Elle était à un souffle de l'orgasme quand, avec habileté, il lui souleva une jambe pour l'appuyer sur son épaule…

Le premier effleurement de sa langue la fit basculer dans l'abîme. Elle cria son nom d'une voix méconnaissable, s'agrippa à lui comme une naufragée, réflexe bien inutile car il ne relâcha pas son étreinte.

Elle reprenait tout juste son souffle quand il la rendit, à nouveau, folle de plaisir. Cette fois, elle perdit l'équilibre et, dans un brouillard, se rendit compte qu'il la portait vers le lit.

Quand elle rouvrit les paupières, il était en train de se dévêtir. La léthargie bienheureuse où elle avait sombré s'évapora, balayée par l'excitation de le voir se déshabiller.

La peau mate, les muscles fermes, la légère toison brune qui descendait jusqu'à la lisière du pantalon lui donnèrent des fourmis dans les mains. Elle voulait le toucher, le conduire au bord du vertige. Aucun homme n'avait le droit d'être aussi beau et surtout de faire autant d'effet à une femme…

— Tu es trop sexy pour être vrai, dit-elle dans un murmure.

Il haussa les sourcils, comme si sa remarque l'avait surpris. Puis il eut un large sourire.

— Je me disais justement la même chose en te regardant…

Elle lui ouvrit des bras impatients, pressée de sentir le contact de sa peau contre la sienne. Alors toute conversation fut abolie. Ils étaient entrés dans un monde où leurs corps exprimaient, mieux que des mots, tout ce qu'ils avaient à communiquer.

Et que de choses ils se disaient !

Elle abandonna peu à peu tout contrôle sous l'effet d'orgasmes aussi forts qu'inattendus. Quand Mateo s'écarta enfin pour se protéger, elle le regarda, éperdue, tant son besoin de lui était grand.

Pourtant, il la surprit une fois de plus en l'attirant sur lui. Il avait mené la danse, mais à présent il lui abandonnait le contrôle du jeu…

Assise à califourchon sur lui, elle essaya de prolonger l'extase le plus longtemps possible. Elle voulait lui rendre le plaisir qu'il lui avait donné, le faire jouir lentement, amoureusement. Mais très vite l'ivresse du moment l'emporta, et ils cheminèrent ensemble, de plus en plus fort, de plus en plus vite, vers les sommets de l'extase.

Plus tard, alors qu'ils reprenaient leur souffle dans les

bras l'un de l'autre, Regina s'étira en bâillant. Faire l'amour avec Mateo avait sollicité des muscles dont elle avait depuis longtemps oublié l'existence !

— Fatiguée ? chuchota-t-il.

— Non, mais je devrais, après ce qu'on vient de faire…

Il rit doucement et resserra son étreinte. Peut-être avait-il l'intention de passer le week-end au lit ? Si oui, elle n'allait pas protester, au contraire. Mais elle rêvait aussi de mieux le connaître et de découvrir sa personnalité…

— Si on allait à Key West demain ? dit-il comme s'il avait deviné ses pensées. On pourrait partir tôt, prendre le petit déjeuner en route et passer la journée là-bas ?

— Ce serait super. Combien de temps faut-il pour y aller ?

— Deux petites heures. Et en attendant, aujourd'hui, veux-tu aller faire ce tour en bateau que j'avais… prévu ? Il reste assez de temps pour se balader avant le coucher du soleil.

Tout en parlant, il avait promené la main sur son bras, puis était remonté vers son épaule. Il n'aurait eu qu'à descendre un peu pour capturer son sein, et elle se mordit la lèvre. Même si elle en mourait d'envie, elle ne voulait pas lui donner l'impression qu'elle était désormais « accro » à ses caresses.

— Pourquoi pas ? murmura-t-elle sans bouger d'un millimètre.

Ils se regardèrent, les yeux dans les yeux. Puis il se pencha pour lui donner un baiser brûlant et la promenade fut oubliée…

Mateo descendit vers le hangar à bateaux pendant que Regina se préparait pour leur sortie en mer.

Arrivé sur place, il se surprit à siffloter, ce qui lui arrivait rarement. Dans quel état d'esprit était-il ? Certes, il était comblé, mais il y avait autre chose. Sa joie dépassait de loin la satisfaction d'un désir physique. Se pouvait-il qu'il soit… heureux, tout simplement ?

Son cœur bondit dans sa poitrine quand Regina le rejoignit. Elle avait passé un coupe-vent, noué un foulard dans ses cheveux. Elle était magnifique, et il ne put s'empêcher de lui voler un baiser avant de lui prendre la main pour l'aider à embarquer.

Alors qu'il manœuvrait dans le passage étroit débouchant sur le golfe du Mexique, elle resta debout près de lui, visiblement fascinée par le paysage. D'habitude, il naviguait avec les « enfants », mais ce changement lui faisait du bien. Il trouvait presque naturel qu'elle soit là, avec lui, sur cette embarcation familiale.

— Tiens-toi bien, conseilla-t-il lorsqu'ils atteignirent les eaux plus profondes.

Il accéléra progressivement pour mettre le bateau à pleine vitesse. L'écume rejaillit sur eux, et Regina, la tête en arrière, poussa un cri d'excitation en agrippant son foulard à deux mains.

Jamais encore il ne lui avait vu l'air aussi libre et insouciant. Un instinct sauvage, à la fois protecteur et possessif, se libéra en lui. Il dut faire un gros effort pour se concentrer sur la navigation plutôt que sur la femme adorable qui riait aux éclats à côté de lui…

Il ralentit un peu pour franchir la zone des mangroves, après quoi ils atteignirent la haute mer. Les vagues gagnaient en force et, au bout d'un moment, il baissa les gaz pour laisser le bateau dériver gentiment vers l'île la plus proche.

Lorsqu'il se tourna vers Regina, il eut conscience qu'elle l'observait. Qu'elle porte des lunettes noires n'y changeait rien : il savait que son attention était focalisée sur lui.

— C'est génial ! s'exclama-t-elle, un grand sourire aux lèvres. Je n'étais pas montée sur un bateau depuis une éternité.

Il fut transpercé par une pointe de jalousie, qu'il s'efforça de réprimer. Il ne demanderait pas à Regina avec qui elle avait navigué, ni dans quelles circonstances…

— On peut continuer un peu ou rester là, répondit-il doucement.

Elle quitta le poste de commande abrité, fit quelques pas et retira son coupe-vent.

— Restons là, décida-t-elle. C'est tellement calme…

Comme il n'y avait aucune embarcation en vue, il ne prit pas la peine de jeter l'ancre. Il abandonna le gouvernail et se rapprocha de Regina.

Adossé au bastingage, il la détailla, admiratif. Son pantalon de yoga et sa chemise souple mettaient en valeur ses courbes à la perfection. Quand elle se pencha pour regarder l'eau, il se tendit comme un arc. Il rêvait de capturer ses jolies fesses rondes, de l'attirer à lui…

Puis elle se redressa et il crispa les mains sur le bastingage. Il devait cacher le besoin qu'il avait d'elle et, surtout, ne pas avoir l'air de quémander un baiser !

Elle dut le comprendre, car soudain elle se figea. Le temps s'arrêta, puis elle parcourut les quelques mètres qui les séparaient et se jeta dans ses bras.

Ils échangèrent un baiser ardent, et l'exaltation de la promenade se mêla au souvenir de leurs étreintes. Le sang courut plus vite dans ses veines. Il savait que cette histoire n'allait pas durer, ils s'étaient promis de prendre du bon temps, rien d'autre. Mais, chaque fois qu'il serrait Regina contre lui, il avait l'impression qu'une relation bien plus profonde s'était nouée entre eux. Comme s'ils formaient, déjà, les deux parties d'un tout indissociable…

Il l'enlaça et ouvrit les jambes pour qu'elle puisse se lover contre lui. En réponse, elle ondula de manière si suggestive qu'il sentit un grondement sourd lui échapper. Elle avait glissé les mains sous sa chemise et, ivre de désir, il la souleva pour la porter vers la cabine, où il l'assit dans le fauteuil de pilotage.

Agenouillé devant elle, il laissa ses lèvres courir sur sa gorge pleine, traçant un sillon humide sur sa peau. Il la sentit frissonner et descendit plus bas. Sa manière de réagir à ses caresses, à ses baisers lui donnait envie de la rendre folle de plaisir. Il ne pouvait penser à rien d'autre. Dans ces moments-là, elle devenait son seul univers.

Quand elle s'arc-bouta pour lui offrir ses seins, il n'hésita pas une seconde. Il lui remonta sa chemise et écarta son haut de bikini pour capturer un mamelon durci entre ses lèvres. Puis il glissa les mains sous son pantalon, et sous son slip, certain qu'elle brûlait du même feu que lui…

Dans un brouillard, il lui sembla entendre quelque chose, au loin. Il sursauta et s'écarta légèrement. Puis, malgré les protestations de Regina, il fit redescendre sa chemise.

— On a de la compagnie, dit-il.

Un bateau approchait à toute vitesse. Regina rougit furieusement sous son hâle, mais elle se mit à rire malgré son embarras.

— Ils sont un peu en retard pour le spectacle, dit-elle.

Son amusement la rendait encore plus désirable. Il l'embrassa comme si sa vie en dépendait, mais bientôt un coup de sirène les fit sursauter. Entendre des rires et des applaudissements fut la goutte d'eau qui fit déborder le vase : il empoigna le gouvernail.

— Ça suffit. On rentre, maugréa-t-il.

Jamais il n'avait été aussi impatient de regagner la terre ferme.

Jamais il n'avait été aussi impatient de tenir une femme dans ses bras.

Il espérait juste ne pas laisser son cœur dans l'aventure, mais plus le temps passait, plus il en doutait.

10.

Regina aurait voulu arrêter le temps.

Ce week-end enchanteur avait passé bien trop vite à son goût. Elle avait connu des moments si parfaits qu'un midi, assise en terrasse avec Mateo, elle avait presque eu peur. Peur de s'être abandonnée à ce point. Peur de devenir accro à une relation qui, au départ, ne devait être qu'un simple divertissement…

Assise sur le siège passager de la voiture, elle réprima un soupir. La parenthèse enchantée se terminerait dans quelques minutes.

— Veux-tu dormir chez moi ce soir ? demanda-t-il. Je pourrais te reconduire chez toi demain matin avant d'aller travailler ?

Elle faillit répondre « oui » spontanément, mais se mordit la lèvre. Il était temps d'être raisonnable.

— Il faut que je rattrape mes corvées du week-end, s'obligea-t-elle à répondre. Lessive, ménage… Tu vois le tableau.

— Complètement. Dans ce cas, on pourrait peut-être se voir plus tard dans la semaine, avant ta prochaine rotation à l'hôpital ?

— Je… Oui, peut-être.

Elle ne voulait rien promettre dans l'immédiat. Elle avait besoin de se poser, de réfléchir…

Comme elle s'y attendait, il n'insista pas. Ils se quittèrent devant chez elle, sur un dernier baiser, et elle passa la nuit à se demander si elle avait pris la bonne décision.

Le lendemain, pourtant, son portable sonna à 8 heures et

elle se félicita d'avoir été sage : on avait besoin d'elle de toute urgence à l'hôpital ; son collègue interniste avait dû s'absenter pour raisons familiales.

Elle rejoignit le service à la hâte. Elle était pressée de se mettre au travail, ce qui lui éviterait de gamberger toute la journée à propos de cette relation qui la déstabilisait tant.

Jamais elle n'avait vécu quelque chose d'aussi fort qu'avec Mateo. Non seulement leur entente physique était exceptionnelle, mais il avait su toucher son intellect et aussi... son âme. Parce qu'il vivait le moment présent sans rien calculer ni attendre, elle se fondait dans son univers. Elle aurait, hélas, pu s'y habituer vite si elle n'y prenait garde.

Aucun homme de sa connaissance ne lui arrivait à la cheville. Quelque part, c'était une chance qu'elle ait fait vœu de célibat !

Arrivée au poste des infirmières, elle se secoua pour écouter le briefing de la surveillante. Plusieurs urgences requéraient son attention, et elle constata, dépitée, qu'elle allait devoir faire équipe avec le Dr Welk pour le premier cas. Ce type était vraiment insupportable. Si seulement il avait pu être en congé...

La patiente, Kaitlyn Mignon, semblait une cause perdue pour les diagnosticiens. Elle avait souffert de symptômes très divers toute sa vie d'adulte, mais rien n'avait été détecté en particulier. Pourtant, le catalogue était impressionnant : douleurs abdominales, épisodes fébriles, fatigue chronique, migraines... La pauvre avait déjà été servie.

Ce jour-là, son généraliste l'avait fait hospitaliser car elle avait, d'après lui, fait plusieurs accidents ischémiques au cours des dernières semaines. Elle avait notamment perdu la vue pendant quelques minutes, et, même si le problème s'était réglé tout seul, il craignait qu'elle ne fasse un AVC.

Le bilan signalait une possible anomalie sur une valve mitrale, d'où la demande d'avis cardiologique. Mais ce fut un autre résultat qui alarma Regina, à savoir le taux de protéinurie.

Un vague souvenir lui revint en mémoire, sans qu'elle puisse y associer une pathologie. Elle allait devoir faire quelques recherches et, en attendant, demander l'avis d'un néphrologue. Elle était presque sûre de pouvoir trouver la réponse aux maux de Mme Mignon. Avec un peu d'aide…

Quand la secrétaire de néphrologie l'informa que le Dr Linton allait monter, elle poussa un soupir de soulagement. Elle n'était pas prête à retravailler avec Mateo. Elle avait besoin de recouvrer ses esprits après ce week-end intense.

Elle rassura sa patiente, lui promit de revenir dès qu'elle aurait d'autres résultats, puis continua sa tournée des chambres. Deux heures s'étaient écoulées lorsque la surveillante, Lisa Patterson, la rattrapa dans le couloir.

— Docteur, puis-je vous dire en mot en particulier ?

« En particulier » n'augurait jamais rien de bon. Elle opina, intriguée, et suivit Lisa jusqu'au petit bureau contigu au poste des infirmières.

— On m'a rapporté un incident qui pourrait avoir des conséquences… fâcheuses. Le Dr Linton est venu, comme vous l'aviez demandé, mais le Dr Welk lui a dit qu'on n'avait pas besoin de lui, expliqua Lisa.

— Ah bon ?

Regina avait répondu d'un ton égal, mais elle bouillait intérieurement. Maudit Welk ! De quoi se mêlait-il ?

— Claire était dans la chambre, elle m'a tout raconté, dit la surveillante. J'ai pensé que vous aimeriez le savoir.

— Effectivement. Vous avez très bien fait de me prévenir. Merci beaucoup. Je vais gérer ça.

Elles sortirent dans le couloir. Regina réfléchissait déjà à la meilleure façon de « gérer ». Morgan Welk se comportait comme le maître de l'hôpital car il faisait partie des meubles. Il aimait impressionner les jeunes médecins, et Mark Linton n'avait pas dû avoir le cran de lui tenir tête. À elle de lui montrer comment faire !

Elle rappela le service, mais Linton était hélas avec un malade et ne pouvait pas prendre la communication.

— Puis-je vous passer le Dr Herrera ? enchaîna la secrétaire. Il est dans son bureau.

Son cœur manqua un battement. Elle aurait préféré attendre, mais Mme Mignon avait besoin d'être soignée.

— Oui, s'il vous plaît, répondit-elle, agacée.

Trois bips plus tard, elle entendit un « salut » joyeux au bout du fil. Elle resta néanmoins de glace, énervée qu'elle était par Welk, autant que par l'idée de revoir Mateo.

— Mateo, j'ai un gros problème, dit-elle. Il faudrait que tu montes le plus vite possible.

Silence. Au bout de quelques secondes, il répondit enfin :

— Je peux être là dans dix minutes. Ça ira ?

— Oui, merci.

Elle raccrocha sans lui laisser le temps de répliquer. Puis elle s'installa derrière l'ordinateur des infirmières pour commencer ses recherches.

Mateo ne savait pas très bien à quoi s'attendre lorsqu'il arriva au quatrième étage, huit minutes après l'appel de Regina. Elle s'était exprimée d'une manière froide et expéditive, et, même s'il se doutait que le problème était professionnel, il préférait en avoir la confirmation…

Il en fut certain quelques instants plus tard lorsque, après un bref « bonjour », elle lui mit sa tablette dans les mains.

— Cette dame aurait la maladie de Fabry ? s'exclama-t-il, incrédule. Ne l'aurait-on pas déjà diagnostiquée ? Cela fait des années qu'elle a des symptômes bizarres.

Regina pivota sur sa chaise tournante et pointa l'écran de l'ordinateur.

— D'après ce site, jusqu'aux années 2000, les médecins considéraient que les femmes étaient porteuses du gène sans déclarer la maladie. Aujourd'hui encore, beaucoup sont sceptiques, mais certains parlent de cas avérés.

La pathologie provenait du manque d'une enzyme, l'alpha-galactosidase A. Ce déficit entraînait des dysfonctionnements dans plusieurs organes.

— Tu as entièrement raison, il faut l'envisager, répondit-il. Le côlon irritable, les migraines et le reste… C'est une maladie orpheline, on n'y pense donc pas forcément.

— Je vais commander un test génétique, s'ils peuvent être faits dans cet hôpital. En attendant, j'ai besoin de toi pour mettre un traitement en place. J'ai aussi un gros problème avec Welk dont je voulais te parler.

— Oh ?

La simple mention du cardiologue l'irrita. Mais, après le récit de Regina, son agacement tourna à la fureur.

— Je vais avoir une petite conversation avec Linton ! promit-il. Et avec Welk aussi, bien sûr. Si les superviseurs apprenaient qu'aucun néphrologue n'a donné suite à ta demande, on serait dans de beaux draps !

— Laisse-moi Welk, répondit Regina, pinçant les lèvres. Je vais m'occuper de son cas.

S'il n'avait pas été si en colère, il aurait plaint le cardiologue. Mais, là, il se réjouissait à l'avance car l'autre allait passer un mauvais quart d'heure.

— Ne le lâche pas, tigresse ! dit-il en souriant.

— Aucun risque.

Il jeta un bref coup d'œil derrière lui, puis reprit à voix plus basse :

— On se voit après le travail ?

— Non, désolée. Je ne fais jamais rien le soir quand je suis de garde.

— Alors tu vas enchaîner la semaine de Reynolds et la tienne ?

Elle haussa les épaules.

— On ne sait pas encore. Il devrait être de retour jeudi,

auquel cas il prendra mon week-end, et comme ça on se remettra d'aplomb.

— Ah, ce serait chouette que tu sois libre samedi et dimanche. On pourrait prévoir quelque chose…

Il ne voulait pas se montrer trop insistant, mais il savait que leur temps était compté. Il voulait la voir un maximum avant qu'elle ne quitte Miami.

— Si tu veux, fit-elle du bout des lèvres. Je te redirai.

Ce n'était pas l'enthousiasme qui l'étouffait, mais il allait devoir s'en contenter. Elle venait d'entrer dans la chambre de la patiente, qui les accueillit par un soupir exaspéré.

— Encore ! J'en ai assez, de voir des médecins ! J'espère que celui-là sera plus gentil que l'autre vieux fou !

Kaitlyn Mignon avait apparemment bien cerné Welk. Mateo contint son envie de rire et se présenta, expliquant que les dernières analyses laissaient suspecter un problème rénal.

— Les reins, maintenant ! s'écria Kaitlyn. Je n'en peux plus. À chaque fois, on m'annonce quelque chose de plus grave. Ce truc me pourrit la vie et personne n'est capable de me dire ce que j'ai !

S'ensuivit une bordée de jurons et d'exclamations rageuses, qu'ils écoutèrent en silence.

— Je sais, dit Regina d'un ton calme. Je vous comprends.

Elle se rapprocha du lit et prit la boîte de mouchoirs. Puis elle pressa doucement l'épaule de la patiente.

— Le Dr Herrera et moi-même pensons que vous pourriez avoir la maladie de Fabry. Nous avons besoin de faire de nouvelles analyses.

La jeune femme la regarda, bouche bée. Puis les larmes commencèrent à rouler sur ses joues.

— Vous… avez trouvé ce qui cloche ? bafouilla-t-elle, soudain calmée. Vraiment ? Y a-t-il un remède ?

— Non, mais il existe plusieurs traitements pour soulager les symptômes. Une fois le diagnostic posé, il est beaucoup plus facile de trouver des solutions.

Cette fois, Kaitlyn éclata en sanglots et Regina lui donna des mouchoirs. Elle la regardait d'un air compréhensif, comme si elle avait su, dès le départ, que la malheureuse allait s'effondrer…

Quand Kaitlyn eut repris ses esprits, Mateo ajouta :

— Nous ne sommes sûrs de rien, mais cela vaut le coup de lancer une analyse génétique.

Ils étaient encore en train de discuter quand le Dr Welk pénétra dans la chambre. Le vieux médecin les considéra d'un air ombrageux, mais, avant qu'il n'ait pu dire un mot, Regina s'avança vers lui.

— Docteur Welk, dit-elle, glaciale. Puis-je vous dire un mot dans le couloir ?

Ce n'était pas une question, et l'autre dut sentir, à son intonation, qu'il n'avait pas le choix. Il la suivit vers la porte.

— Oh là là, je ne voudrais pas être à la place de ce type, dit Kaitlyn après leur départ. Le Dr Montgomery a l'air furax !

— Moi non plus, je ne voudrais pas être à sa place, répondit Mateo en riant.

Ce qu'il voulait, en revanche, c'était retrouver le feu qui dormait sous la glace. Et passer une nouvelle nuit dans les bras de Regina…

11.

Regina n'avait pas menti à Mateo : elle ne voyait personne les semaines où elle travaillait. Pourtant, ce mercredi matin, elle était déjà prête à oublier cette fameuse règle.

La nuit précédente, pour la première fois de sa vie d'adulte, elle s'était sentie seule. Elle avait erré dans son appartement comme une âme en peine avec l'impression qu'il lui manquait quelque chose - ou plutôt quelqu'un - d'essentiel.

Bien sûr, elle s'était taxée d'idiote. N'avait-elle pas reçu un mail de son hôpital à San Francisco, porteur d'excellentes nouvelles ? Le chef du département de médecine allait partir à la retraite. « On » pensait à elle, non pour le remplacer - le poste était promis au numéro deux - mais éventuellement pour la place d'adjointe. Son rêve ultime allait peut-être se concrétiser.

Pourquoi, dans ce cas, avait-elle éprouvé si peu d'enthousiasme ? Elle aurait dû sauter au plafond, or elle avait à peine souri…

Sa première pensée avait été d'appeler Mateo pour en discuter avec lui et avoir un avis objectif, mais elle s'était abstenue. Ils se connaissaient trop peu. Ils ne seraient jamais « amis » puisque leur séparation était inéluctable. À quoi bon, dans ce cas, se conduire comme s'ils étaient en couple ?

Le temps qu'elle cesse de gamberger, l'heure avait tourné. Elle n'avait même pas pu téléphoner à son amie Cher, qui se couchait toujours très tôt. Elle s'était donc retrouvée seule avec ses pensées, à tourner en rond dans son penthouse.

Elle avait eu beau se chapitrer, Mateo lui manquait.

La solution pour ne pas passer une nouvelle nuit blanche était de déroger à sa règle d'or. Elle n'avait pas le choix. Ne pas dormir, c'était risquer de manquer d'efficacité au travail !

Elle prit son portable personnel pour appeler Mateo, mais tomba sur la messagerie. Quand il la rappela, une demi-heure plus tard, elle s'éloigna du poste des infirmières où elle se trouvait.

— Coucou, dit-il. Quoi de neuf ?

— Hum, je… me demandais si tu…

— Oui !

Elle éclata de rire.

— Attends au moins que je pose ma question.

— Pas la peine. Je ferais n'importe quoi pour toi.

Cette réponse l'émut tellement qu'une onde de chaleur la parcourut.

— On se voit ce soir ? demanda-t-elle en chuchotant.

— À quelle heure ?

— Malheureusement, je vais finir tard. 21 heures, ça irait ?

— Bien sûr. À ce soir, Regina.

Après ce coup de fil, la journée se déroula beaucoup mieux que prévu. Tout le monde coopérait parfaitement, sauf Welk, qui, depuis la veille, la traitait comme une moins-que-rien. Elle n'avait pas mâché ses mots lors de son recadrage, lui conseillant de suivre des cours de rattrapage sur les maladies orphelines. Mais tant pis si « monsieur » était vexé : elle avait agi pour le bien de sa patiente, et de l'hôpital !

Forte de cette conclusion, elle termina son service de très bonne humeur et rentra aussitôt chez elle, où elle fonça sous la douche. Mateo n'allait pas tarder. Elle venait juste de s'envelopper dans un drap de bain quand la sonnette retentit.

Le cœur battant, elle pressa le bouton de l'Interphone. Trente secondes plus tard, en ouvrant sa porte, elle fut heureuse de ne pas avoir eu le temps de s'habiller. L'expression sauvage de Mateo et son regard incendiaire valaient tous les discours du monde.

Il referma la porte d'un mouvement du pied, tandis que, nonchalamment, elle laissait glisser son drap de bain au sol. Il la rejoignit et promena l'index sur sa gorge nue, jusqu'à son sein…

— J'en ai rêvé toute la journée, dit-il d'une voix rauque. Non, c'est pire… Je rêve de toi depuis lundi.

Chavirée, elle lui ouvrit les bras.

— Je suis là, maintenant.

Ils n'allèrent pas plus loin que le canapé. Un même désir insatiable s'était emparé d'eux, et elle oublia sa peur de l'avenir pour s'abandonner à la joie des retrouvailles.

Une heure s'était écoulée avant que Mateo ne porte, finalement, Regina vers sa chambre. Ils avaient refait l'amour, langoureusement, cette fois, puis ils étaient restés immobiles, comblés, dans les bras l'un de l'autre.

Comment avait-il pu s'attacher à elle si vite ? Il n'avait dit que la stricte vérité, en arrivant : il avait pensé à elle non-stop depuis le week-end. Il l'avait dans la peau. Il commençait à penser que jamais il ne pourrait se passer de sa présence.

Elle avait pourtant été claire. Elle ne cherchait rien d'autre qu'une aventure. Devait-il s'en plaindre ? Il avait non seulement accepté mais suggéré la règle du jeu.

Le hic, c'était que la règle en question ne lui convenait plus. Quand les sentiments s'en mêlaient, les choses se compliquaient !

— J'ai reçu un mail de San Francisco hier.

La voix de Regina le fit sursauter. Il la croyait endormie…

— Ah bon ? Un souci ?

— Non, du tout. Le chef du département de médecine prend sa retraite. Il en parlait depuis plusieurs mois.

Une vague d'émotions confuses déferla sur lui. Il voulut néanmoins se montrer enthousiaste :

— Tu vas le remplacer ?

Elle eut un rire fier.

— Aucune chance. Je n'en suis pas là. Mais pour la place d'adjointe… c'est possible. Le conseil d'administration va procéder au jeu des chaises musicales. L'adjoint est censé devenir chef et, s'il n'y voit pas d'inconvénient… je récupérerai son poste. Sinon, ils recruteront en externe.

Il lui pressa l'épaule.

— Ça va marcher. Quels arguments y a-t-il pour faire pencher la balance en ta faveur ?

Elle parut réfléchir, puis soupira.

— Honnêtement, j'ai mis tous les atouts de mon côté. Je n'ai que des retours positifs. Une fois seulement, un collègue s'est plaint de moi parce que j'étais trop sévère. J'ai répondu aux administrateurs que le type en question était trop mou. Ils m'ont donné raison.

— Dans ce cas, tout va bien. Tu ne peux pas faire grand-chose, à part attendre.

Elle roula sur le côté et posa les mains sur son torse.

— J'en ai assez d'attendre ! Ça fait six ans que je travaille d'arrache-pied. Il est temps que mes efforts aboutissent. Parfois, je me dis que ça n'arrivera jamais.

— Hé, là ! Tu ne vas quand même pas te décourager si près du but. Tu as fait le plus dur.

— Peut-être… ou peut-être pas. Les postes à responsabilités échoient rarement aux femmes, encore moins aux femmes de couleur. Si on regarde les statistiques, c'est mal engagé.

Il chercha les mots justes pour répondre. Il ne voulait pas minimiser le problème ni sortir une phrase bateau du genre « ça va aller ».

— Tu as raison d'y penser, dit-il. Mieux vaut être prête à tout, y compris aux scénarios négatifs, car c'est, hélas, une possibilité réelle. Mais d'un autre côté tu es un bourreau de travail, Regina. Tu as un contact exceptionnel avec les patients, et je ne connais pas de meilleure diagnosticienne que toi. Qui d'autre aurait mis le doigt sur la maladie de Fabry ?

— De nombreux médecins, protesta-t-elle, mais elle souriait.

— Très peu, au contraire ! Tu es un crack dans ton domaine. Cerise sur le gâteau, tu as suivi une formation en management. Alors, si les grands pontes ne mesurent pas l'étendue de tes compétences, c'est qu'ils sont stupides !

Elle l'embrassa doucement sur les lèvres. Il fut tout chamboulé par ce baiser complice, tendre comme ceux qu'échangeaient les amoureux…

— Tu flattes mon ego, murmura-t-elle.

— Ce n'est pas le but. Je dis simplement la vérité.

Avant qu'elle n'ait pu répondre, son portable sonna.

— Zut, marmonna-t-elle, se levant comme un ressort pour courir vers le salon.

Puis, après que le téléphone eut sonné une deuxième fois :

— Dr Montgomery. Oui… Ah, d'accord…

Mateo comprit qu'on avait besoin d'elle à l'hôpital. Tant pis pour la nuit d'amour. Lorsqu'il la rejoignit dans la pièce principale, elle était déjà en train de s'habiller.

— Une urgence, maugréa-t-elle. Au fait, j'ai oublié de te dire : Paul Reynolds revient vendredi. Je suis libre ce week-end.

— Mais c'est génial ! Si on allait faire un tour à St. Petersburg ? Je suis sûr que ça te plairait.

— Très bonne idée !

— Et, le week-end suivant, j'organise une fête à la maison pour mon anniversaire. J'aimerais bien que tu viennes…

Elle s'arrêta de boutonner son chemisier. En une seconde, son regard était devenu interrogateur. Méfiant.

— Il y aura tes frères et sœurs ?

— Oui, répondit-il d'un ton calme.

Même s'il avait hâte de lui présenter sa famille, il se garda de l'avouer. Elle risquait de prendre peur…

Après un moment qui lui parut une éternité, son beau visage se décrispa.

— D'accord, je viendrai. Avec plaisir.

Il respira de nouveau plus librement. Tout allait bien. Il pouvait se détendre.

Ils se séparèrent dans l'ascenseur : elle allait au parking souterrain, lui était garé dans la rue. Il l'embrassa légèrement sur les lèvres avant de descendre :

— Bon courage, dit-il doucement. Tu vas me manquer.

Elle eut un petit sourire triste.

— Toi aussi… Repose-toi bien.

De retour dans sa grande maison, Mateo songea qu'il aimait décidément beaucoup ce nouveau chapitre de sa vie. Néanmoins, il devait garder à l'esprit que le livre allait bientôt se refermer.

Mieux valait avoir conscience des choses, cela évitait de souffrir, car rien ne durait éternellement. Il était bien placé pour le savoir.

12.

Le week-end à St. Petersburg avait passé trop vite au goût de Regina.

Entre visites culturelles, promenades sur le sable et découverte de restaurants typiques, elle avait eu l'impression de vivre un rêve. Et surtout elle avait enfin compris pourquoi Mateo la bouleversait à ce point.

Ce n'était pas tant ce qu'il disait que sa manière de la regarder. Il avait la même expression lorsqu'il lui parlait de sa famille : le visage d'un homme qui fait passer les autres avant lui-même, leur offrant un amour précieux et infini…

Comment avait-elle pu lui cacher ses propres sentiments ? Elle se le demandait encore. Mais elle avait réussi, et elle s'en félicitait car les sentiments ne faisaient pas partie du marché. Ils avaient passé un accord. Ils devaient s'y tenir !

À présent, ils roulaient vers Miami, et le début du trajet s'était déroulé en silence. Mateo semblait plongé dans ses pensées. Finalement, elle pivota vers lui.

— Que puis-je apporter pour ta fête, samedi ? Est-ce une soirée habillée ?

— Non, ce sera très cool. Et c'est gentil de demander, mais surtout ne t'embête pas. Lola et Cristobal arrivent jeudi. Ils ont proposé d'organiser le buffet.

Même si Regina rêvait de découvrir Mateo dans son cercle familial, elle se sentait mal à l'aise. Leur relation n'était pas censée les entraîner si loin. En aucun cas elle n'avait imaginé rencontrer ses frères et sœurs…

Le lendemain, après une nuit agitée, elle dut cependant

reléguer ses inquiétudes au second plan. Non seulement le service débordait, mais, vers midi, elle apprit que Morgan Welk avait fini par rédiger un rapport contre elle, au motif qu'elle « empêchait ses confrères de faire leur travail correctement » !

— Ne vous inquiétez pas, c'est une affaire purement administrative, lui dit la responsable des ressources humaines. La direction n'est pas au courant. On va régler ça entre nous.

Regina crispa la main sur le téléphone. Sans son légendaire self-control, elle aurait volontiers proféré quelques jurons !

— Envoyez-moi une copie par mail, s'il vous plaît, dit-elle d'un ton froid. Je vais rédiger une réponse. Mon contrat se termine dans quinze jours et je veux que le problème soit réglé avant mon départ.

— Mais ce n'est pas la peine…

— Si, au contraire. Je ne laisserai rien en suspens, surtout pas un rapport qui met mon intégrité en cause !

Le texte lui parvint finalement le mercredi après-midi. Elle attendit d'être chez elle pour en prendre connaissance, et cette lecture la mit en rage. Sa colère n'était toujours pas retombée lorsque Mateo la rejoignit pour la soirée.

— Rends-toi compte : cet imbécile parle de Mme Mignon ! tempêta-t-elle.

Elle faisait les cent pas pour se calmer, technique hélas peu probante. Elle ne s'était pas énervée à ce point depuis des lustres.

— Non seulement il conteste mon diagnostic, mais il me reproche d'avoir retardé le traitement, pour les accidents ischémiques. Il prévoyait de poser une valve à Karen. L'intervention est suspendue, soi-disant à cause de moi.

— N'importe quoi ! Elle est suspendue parce que le cas n'est pas tranché. On attend le résultat des tests génétiques.

Elle pointa un doigt accusateur dans les airs.

— Exactement, et il le sait. Il espère que la réponse arrivera après mon départ. Si je ne suis plus là pour exiger la clôture du dossier, cette histoire me suivra jusqu'à la fin de ma carrière !

— Il s'agit d'un rapport interne. Il n'y aura aucune conséquence. Je veux dire… tu n'as pas commis d'erreur médicale. Les experts vont rester en dehors de tout ça.

Elle fit effectuer quelques rotations à sa nuque pour se détendre.

— Je sais, mais… Ça me met hors de moi, qu'il ait pu faire un truc aussi…

— Lâche ? Stupide ? Ridicule ?

— Les trois, mon capitaine. Il m'insupporte à un point inimaginable.

Mateo l'observa quelques instants. Puis il se frotta le menton en souriant.

— J'ai une idée : si on allait chez moi ? J'ai une piscine chauffée. Quelques longueurs te feraient du bien et t'aideraient à évacuer le stress. Je pourrais te redéposer ici demain matin…

Depuis qu'elle avait refusé de dormir chez lui après leur week-end à Islamorada, il ne l'avait pas réinvitée. Elle en avait été un peu déçue : leur relation avait évolué, et à plusieurs reprises elle s'était dit qu'elle aimerait bien voir sa maison.

C'était la soirée idéale, non ? Si elle attendait le week-end, il y aurait la famille, des invités, des amis… Ce ne serait pas pareil.

— J'aime bien ton idée, répondit-elle. Ça me fait plaisir que tu le proposes.

— Génial ! Prépare un sac, on y va.

Dans la voiture, elle commença à se détendre. Elle allait découvrir une autre facette de Mateo. Cette perspective l'aidait à oublier sa colère et tous les imbéciles de la planète. Elle avait mieux à faire, ce soir, que nourrir des pensées négatives…

Située à la sortie de Miami, la résidence Herrera, certes magnifique, était moins luxueuse qu'elle ne l'aurait cru. Cette découverte la rassura : même si elle s'était habituée à sortir avec un homme riche, elle préférait qu'il ait gardé un style de vie « raisonnable ». Or la villa respirait le confort chaleureux, le vécu familial. Tout ce qu'elle aimait !

Elle avait à peine fait quelques pas dans le vestibule que son regard fut attiré par les ravissants cadres photos accrochés aux murs. Les clichés avaient visiblement été pris à des époques différentes, et elle avait du mal à cerner qui était qui.

— Voici mes parents, dit Mateo, désignant un couple enlacé sur une plage de sable fin. C'était le jour de leur vingtième anniversaire de mariage.

— Tu as le sourire de ta mère et les yeux de ton père, dit-elle, émue.

— Oui. C'est l'inverse pour Cristobal. Quant à Lola, elle est le sosie de maman. Ils sont là, à côté…

— Ah oui, en effet.

Il se tourna vers un portrait plus académique, visiblement réalisé le jour d'une remise de diplôme.

— Ici, tu as Ben, Micah et Serena.

Le plus jeune garçon était d'origine asiatique. Le plus âgé et Serena étaient, eux, afro-américains.

— Donc, si j'ai bien suivi, l'aîné s'appelle Ben ?

— Oui. Il a vingt-quatre ans et il fait une école d'ingénieurs, option chimie. Micah a vingt-deux ans. Comme il est passionné de musique électro, il a pris une année sabbatique pour tenter sa chance à Los Angeles. On a passé un accord. Si ça ne donne rien d'ici la fin de l'année, il réintégrera la fac de droit…

— Mais ça marche, je suppose ?

Elle le devinait rien qu'à voir sa tête. Il avait l'air du grand frère qui s'était trompé sur toute la ligne !

— Oui, à ma grande surprise, admit-il. Je reconnais qu'il m'a fait mentir, et au fond j'en suis ravi. Tant qu'il se débrouille et qu'il est heureux…

— Et Serena ?

— Elle veut faire de la recherche médicale. J'espère qu'elle s'accrochera, car elle a les capacités pour réussir.

— Espérons-le, répondit-elle, touchée par la note d'inquiétude qui perçait dans sa voix.

Une photo montrait la tribu Herrera au grand complet. Elle avait dû être prise juste avant le décès des parents…

— Vous formez une belle famille, dit-elle doucement.

— Mon père disait toujours qu'on était les Nations unies en miniature. Ça me faisait rire mais, quand j'ai pris le relais, j'ai eu peur. Je me suis demandé comment faire pour élever des gamins si différents. J'ai vite compris que l'essentiel était de leur donner de l'amour et des valeurs. Ils ne s'en sortent pas trop mal, finalement.

— Tes parents seraient heureux de les voir s'épanouir, Mateo. Et surtout ils seraient fiers de toi.

Il lui entoura les épaules et l'attira à lui.

— Merci. Je suis touché que tu dises ça.

Ils traversèrent le vestibule serrés l'un contre l'autre. Elle lui jeta un coup d'œil oblique.

— Je t'admire, tu sais, reprit-elle. Je ne crois pas que j'aurais pu faire la même chose à ta place.

— Personne ne peut le savoir. C'est au pied du mur qu'on réagit et qu'on fait les choix qui s'imposent. Dans mon cas, ce n'était pas évident. J'avais prévu de me spécialiser en transplantation rénale. J'ai dû prendre une option plus rapide et moins chronophage.

— Je me demandais à quoi tu avais renoncé, justement. Tu n'imagines pas à quel point cela me chagrine.

Qu'il ait abandonné ses rêves la peinait beaucoup. Jamais elle n'avait éprouvé cette empathie pour quiconque, pas même ses amies proches.

Il s'arrêta, puis il la fit pivoter et la regarda bien en face.

— Je refuse qu'on s'apitoie sur mon sort, Regina. Je ne suis ni un saint ni un martyr. Oui, j'ai ajusté mon plan de carrière, mais même à cette époque j'étais loin d'être malheureux. Nos parents nous avaient mis à l'abri du besoin. J'ai eu les moyens d'engager une gouvernante pour aider ma tatie. On avait un toit, du chauffage, de quoi manger. Franchement, je n'étais pas - et je ne suis toujours pas - à plaindre.

Cette fierté, cette dignité tranquille ne firent qu'accentuer sa tristesse. Elle secoua la tête.

— Ça ne change rien. Tu es génial, un point c'est tout.

— Je ne…

Elle le fit taire d'un baiser. Quand ils reprirent leur souffle, elle resta blottie dans ses bras.

— Alors, où est cette fameuse piscine ? Et faut-il que je mette un maillot de bain ?

— À ton avis ? chuchota-t-il, glissant les mains sous son chemisier.

Elle rit doucement, heureuse d'avoir réussi à faire diversion. Elle pouvait gérer le côté sensuel de leur histoire, mais elle n'était pas armée pour vivre ces émotions fortes. Engager son cœur dans l'aventure était un risque qu'elle ne voulait pas courir.

Au début, tout avait paru simple.

Regina était arrivée à point nommé dans la nouvelle vie de Mateo. Il avait réalisé un fantasme. Son quotidien morose avait pris les couleurs de l'aventure, comme s'il se réveillait d'un long sommeil.

Mais, très vite, ses sentiments étaient devenus plus profonds. Il s'était mis à espérer des choses auxquelles il avait renoncé depuis longtemps. C'était vrai sur le plan personnel, mais aussi au niveau professionnel car l'ambition de Regina avait stimulé la sienne.

Même s'il était fier de son parcours, il voulait désormais aller plus loin. Le hic, c'était qu'il ne voyait pas comment concilier ce rêve avec une histoire sérieuse. Et que Regina risquait de s'enfuir s'il lui en parlait !

Quoi qu'il en soit, il la respectait trop pour être un frein à sa carrière. Elle avait travaillé dur. Elle ambitionnait d'aller plus haut. Il ne se voyait pas lui proposer une relation à distance, qu'elle refuserait probablement, d'ailleurs.

Allongé près d'elle, il se surprit à sourire dans le noir. Que dirait-elle s'il proposait de la suivre à San Francisco ?

Allons, il s'égarait. Serena avait encore besoin de lui. Il ne pouvait pas quitter la maison familiale et la priver de ce repère. Cette demeure était tout ce qui leur restait, ou presque, de leurs parents. Serena était trop fragile pour qu'il songe à partir.

Son temps avec Regina était compté. La séparation était inéluctable et, malgré sa peine, il devait s'y préparer et l'accepter. En attendant, il essayerait de la voir le plus possible… si elle était d'accord.

Il comprit le lendemain matin qu'elle n'allait, hélas, pas lui faciliter la tâche. Ils avaient repris la route de Miami et il venait enfin de poser la question qui lui brûlait les lèvres depuis le petit déjeuner :

— Aimerais-tu dîner à la maison ce soir ? Lola, Micah et Cristobal arrivent dans l'après-midi, ça pourrait être sympa.

Les mains crispées sur le volant, il attendait maintenant la réponse.

— C'est gentil, mais non, merci, répondit-elle après un silence interminable. Vous avez besoin de vous retrouver un peu en famille. Moi, je les verrai samedi.

La voix de la sagesse avait parlé. Il fallait bien que quelqu'un soit raisonnable pour deux. Jamais il n'aurait cru que cela ferait si mal…

13.

Jamais, de toute sa vie, Regina ne s'était sentie nerveuse au moment d'aller à une fête. Pour elle qui avait dompté les médecins les plus coriaces, cette boule d'angoisse dans la gorge était une première. C'était vrai, pourtant : elle appréhendait de rencontrer la famille de Mateo.

Elle monta lentement les marches du perron et se traita d'idiote. Pourquoi accordait-elle tant d'importance à cette soirée ? Elle allait bientôt partir. Elle ne reverrait jamais ces gens. Mais tout de même… Il était humain de vouloir faire bonne impression !

La porte d'entrée était grande ouverte. Elle pénétra dans le hall décoré de grappes de ballons et tendit le cou vers la pièce principale. Tout avait l'air calme à l'intérieur. Mais le bruit venu du dehors lui fit comprendre que la fête battait son plein autour de la piscine où elle s'était baignée la veille…

Alors qu'elle hésitait, Serena sortit de la cuisine. La jeune fille s'avança vers elle en souriant.

— Salut ! Moi, c'est Serena.

— Et moi, Regina.

Tandis qu'elles se serraient la main, une voix masculine chantonna derrière elles :

— Serena et Regina, voilà deux jolies nanas…

Interloquée, Regina pivota vers l'escalier. Micah, hilare, se tenait sur la première marche. Quand il les rejoignit, sa cadette leva les yeux au plafond.

— Je vous présente mon frère Micah. Il a le chic pour inventer des rimes complètement idiotes.

— Faire des rimes, c'est mon métier, sœurette ! Enchanté, Regina. Donnez-moi donc votre paquet, je vais aller le mettre dehors sur la table à cadeaux.

— Merci, c'est gentil.

Restée seule avec Serena, elle chercha désespérément quoi dire.

— Avez-vous retrouvé votre sweat ?

— Mon sweat ?

— Le blanc à capuche… Vous avez appelé Mateo pour savoir où il était.

— Ah, oui ! Vous étiez ensemble ce jour-là ?

Bien joué. Toi qui voulais rester discrète ! Elle se pose des questions, maintenant.

— Hum… Oui. Était-il dans le linge propre ou le linge sale ?

— Le sale, avoua Serena avec une petite grimace.

— Ah, les hommes… Ça fait mal d'admettre qu'ils ont parfois raison.

La jeune fille éclata de rire et glissa un coude sous le sien.

— Je suis bien d'accord ! Enfin… mon grand frère est quand même sympa. Venez, on va trinquer à sa santé.

Illuminé par des dizaines de lampions et de guirlandes lumineuses, le jardin avait fière allure, avec ses grandes vasques disposées autour de la piscine. Le *pool house*, qui abritait le bar et le buffet, scintillait également de mille feux ; Regina n'avait jamais rien vu d'aussi joli.

Mal à l'aise, elle sentit tous les regards se tourner vers elle quand Serena l'entraîna vers Mateo. Il était en grande discussion avec un groupe d'invités, mais, dès qu'il la repéra, son visage s'éclaira du sourire chaleureux et complice qu'elle aimait tant…

Discret, il l'accueillit par un chaste baiser sur la joue.

— Je suis content que tu sois là, dit-il d'une voix profonde.

— Désolée… d'être un peu retard. J'ai eu un appel urgent.

Elle ne risquait pas d'avouer qu'elle avait mis une heure

à s'habiller. Elle avait finalement choisi une robe rouge et un cardigan noir, mais que d'hésitations pour en arriver là !

— Tu n'es pas en retard, on vient juste de commencer l'apéritif. Je vous présente Regina, ma collègue, fit-il à la cantonade. Regina, voici…

S'ensuivit une longue liste de prénoms, parmi lesquels ceux de ses autres frères et son autre sœur. C'était raté, pour se cacher dans la foule. Mateo lui avait pris le bras et semblait décidé à la garder dans son cercle proche. Non que cela lui déplût, d'ailleurs. Le clan Herrera était une compagnie agréable et distrayante !

Très vite, elle se retrouva à rire de bon cœur à leurs plaisanteries. Le clou du repas fut une version extrêmement gaie - et très fausse - de *Joyeux anniversaire* qui déclencha l'hilarité des convives réunis autour de la piscine.

Ça aurait vraiment été une soirée parfaite si elle n'avait dû répondre à des questions plus ou moins subtiles dès que Mateo avait le dos tourné.

« Maintenant que les gamins sont grands, il devrait penser à lui ! avait déclaré Lola. Il est temps qu'il fonde une famille. »

Regina avait approuvé en souriant, mais son cœur s'était mis à saigner. Elle imaginait très bien cette belle maison résonner de rires juvéniles. L'idée que Mateo puisse se marier lui plaisait en revanche beaucoup moins.

Jusqu'alors, elle n'avait jamais envisagé d'avoir un époux, des enfants. Elle avait eu trop de choses à prouver sur le plan professionnel. Et, à trente-huit ans, il était sans doute un peu tard pour y penser. Ainsi allait la vie. Elle devait assumer ses choix sans remords ni regrets.

Quand viendrait l'heure du départ, elle abrégerait les adieux. Elle s'en irait sans montrer son chagrin. Car elle en aurait, bien sûr.

Pourquoi avait-il fallu qu'elle tombe amoureuse au mauvais endroit, au mauvais moment ? Sa décision de fuir les hommes ne manquait pas de bon sens. Elle aurait dû s'y tenir, puisqu'elle était incapable de gérer ses émotions !

Mais comment aurait-elle pu imaginer que son idéal masculin se trouvait à Miami ? Qu'elle allait croiser la route d'un homme adorable, bon, généreux et attentionné ?

Une relation physique… Quelle blague ! S'ils s'entendaient si bien au lit, n'était-ce pas justement parce qu'une incroyable alchimie les unissait ?

Au fond, cela ne changeait rien. Mateo n'était pas pour elle. Elle devait l'accepter, plaquer un sourire sur ses lèvres et finir la soirée comme si de rien n'était.

Elle ne voulait pas gâcher la fête. Qu'elle ait le cœur brisé ne regardait personne, pas même celui qu'elle aimait.

La soirée battait son plein et Mateo était aux anges d'avoir son monde autour de lui.

Pourtant, malgré sa joie, il avait du mal à se mettre dans l'ambiance. Il aurait voulu passer tout son temps avec Regina. Il s'était pourtant résigné à la « lâcher » un peu et à faire le tour des invités, politesse oblige !

Depuis son arrivée, il n'avait pas eu l'occasion de lui dire qu'il la trouvait magnifique dans cette robe carmin. Il s'était retenu d'embrasser ses lèvres vermeilles jusqu'à plus soif. Ce n'était ni l'endroit ni le moment…

Il s'était également promis de lui éviter les questions indiscrètes de ses frères et sœurs, sans succès, hélas. Ces oiseaux-là semblaient s'être donné le mot pour l'enquiquiner à tour de rôle. Cela partait d'une bonne intention : ils cherchaient à savoir ce qui se tramait entre eux. Mais bien malin qui aurait pu le dire.

Il n'en savait rien lui-même !

« Officiellement », leur accord restait le même : prendre du bon temps et se quitter bons amis. Sauf que ce scénario ne lui convenait plus.

Il avait éprouvé une émotion indescriptible en la voyant sortir de la maison bras dessus bras dessous avec Serena. Puis, pendant la soirée, il s'était dit qu'elle s'intégrait à merveille à son univers. C'était comme si elle faisait déjà partie de la famille, et son départ prochain le rendait extrêmement malheureux.

Qu'y faire, pourtant ? Elle n'allait pas s'encombrer d'un homme bloqué à Miami par ses responsabilités. Un homme qui, à trente-deux ans, remettait tout juste sa vie sur les rails. Il l'aimait trop pour lui demander ce sacrifice.

Il l'aimait, tout simplement.

Pour la centième fois, il la chercha du regard dans la foule. Il s'aperçut alors qu'elle était, par miracle, seule au bar, et il la rejoignit en quelques enjambées.

Elle l'accueillit par un sourire étrange qu'il fut incapable d'interpréter.

— Coucou, dit-il. J'espère que tu passes une bonne soirée… ?

— Tout à fait ! Ta famille est vraiment sympa. Tes frères et sœurs ont beaucoup d'humour.

— C'est vrai. Parfois un peu trop à mon goût.

Il se rapprocha puis, baissant la voix :

— Je suis toujours ravi de les voir, mais aujourd'hui… j'ai presque envie qu'ils partent pour t'avoir rien qu'à moi.

Elle éclata de rire, et son beau regard s'illumina dans la semi-pénombre.

— Ce n'est pas très gentil, dis donc.

— Je sais. Je suis un vilain garçon. Mais pas assez vilain pour te demander de dormir ici cette nuit. Sinon, ils vont se faire des idées et ils ne me lâcheront plus. Visiblement, ils t'apprécient beaucoup.

Elle parut hésiter, et un immense espoir l'envahit. Mais finalement elle le gratifia du sourire un peu froid qu'il détestait.

— Je vais vous laisser, Mateo. Tu ne les vois pas beaucoup, il faut profiter de leur présence. D'ailleurs, je suis fatiguée.

— Comme tu veux…

Soudain, ce fut comme si le masque se déchirait. Elle lui lança un regard implorant et il se pencha pour l'embrasser. Leurs bouches se soudèrent, elle se pressa contre lui…

Le baiser se termina bien trop vite à son goût. Mais, cette fois, le sourire de Regina était plus chaleureux.

— Pas devant les enfants, voyons, murmura-t-elle.

Il rit doucement et la prit par le bras pour l'entraîner vers la piscine. Il pensait la raccompagner seul jusqu'à sa voiture, mais, après les traditionnels au revoir, Serena leur emboîta le pas. On aurait dit que Regina était devenue sa meilleure amie !

Faisant contre mauvaise fortune bon cœur, il prit congé sur un « à lundi » laconique. Puis il glissa un bras sous celui de Serena pour rentrer dans la maison.

— Alors, dis-moi… As-tu pris une décision pour ton transfert de scolarité ? demanda-t-il, l'air de rien.

— Je vais rester à Gainesville. J'ai rencontré des filles géniales, et surtout les profs sont intéressants.

Malgré sa joie, il eut un petit pincement au cœur : son « bébé » ne reviendrait pas. Il allait rester seul…

— Super, je suis content ! Tu as travaillé dur pour être admise là-bas. Ça aurait été dommage que tu renonces.

— Arrête. Tu es surtout content d'être débarrassé de moi, répondit Serena en riant.

Chaque fois qu'elle le provoquait, elle avait droit à une bonne séance de chatouilles. Cette fois, il la poursuivit vers le jardin et la bagarre se termina dans la piscine sous les applaudissements des invités.

Comme Regina l'avait dit, elle était fatiguée, et la soirée s'acheva peu après. Le rangement fini, Mateo et sa tribu se retrouvèrent ensuite au salon pour commenter la fête, très réussie, de l'avis général.

— Alors, frangin, c'est quoi, ton plan avec la jolie doctoresse ? demanda Micah tout à trac.

Mateo prit le temps de faire tourner la glace dans son digestif avant de répondre.

— Je n'ai aucun « plan ». On est amis, voilà tout.

— À d'autres ! s'exclama Lola. J'ai bien capté vos échanges de regards. Il se passe quelque chose, mais tu ne veux pas le dire.

Vautrée sur le canapé, Serena se redressa en bâillant.

— Moi, je l'aime bien. Elle est sympa et de bon conseil. Elle m'a donné plein de tuyaux pour la fac.

— Hum. Elle retourne à San Francisco dans quinze jours, dit Ben. Les relations à distance ne durent jamais très longtemps.

— Et puis elle n'est pas toute jeune…

Le commentaire de Micah ressemblait davantage à une spéculation qu'à une critique, mais Lola se leva d'un bond.

— Sérieusement ? Tu n'as rien trouvé de plus bête à dire ?

— Mais je…

— Stop !

Mateo but quelques gorgées pour cacher à quel point il était blessé.

— On est amis, voilà tout, répéta-t-il.

Cette affirmation lui valut une série de regards dubitatifs, mais personne n'osa plus rien dire. Tous avaient compris qu'il valait mieux se taire pour éviter de gâcher une excellente soirée !

14.

Regina ne regrettait pas d'être tombée amoureuse.

Jusqu'à Mateo, aucun homme ne s'était insinué dans son cœur. L'aventure sans lendemain était devenue l'histoire d'une vie, et tant pis s'ils ne devaient jamais se revoir. Mateo était son idéal, son alter ego. Elle n'aimerait personne d'autre après lui !

Certaines femmes auraient préféré rompre pour éviter de souffrir. Elle, au contraire, tenait à savourer chaque heure, chaque minute, chaque instant. Personne ne saurait combien elle était triste : ses états d'âme ne regardaient qu'elle.

Une fois partie, elle se focaliserait de nouveau sur sa carrière. Ses ambitions l'avaient toujours portée. Elle espérait que cela suffirait, d'autant que Mateo lui avait insufflé une bonne dose d'optimisme.

Elle avait osé lui confier ses doutes, chose qu'elle n'avait même pas faite avec sa meilleure amie. En retour, il s'était montré attentif, rassurant, chaleureux. Elle garderait cette discussion en mémoire comme un trésor. Car la séparation était inéluctable, qu'elle le veuille ou non.

La soirée d'anniversaire, la veille, n'avait fait que confirmer son intuition : Mateo était indispensable à ses proches, en particulier à Serena. La jeune fille semblait fragile, et son grand frère restait son point d'ancrage, son guide, sa référence absolue. Plus largement, le lien qui soudait la fratrie n'avait rien de banal. Forgé dans l'épreuve, il s'était consolidé au fil du temps.

Enfant unique, Regina n'avait pas eu la chance de grandir

dans un foyer heureux. Et, si elle enviait le bonheur des Herrera, elle le respectait aussi. Elle ferait tout pour préserver leur équilibre, même si elle devait pour cela mentir à l'homme de ses rêves.

Quant à Mateo… Elle n'était pas dupe de ce qu'il éprouvait. Elle avait bien compris, à sa façon de la regarder, qu'il partageait ses sentiments. Mais, paradoxalement, cet amour allait les séparer au lieu de les unir. Une relation à distance les rendrait trop malheureux. Dès qu'elle aurait quitté Miami, ils en resteraient là.

Mateo pourrait plus tard construire un foyer, avoir une épouse, des enfants. À l'approche de la quarantaine, elle-même n'était pas sûre de « correspondre » aux critères. D'ailleurs, la question ne se posait pas puisqu'ils vivaient à des milliers de kilomètres l'un de l'autre…

Plongée dans ces réflexions douloureuses, elle en émergea quand Mateo lui téléphona, vers 17 heures, pour lui annoncer que tout le monde était parti. Comme il venait de déposer Micah à l'aéroport, il proposait de passer chez elle. Mais elle eut une meilleure idée.

— Tu dois être fatigué, et en plus tu travailles demain, répondit-elle doucement. Si je venais plutôt chez toi ? On pourrait se relaxer dans la piscine ?

Son rire rauque provoqua un délicieux frisson en elle. La dernière fois, ils n'avaient pas fait que nager…

— Vilaine, dit-il en marmonnant. Dépêche-toi !

— Je vais faire vite. Promis.

Après avoir raccroché, elle jeta pêle-mêle quelques affaires dans un sac et partit. En ce dimanche soir, la route était fluide : elle atteignit son but en un temps record. Mateo, qui venait juste d'arriver lui-même, l'accueillit sur le perron comme s'il ne l'avait pas vue depuis un mois. Il la fit tournoyer puis il l'embrassa à perdre haleine, avant de l'entraîner à l'intérieur.

L'amour avec lui était toujours excitant, drôle, imprévisible. Elle voulut protester pour la forme lorsqu'il la hissa sur le bar, mais déjà elle était vaincue. Elle s'abandonna, le laissant jouer avec son corps tel un artiste qui exécuterait une partition idéale.

Chaque caresse la plongeait dans un océan de délices. Explorateur minutieux, il avait découvert ses points sensibles et les taquinait avec gourmandise. Ce soir, pourtant, sa tendresse se doublait d'une intensité presque farouche. Il avait, comme elle, conscience des jours qui passaient. On aurait dit qu'il voulait défier le temps, voler la moindre étincelle de plaisir pendant qu'il le pouvait encore…

Que de souvenirs elle aurait pour combler sa solitude ! Elle n'oublierait jamais son parfum boisé, l'empreinte de son corps viril. Elle se rappellerait ses mots tendres avec nostalgie. Il lui disait souvent qu'elle était belle, merveilleuse…

Après la tempête d'émotions, allongée contre lui sur le sofa, elle ferma les paupières et s'imprégna des battements réguliers de son cœur. Oui, elle se sentait belle, mais cela n'avait rien à voir avec le physique. Mateo et elle avaient soudé leurs âmes. Jamais elle ne retrouverait cette connexion ; d'ailleurs, elle ne chercherait pas.

Elle s'était longtemps moquée de l'amour. Elle avait cru qu'ouvrir son cœur la mettrait en position de faiblesse, mais c'était le contraire. Cette relation l'avait rendue plus forte, plus ouverte, plus confiante.

D'une certaine manière, elle avait aussi trouvé la paix. Elle n'allait pas renoncer à Mateo de gaieté de cœur, mais au moins elle partirait la conscience tranquille. Elle voulait qu'il soit heureux. Le reste n'avait aucune importance.

Le lendemain matin, Regina se leva en même temps que Mateo. Elle fut bien inspirée puisque, au moment de partir, il constata que sa voiture était en panne.

— Je vais te conduire au travail, proposa-t-elle. Et, s'il faut revenir ici pour accueillir les dépanneurs, je suis dispo.

— C'est gentil, mais tu as mieux à faire de tes jours de congé ! Je vais cacher la clé sous une jardinière.

Après un court trajet, elle bifurqua vers le parking de l'hôpital et se gara devant l'entrée réservée au personnel.

— Je n'ai pas le droit de t'embrasser, je suppose ? dit Mateo, taquin.

Il la regardait avec une tendresse infinie. Elle secoua la tête en souriant.

— Non, interdit ! Tu dois soigner ta réputation.

Il éclata de rire.

— Si on me surprend en train de t'embrasser, ma réputation va être bien *soignée*, justement. Je vais marquer des points !

Ayant dit cela, il descendit en lui faisant un petit signe. Elle se surprit à rire tout haut et redémarra, le cœur en fête. Cet humour, cette légèreté, voilà aussi ce qu'elle appréciait chez lui. Avant leur rencontre, elle se prenait trop au sérieux. Maintenant, elle osait enfin lâcher prise et rire aux éclats.

Ce début de journée l'avait mise en joie : elle passa une excellente matinée à lire et à se relaxer. Quand Mateo l'appela, vers midi, ce fut pour lui annoncer que le problème électrique sur sa voiture serait réglé le soir même. Un mécanicien viendrait le chercher à l'hôpital, et, puisque le garage se trouvait près de chez elle, il proposait d'apporter le dîner !

Aurait-elle pu rêver mieux ? Elle allait compter les heures…

Après un déjeuner léger, une sieste et une bonne séance de ménage, elle se prélassa longuement sous la douche. Puis, comme elle avait du temps, elle prit son téléphone et composa le numéro de Cher, sa meilleure amie. Elles ne s'étaient pas parlé depuis des lustres. Elles avaient échangé des SMS, mais ce n'était pas la même chose…

— Tiens, une revenante ! s'exclama Cher. Je n'ose même plus t'appeler, je sais que tu es débordée. Heureusement, tu rentres bientôt !

— Eh oui. Dans douze jours.

— Oh ! oh. Ça n'a pas l'air de t'enchanter. Il y a un problème ?

Regina soupira. Elle aurait pu répondre que non, mais elle n'avait jamais menti à Cher.

— Je t'avais dit qu'un collègue m'avait invitée à dîner…

— Oui, effectivement.

— J'ai… continué à le voir.

— Regina Montgomery, sois plus claire ! Tu l'as vu de loin ou de près ?

Malgré sa tristesse, elle se mit à rire. Avec son sens de l'humour, Cher s'entendrait bien avec Mateo !

— De près. Et il est… à tomber.

— Yeah ! Raconte !

Elle commença son récit d'un ton hésitant, mais très vite les mots jaillirent sans qu'elle pût les contrôler. Au fond, cela lui faisait du bien de parler. Et puis elle pouvait compter sur Cher pour lui remettre les idées en place. Son amie allait sûrement décréter que cette histoire n'avait pas d'avenir, et elle aurait raison !

Pourtant, à sa grande surprise, la mise en garde escomptée ne vint pas.

— Je te comprends, ma belle, dit Cher, qui paraissait chercher ses mots. En même temps… tu n'as pas vraiment fait le tour de la question. Pourquoi n'en as-tu jamais discuté avec Mateo ? Il me semble qu'il a son mot à dire !

— C'est peut-être ridicule, mais… je n'ose pas. J'ai peur.

— Peur de quoi ? Tu préfères jouer les martyres plutôt que de lui demander franchement ce qu'il veut ? Et si c'était *toi* qu'il voulait ?

— Serait-ce une bonne nouvelle ? Je ne suis pas sûre d'avoir le temps de fonder une famille.

— N'importe quoi. Tu es médecin, donc bien placée pour savoir que c'est faux !

— Pas sûr… À supposer que l'histoire continue, scénario improbable, on ne décidera pas d'avoir des enfants du jour au lendemain. Or, la génétique joue contre moi. Ma mère a été ménopausée tôt, il est possible que ce soit aussi mon cas. Comment Mateo réagira-t-il ?

Cher garda le silence une bonne minute. Puis elle reprit d'un ton sentencieux :

— Tu sais quoi ? Quelque chose m'interpelle… Je ne t'ai pas une seule fois entendue mentionner ta carrière.

— Mais si ! Tu n'as pas dû bien écouter ! Mon travail a toujours été ma priorité absolue.

— Mouais… C'est encore vrai, maintenant, tout de suite ?

— Bien sûr.

Regina dut admettre que sa réponse manquait de conviction. Une « nuance » que Cher s'empressa de saisir :

— Moi qui te prenais pour une fille courageuse, Regina ! Quand es-tu devenue si lâche ? Ou alors tu t'es fait un film et tu n'es pas aussi amoureuse que tu le prétends. Auquel cas, tu as raison de ne rien dire à Mateo. Ce serait complètement ridicule.

Blessée, Regina crispa la main sur son téléphone.

— Waouh. Tu y vas fort, quand même…

— Non, je dis la vérité, répondit Cher d'une voix douce. Je suis franche parce que, là, tu m'inquiètes. Depuis quand décides-tu de la vie des autres à leur place ? D'accord, tu manques de repères question amour, mais essaye de te mettre à la place de Mateo. Vous êtes deux, dans cette histoire.

Elle exhala un long soupir.

— Je ne sais pas quoi faire, admit-elle. Je suis perdue.

— *Que será será…* Fais confiance au destin.

D'habitude, Regina se fiait plutôt à ses capacités de raisonnement. Mais puisque cela ne marchait pas…

— D'accord, dit-elle simplement. Je vais laisser faire les choses. On verra bien.

— N'hésite pas à m'appeler avant ton retour si tu en as besoin. Tu pourras toujours compter sur moi.

— Je sais. Merci beaucoup, Cher. Ça m'a fait du bien de te parler.

Elle raccrocha peu après, consciente que ce n'était pas tout à fait exact. Cher avait toujours su la réconforter, mais cette fois, bizarrement, la conversation l'avait mise mal à l'aise. Elle craignait que son amie n'ait raison sur toute la ligne, et cette idée la perturbait.

Lasse d'arpenter le salon, elle s'installa devant son ordinateur pour effectuer quelques recherches et consulter ses derniers mails. Mateo n'allait plus tarder. Elle devait s'occuper l'esprit pour ne pas laisser l'énervement prendre le dessus…

La sonnerie de l'Interphone déchira le silence au moment où elle ouvrait sa boîte de réception. Elle se leva pour déverrouiller la porte, puis revint consulter le premier message car elle avait aperçu l'en-tête de son hôpital.

Elle avait à peine lu une phrase que les mots se brouillèrent. Était-il possible…

Tu l'as voulu, tu l'as.

— Entre, c'est ouvert, dit-elle à Mateo, qui venait de frapper.

Elle se leva comme il venait vers elle.

— Regina ? Que se passe-t-il ? On dirait que tu as vu un fantôme !

— Ils… me proposent officiellement le poste d'adjointe au chef du département de médecine, dit-elle avec la sensation que ses jambes ne la portaient plus.

— Quoi ? Waouh ! Tu as réussi, championne ! J'en étais sûr.

Quand il leva le poing en l'air, une immense fierté la submergea… juste avant que son cœur ne se brise.

Elle avait obtenu satisfaction, mais l'offre arrivait trop tard.

15.

Était-il raisonnable d'éprouver autant d'émotions contradictoires ?

Mateo se sentait à la fois heureux et malheureux, fier et énervé, ravi et frustré. Pire, il avait honte. Il regrettait que des pensées négatives viennent perturber sa relation avec Regina.

Lorsqu'elle lui avait annoncé sa promotion, il l'avait félicitée chaleureusement. Ils avaient trinqué à son succès. Mais, depuis, l'excitation était retombée et, trois jours plus tard, il se retrouvait dans l'impasse.

Quel imbécile il faisait ! Sans se l'avouer, il avait nourri l'espoir qu'elle n'obtienne pas ce poste. Il s'était même dit que, sous le coup de la colère, elle quitterait peut-être San Francisco pour venir s'installer avec lui à Miami. Il s'était bercé d'illusions sur toute la ligne !

Il avait plusieurs fois failli lui avouer ses sentiments, sans jamais oser. À quoi bon, puisque rien n'était possible entre eux ? Il devait accepter l'inéluctable : dans une semaine, elle serait partie. Il devait suivre son exemple et se focaliser sur le travail au lieu de tourner en boucle !

Ce jeudi matin, il venait juste de raccompagner son troisième patient quand Janie l'arrêta dans le couloir.

— Docteur Herrera, justement, je vous cherchais ! Le standard vient de nous basculer un appel urgent. C'est le réseau national de transplantation.

Il s'efforça de rester calme. Les gens du réseau téléphonaient régulièrement, pour toutes sortes de raisons. Il ne devait pas imaginer d'emblée qu'on allait lui proposer un rein pour un de ses malades...

Néanmoins, il courut presque vers le poste des infirmières.

— Mateo Herrera, annonça-t-il.

— Ah, bonjour, docteur ! répondit la voix féminine. J'ai une excellente nouvelle à vous annoncer. On a trouvé un organe compatible pour M. Rexford Knowles.

Il sentit son cœur manquer un battement. Pour la deuxième fois en trois jours, il eut envie de lever le poing en l'air, mais il se retint.

— Quels sont les détails ? demanda-t-il d'un ton mesuré.

— Le donneur est en état de mort cérébrale après un accident de voiture au Texas. Nous avons deux patients compatibles, mais M. Knowles est le premier sur la liste. Il faudrait nous dire au plus vite s'il est en état d'être opéré et où se déroulera l'intervention. Nous enverrons le rein par avion spécial.

L'hôpital n'ayant pas d'équipe de transplantation, il faudrait soit faire venir un chirurgien, soit opérer Rex ailleurs. Et, bien sûr, régler tous ces détails rapidement.

— Quand le prélèvement d'organes aura-t-il lieu ?

— Tôt demain matin. Si tout est OK de votre côté, vous recevrez le rein en début d'après-midi. Je programmerai le vol dès que j'aurai votre confirmation.

— Entendu. Merci beaucoup. Je vous rappelle au plus vite.

Après avoir raccroché, Mateo ne perdit pas une seconde pour mobiliser ses troupes.

Trouver un chirurgien s'avéra plus facile qu'il ne l'avait craint. Tim Janowitz, dont il avait été l'interne en arrivant à Miami, avait justement un créneau disponible le lendemain suite à une opération décalée. On n'aurait pu espérer mieux !

— J'opérerai dans tes locaux, décida Tim. Comme ça, au réveil, tu pourras surveiller toi-même le patient. Sa famille sera rassurée d'avoir affaire au néphrologue traitant.

Mateo approuva, soulagé. Il avait déjà pris ce problème

en considération. Que Tim y ait pensé aussi lui enlevait une grosse épine du pied.

Laissant aux internes le soin de régler les détails pratiques, il se chargea d'appeler Rex et son épouse. Comme il s'y attendait, les Knowles accueillirent la nouvelle avec un mélange d'excitation et d'angoisse, aussi leur donna-t-il rendez-vous à l'hôpital, où il serait plus simple de tout leur expliquer de vive voix.

Rex allait avoir besoin d'un bilan complet et d'une longue consultation avec Tim Janowitz. L'équipe devrait alors décider si le patient était opérable ou non, et Mateo croisait les doigts pour que le « oui » l'emporte.

La vie de Rex ne tenait qu'à un fil. Sa santé se dégradait depuis des mois. Cette transplantation était sa seule chance.

Suite à cet appel, il regagna son cabinet, où une longue liste de patients l'attendait.

— Contactez les collègues en repos et voyez qui peut me remplacer, Janie, s'il vous plaît. Je vais assurer les rendez-vous jusqu'à ce que quelqu'un arrive.

— Bien sûr, docteur.

Assis derrière son bureau, il prit cinq minutes pour se calmer. Il devait se remettre en condition avant d'accueillir la personne suivante. Et surtout il devait téléphoner à Regina pour la prévenir que Rex allait arriver.

Les bilans préopératoires auraient lieu en médecine, sous leur responsabilité conjointe. Il avait tout lieu de s'en réjouir : il ne connaissait pas de praticienne plus méticuleuse que Regina.

Regina effectuait son briefing matinal au poste des infirmières quand Mateo appela le service. Il s'agissait évidemment d'un coup de fil professionnel, mais elle sentit son pouls s'accélérer lorsqu'elle prit le téléphone des mains de la surveillante.

— Regina ?

— Oui, docteur Herrera ? répondit-elle, consciente que les murs avaient des oreilles.

— On a un donneur compatible pour Rex Knowles. Le rein arrivera normalement demain après-midi. En attendant, je le fais hospitaliser pour un bilan préopératoire. On va l'installer chez toi, ce sera plus simple.

— C'est génial ! s'écria-t-elle, toute discrétion oubliée.

Cacher son enthousiasme aurait été ridicule. Un tel événement n'arrivait pas tous les jours.

— Rex va bientôt arriver, précisa Mateo. Je vous rejoindrai dès que je pourrai me faire remplacer. Pourrais-tu commencer les bilans dès qu'il sera là, s'il te plaît ? Je vais t'envoyer l'ordonnance par mail.

— Bien sûr. On va se tenir prêts.

— J'espère que tout ira bien. Si les résultats d'analyses sont mauvais, on ne pourra pas l'opérer.

L'angoisse perceptible dans sa voix lui serra le cœur. Elle aurait voulu le réconforter mais, du coin de l'œil, elle venait d'apercevoir le Dr Welk. Non seulement cet imbécile traînait dans les parages, mais il ne se gênait pas pour écouter la conversation !

— Croisons les doigts pour que tout aille bien, dit-elle doucement. On se rappelle très vite. Bye !

À peine avait-elle raccroché que Welk se planta devant elle, l'air hautain.

— Vous connaissez le règlement intérieur, je suppose ? Les coups de fil personnels sont interdits à l'hôpital.

Saisie d'un mauvais pressentiment, elle s'efforça néanmoins de ne pas se montrer sur la défensive.

— Pardon ?

— Vous monopolisez un téléphone professionnel. Il pourrait y avoir des appels urgents pendant que vous bavardez avec vos admirateurs !

Si elle s'était écoutée, Welk aurait pris un coup de poing en pleine figure. Heureusement, elle avait déjà affronté des ordures de son espèce. La réponse était toute trouvée : un sourire froid et un regard dédaigneux.

Elle pivota vers une infirmière qui, témoin de la scène, était restée à l'écart.

— Ona, nous attendons un patient du Dr Herrera, M. Rex Knowles. Il entre pour une greffe de rein ; en tout cas, nous l'espérons. Prévenez-moi dès qu'il sera là, que je puisse commencer le bilan.

— Bien sûr, docteur. Je vais faire préparer une chambre.

— Merci.

Puis, à l'adresse de Welk :

— On vous attend pour un avis cardio, je crois ?

Ayant dit cela, elle se détourna et s'éloigna dans le couloir avant de faire un geste qu'elle risquait de regretter. Mais, loin de se décourager, l'autre la rattrapa, courant presque pour se maintenir à son niveau.

— Je vous ai vue déposer Herrera devant l'entrée, lundi.

Son intonation la mit en fureur. Comment ce crapaud osait-il jeter sa bave sur la plus belle histoire qu'elle ait jamais connue ? Comment osait-il tout gâcher ?

Elle s'arrêta net et le regarda bien en face.

— Et alors ?

— Alors vous devriez avoir honte de courir après un collègue. D'ailleurs, il est un peu jeune pour vous, non ?

Elle se redressa de toute sa hauteur. Elle tremblait de colère, mais d'une colère si froide que Welk recula d'un pas.

— *Vous* devriez avoir honte de vous abaisser à ça, répondit-elle, glaciale. Plutôt que de fouiner dans la vie des gens, faites donc votre métier, si vous vous en souvenez encore ! Et, tant qu'on y est, je trouve *honteuse* votre façon de tyranniser le personnel de cet hôpital.

Il ouvrit la bouche pour répliquer, mais elle ne lui en laissa pas le temps.

— Heureusement pour moi, je ne verrai plus votre sale tête d'ici une semaine. Mais, rappelez-vous, tout le monde n'est pas du genre à se laisser intimider. Vous finirez un jour ou l'autre par recevoir la monnaie de votre pièce !

Elle tourna les talons et enfila le corridor d'un bon pas. Cette fois, Welk eut le bon sens de ne pas la suivre, et elle se dirigea vers les toilettes, dont elle claqua la porte derrière elle.

Plantée devant les lavabos, elle fit couler de l'eau fraîche sur ses poignets et prit plusieurs longues inspirations. Le cauchemar recommençait. Elle avait déjà vécu sous le poids de la rumeur à San Francisco et elle ne doutait pas que cet imbécile de Welk allait, à son tour, jeter sa vie privée en pâture. La sienne, et celle de Mateo…

Il était temps qu'elle s'en aille. Si elle avait pu se réjouir de sa future promotion, tout aurait été pour le mieux, mais hélas les choses n'étaient pas si simples.

Allons. Elle *devait* se réjouir, se répéta-t-elle pour s'en convaincre. De retour en Californie, elle serait sûrement très heureuse de s'atteler à ce nouveau défi, puisqu'il ne lui resterait rien d'autre.

Rien, hormis des souvenirs.

16.

Mateo avait passé plusieurs heures à organiser la transplantation.

Après avoir réservé la salle et le matériel, il avait contacté l'anesthésiste, les infirmières de bloc, la diététicienne et même l'assistante sociale. Rien ne devait être laissé au hasard, sachant que la phase postopératoire serait aussi importante que l'intervention. À supposer que la greffe puisse avoir lieu…

Quand Tim Janowitz arriva, tout était prêt. Ils échangèrent une chaleureuse poignée de main, puis Tim le considéra d'un air faussement indigné.

— Dis donc, sale gosse, tu n'as pas beaucoup changé depuis la dernière fois ! Ça doit faire deux ans qu'on ne s'est pas croisés…

Mateo s'esclaffa.

— Rassure-toi, tu n'as pas changé non plus.

— J'ai quand même perdu quelques cheveux dans la mêlée, se désola Tim en tâtant son front dégarni.

— Ça te va bien !

Ils descendirent au bloc tout en échangeant quelques nouvelles sur leurs carrières respectives. Puis, après que Tim eut tout vérifié avec sa minutie coutumière, ils se rendirent au chevet de Rex Knowles.

Regina était là, en train de procéder aux dernières analyses. Elle bavardait avec Pat, l'épouse de Rex, dans un souci évident de détendre l'atmosphère. Quelle merveilleuse praticienne c'était ! Mateo songea qu'elle allait lui manquer tous les jours à l'hôpital, et bien sûr toutes les nuits…

Après avoir souhaité la bienvenue à Tim, elle s'éclipsa rapidement. Le chirurgien expliqua alors le programme du lendemain à Rex et son épouse.

— Le Dr Herrera a dû vous dire que le rein ne serait peut-être pas utilisable ? demanda-t-il d'un ton doux.

— Oui, murmura Rex.

— Je ne pourrai malheureusement pas le savoir avant d'avoir inspecté l'organe. Néanmoins, nous allons tout préparer pour l'intervention.

Il détailla non seulement la procédure mais les effets secondaires possibles.

— Vous resterez hospitalisé une semaine après la greffe, précisa-t-il. Ainsi, nous pourrons détecter d'éventuelles complications. Vous serez bien sûr dialysé jusqu'à ce que votre nouveau rein produise de l'urine.

Pat Knowles eut un léger sursaut, et Mateo, comprenant sa frayeur, lui tapota l'épaule.

— Nous avons tout prévu, ne vous inquiétez pas.

— Absolument, confirma Tim. Deux infirmières de mon équipe viendront exprès chouchouter votre mari.

Mateo avait déjà donné ces détails, mais cela ne faisait pas de mal de les répéter. Il s'agissait d'une intervention complexe. La vie de Rex était en jeu. Sa femme et lui avaient besoin d'être rassurés, et plutôt deux fois qu'une !

Après avoir quitté les Knowles, Tim et Mateo se dirigèrent vers les ascenseurs car le chirurgien devait partir rapidement.

— Regina Montgomery… C'est marrant, de la retrouver ici ! J'avais écouté son intervention dans une conférence à Las Vegas, il y a dix ans. Tout le monde buvait ses paroles, surtout les messieurs. Elle est toujours aussi canon !

Mateo retint de justesse une riposte acerbe. Son agacement était ridicule. Tim n'avait rien dit de mal.

— Moi, je suis hors jeu, fit ce dernier en riant. Avec une femme et deux enfants et demi, la drague, c'est terminé !

— Deux et demi ? Ta femme attend le troisième ? demanda-t-il, soulagé de pouvoir dévier la conversation.

— Oui, un petit gars, pour le mois de mai. On a déjà un garçon et une fille.

— Mais c'est génial ! Je suis content pour vous.

— Merci. Et toi ? Tu as des gosses ?

— Pas encore, non. Je me consacre à ma carrière.

Il s'abstint de développer car, même si Tim et lui se connaissaient depuis longtemps, ils n'étaient pas amis proches. Discret, celui-ci revint d'ailleurs au domaine professionnel :

— Cela m'enchante, que tu aies fait ta place au soleil ici, Mateo. Franchement, tu assures. Mon équipe n'aurait pas pu mieux préparer cette greffe. Pourtant, là, tu sors de ton domaine.

Gêné, il haussa les épaules.

— La chirurgie rénale m'a toujours intéressé. Sachant que Rex figurait sur la liste prioritaire, je me suis documenté. Je voulais que tout soit prêt pour une intervention ici, au cas où.

— Tu as eu raison. Les suites postopératoires se passent beaucoup mieux quand le patient se trouve dans un environnement familier. Il connaît tout le monde ici. Et surtout il te fait confiance.

— Je le traite depuis dix-huit mois. J'ai beaucoup travaillé sur le relationnel avec lui, mais aussi avec Pat. C'est elle, le fil qui le raccroche à la vie.

— Elle a du caractère, dit Tim en souriant. Mais tant mieux ! Dans ces cas-là, c'est indispensable.

Ils étaient arrivés devant l'ascenseur. Tim pressa le bouton, puis monta dans la cabine.

— Ça va marcher, dit-il. Je la sens bien, cette opération. Prends des forces, et surtout repose-toi.

Mateo regarda les portes se fermer et secoua la tête. Il n'allait pas vraiment se « reposer » ce soir-là chez Regina. Néanmoins, il serait en excellente compagnie avec la femme de ses rêves. Existait-il meilleur moyen d'évacuer le stress ?

Regina abandonna son sac sur le guéridon de l'entrée, gagna le salon et s'affala sur le canapé. Quelle journée mémorable !

Son altercation avec Welk lui avait mis les nerfs en boule, mais heureusement elle avait eu les analyses de Rex Knowles à coordonner. Elle avait alors pu faire ce qu'elle aimait : de la médecine et du relationnel.

Ainsi occupée, elle avait presque oublié Welk. Néanmoins, cet imbécile lui était revenu en mémoire sur le chemin du retour, et à présent elle ne savait pas quoi faire.

Mateo allait arriver d'une minute à l'autre. Devait-elle le mettre au courant ? Vu la situation, peut-être ferait-elle mieux de s'abstenir ?

Elle allait partir. Lui allait rester. Il travaillerait toujours avec Welk, qu'il détestait franchement. S'il apprenait ce qui s'était passé, les choses se compliqueraient. Non, elle ne jetterait pas d'huile sur le feu !

La sonnerie de l'Interphone l'arracha à ses réflexions. Elle se précipita pour répondre, puis elle ouvrit sa porte en grand. Lorsque Mateo parut, elle devina au premier regard combien il était stressé.

Sans rien dire, elle lui ouvrit les bras et l'étreignit. Il enfouit le visage dans ses cheveux en soupirant.

— Je suis vanné…

— Tu m'étonnes ! Tu as faim ?

— Non. J'ai pris une minipause vers 16 heures.

Se redressant, il eut un sourire contrit qui la fit fondre. Elle lui caressa la joue.

— Si on se détendait dans un bain à bulles parfumé ?

Il haussa les sourcils.

— Parfumé ? Avec des trucs de fille ?

— Tu prendras une douche après, si tu veux. Histoire d'éradiquer ces odeurs fleuries typiquement féminines !

Riant et chahutant, ils gagnèrent la salle de bains. Dès le premier jour, elle était tombée amoureuse de cette pièce luxueuse, équipée d'une baignoire jacuzzi et pourvue d'éclairages tamisés. C'était vraiment ce qu'il leur fallait ce soir-là !

Ils s'allongèrent dans l'eau face à face, jambes entremêlées, et gardèrent quelques instants le silence. Puis Mateo évoqua l'opération du lendemain en passant toutes les étapes en revue. Il craignait sans doute d'avoir oublié quelque chose, mais c'était peu probable. Elle ne connaissait personne de plus consciencieux que lui !

Elle le lui dit, et fut récompensée par un sourire lumineux. Puis il se pencha pour lui caresser la joue.

— Tu sais ce qui me dérange le plus, dans ton bain à bulles ?

— Non, quoi ?

— Les bulles, répondit-il en agitant la main à la surface de l'eau. Elles cachent ton corps de sirène.

Amusée, elle se tourna avec précaution, puis cala son dos contre son torse musclé.

— C'est mieux comme ça ?

— Beaucoup mieux. Tu es tellement douce que j'ai sans arrêt envie de te caresser.

Quand il lui effleura les bras, elle retint son souffle. Tout bien considéré, elle préférait ne pas le voir. Elle aurait eu du mal à supporter son regard tendre. Cela lui aurait fait trop de peine…

— Tu vas être doux aussi avec cette lotion hydratante, dit-elle, taquine, pour ne pas céder à l'émotion.

Il rit et arrondit doucement les paumes sur ses seins. Alors elle n'eut plus envie de rire. Perdue dans l'océan de sensations qu'il faisait naître en elle, elle s'abandonna, conquise.

Mais l'amour dans une baignoire glissante avait ses limites. Ce n'était pas le moment de se mettre en danger : par un accord tacite, ils se levèrent et se rincèrent. Puis, main dans la main, ils trouvèrent refuge dans la chambre douillette.

L'impatience fébrile de Mateo stupéfia Regina, qui l'obligea à ralentir. Elle voulait profiter de chaque instant pour lui exprimer son immense amour. D'ici quelques jours, tout serait terminé. Comment lui montrer qu'elle l'aimait à la folie ?

Elle décida de prendre le contrôle, ce qu'elle faisait rarement. Et, quand il s'abattit sur son épaule en criant son prénom, elle aurait voulu que ce moment dure une éternité. La vie entière…

Blottie contre lui, en paix avec le monde, elle mit son souffle au diapason du sien.

— Je voudrais te dire quelque chose, Regina.

Le cœur de Mateo avait tressauté sous son oreille. Elle réalisa, émue et affolée, ce qu'il allait dire. Pouvait-elle l'interrompre ? Refuser d'entendre cette déclaration d'amour qui lui ferait si mal ?

La sonnerie d'un portable fit voler en éclats cet instant suspendu. C'était le téléphone de Mateo. Il pesta à voix basse tandis qu'elle roulait sur le côté pour allumer la lampe de chevet.

Il récupéra à la hâte son mobile, qui s'était mis à sonner une deuxième fois.

— Mateo Herrera. Oui… Quoi ?

Son visage s'était tendu, et Regina eut un coup au cœur. La santé de Rex Knowles s'était-elle dégradée ? Y avait-il un problème avec le greffon ?

— J'arrive tout de suite ! Envoyez-moi un SMS quand vous aurez pu joindre le Dr Janowitz.

Après avoir raccroché, il pivota vers elle.

— Les parents du donneur sont arrivés plus tôt que prévu à l'hôpital. Ils ont dit au revoir à leur fils, le respirateur a été débranché. Le rein devrait arriver chez nous dans quatre heures environ.

Sans attendre sa réponse, il gagna la salle de bains. Elle entendit l'eau de la douche couler et, comme un automate, les mains crispées sur le drap, elle s'assit au bord du lit.

Sauvée par la transplantation.

Elle ne saurait jamais ce que Mateo avait voulu dire, et

tant mieux car elle n'aurait pas pu résister. Elle lui aurait avoué ses sentiments. Or, c'était impossible.

Elle devait respecter la promesse qu'elle s'était faite : partir et couper les ponts. Il n'existait pas d'autre issue.

17.

Le SMS arriva à 2 heures du matin.

Greffon sain. Opération en cours. Va dormir.

Regina secoua la tête en souriant. Mateo la connaissait par cœur. Il avait dû prévoir qu'elle s'agiterait dans son lit, incapable de trouver le sommeil !

Vaincue par la fatigue et le soulagement, elle s'écroula sur son oreiller. Elle dormit si bien qu'elle sursauta en entendant la sonnerie du réveil, cinq heures plus tard.

Elle expédia le petit déjeuner, se prépara à toute vitesse puis rejoignit l'hôpital, où elle se rendit aux soins intensifs. Rex Knowles, apprit-elle, n'était pas encore réveillé. Elle dut attendre dans le couloir, car Tim Janowitz effectuait quelques vérifications auprès du patient.

Lorsque le chirurgien sortit de la chambre, elle lui trouva l'air étonnamment vif pour un homme qui avait opéré une bonne partie de la nuit.

— Bonjour, docteur Montgomery !

— Bonjour, docteur Janowitz. Alors, comment va Rex ?

— Très bien. S'il n'y a rien de spécial, je le ferai lever un moment en début d'après-midi.

— Mais c'est formidable ! Je suppose que l'opération s'est bien passée ?

— Oui, à merveille. Le rein était très joli et la transplantation a eu lieu sans la moindre difficulté. Mais, bien sûr, il faut espérer que l'organisme ne rejettera pas le greffon. Les prochaines heures seront cruciales.

— Oui, évidemment…

Tim Janowitz enfila le couloir, direction la salle de repos des médecins. Elle lui emboîta le pas, pressée de savoir où était Mateo, mais sans oser poser la question.

— Pat Knowles est-elle repartie ? demanda-t-elle.

— Oui. J'ai fini par la convaincre de rentrer chez elle. Il faut qu'elle se repose.

Tim posa la main sur la poignée de la porte, puis la regarda d'un air étrange.

— Auriez-vous un moment à m'accorder ? J'aimerais vous parler.

Intriguée, elle opina.

— Oui… Bien sûr. Je suis un peu en avance.

Tim s'effaça pour la laisser entrer, puis referma la porte derrière eux. Il se rua alors vers la cafetière comme si sa vie en dépendait.

— En prendrez-vous, docteur ?

— Non, merci. Vous devez en avoir besoin, en revanche, ajouta-t-elle gentiment.

— En effet !

Après avoir empli un mug, il lui désigna un siège et s'assit en face d'elle. Elle le regarda, intriguée.

— Que puis-je faire pour vous ?

— Je voulais vous parler de Mateo.

Aussitôt, son pouls s'affola. S'agissait-il d'une conversation personnelle ou professionnelle ? Les ragots de Welk avaient-ils produit leur effet au point d'inquiéter un chirurgien extérieur à l'établissement ?

— Ah bon ? À quel sujet ? demanda-t-elle d'un ton aussi neutre que possible.

— J'aimerais que cet entretien reste confidentiel…

— Naturellement. Vous pouvez compter sur moi.

— Merci, docteur. Que je vous explique… On m'a proposé de diriger l'équipe de transplantation du nouvel hôpital qui va ouvrir au nord de Miami. Cet établissement sera opérationnel dans six mois. J'ai accepté l'offre à condition de pouvoir recruter mon équipe. Le conseil d'administration m'a donné carte blanche, et maintenant je prospecte. Après l'avoir vu à l'œuvre, j'aimerais beaucoup engager Mateo.

Oui ! Oui ! Oui !

Elle retint de justesse un petit cri de joie. Le rêve de Mateo allait prendre corps. Elle était si fière et si contente pour lui !

— Je vous demande votre avis en tant que praticienne chevronnée. J'ai déjà assisté à l'une de vos conférences, j'ai lu vos travaux… Je sais que votre jugement sera objectif.

L'excitation tomba d'un coup, supplantée par la peur. Son honnêteté intellectuelle l'obligeait à une certaine franchise.

— Avez-vous besoin d'une recommandation écrite ? Si c'est le cas, j'aurais du mal à vous la donner.

Devant l'air intrigué de Tim, elle leva la main.

— Je n'ai aucune réserve à émettre, au contraire. Mais, six semaines de collaboration, c'est trop peu pour formuler un avis officiel. D'autant que Mateo et moi ne travaillons pas dans le même service.

— Bien sûr, je comprends ! Rassurez-vous, je ne demande rien de tel. J'aimerais juste connaître votre opinion.

— Une dernière chose… Mateo et moi sommes… amis. Je ne suis peut-être pas la mieux placée pour juger son travail.

À sa grande surprise, Tim haussa les épaules.

— Recommander ses amis est une pratique courante dans notre milieu. Je ne vois pas où est le problème.

Il n'avait visiblement pas compris où elle voulait en venir, mais elle se refusa à en dire plus. Elle n'allait pas entrer dans les détails ! Et puis l'essentiel était ailleurs : elle avait la possibilité d'aider Mateo et ne comptait pas s'en priver.

Droite sur sa chaise, elle adopta la posture professionnelle qu'elle maîtrisait si bien.

— Pour moi, Mateo est un néphrologue extrêmement consciencieux. Il collabore parfaitement avec les médecins des autres services. Ce faisant, il ne ménage pas sa peine pour poser des diagnostics complexes. Il a une approche pluridisciplinaire et, d'après ce que j'ai vu, il ne se laisse intimider par personne. Enfin, il se montre adorable avec les patients. Les malades l'apprécient et lui font confiance.

Tim opina, l'air approbateur.

— À vrai dire, je m'en doutais. J'ai été bluffé par sa préparation en amont de la greffe. Certains services de transplantation pourraient s'en inspirer. J'ai déjà frôlé la catastrophe avec des gens soi-disant spécialistes, alors qu'ici tout était parfait !

Que répondre ? Cette reconnaissance du travail de Mateo lui faisait chaud au cœur, mais elle stressait de plus en plus. Et si leur liaison était rendue publique ? Sa carrière, pour laquelle il avait tant travaillé, ne risquait-elle pas d'en pâtir ?

— Quand comptez-vous lui en parler ? demanda-t-elle pour connaître sa marge de manœuvre.

— Le plus tôt possible. Six mois, cela passe vite. J'ai besoin de savoir sur qui je pourrai compter, d'autant que les contrats des médecins avec les hôpitaux sont parfois difficiles à rompre. Franchement, l'administratif n'est pas ma tasse de thé. J'ai hâte qu'un service des ressources humaines digne de ce nom prenne le relais.

— Comme je vous comprends !

— Merci pour votre avis éclairé, en tout cas.

— Je vous en prie… Et rappelez-vous : il vaut ce qu'il vaut.

— Il a une grande valeur pour moi, docteur Montgomery.

Après avoir échangé une chaleureuse poignée de main, ils sortirent dans le couloir. Consternée, elle vit Morgan Welk se diriger vers eux. Le cardiologue lui jeta un regard torve, puis se tourna vers Tim avec un sourire mielleux.

— J'aimerais vous dire un mot, docteur Janowitz, si vous avez un moment…

Saisie de nausées, Regina s'éclipsa. Que pouvait vouloir le cardiologue ? Cela avait-il un rapport avec Mateo ? Si ce dernier se trouvait en mauvaise posture par sa faute, elle ne se le pardonnerait jamais. Il l'avait encouragée et soutenue lorsqu'elle en avait eu besoin. La moindre des choses serait de lui rendre la pareille… Mais comment ?

Devait-elle retourner voir Tim et se montrer plus claire ? Ou bien attendre, au risque que ça tourne mal ?

Si, comme elle l'imaginait, Mateo avait failli lui avouer ses sentiments la veille, elle se réjouissait qu'il ait été interrompu. Elle ne serait pas un obstacle à son avenir. Il avait travaillé trop dur. Il avait trop souffert. Il méritait d'être justement récompensé !

Un coup d'œil sur son portable lui donna l'information qu'elle attendait désespérément : Mateo était parti se reposer. Il reviendrait en milieu de journée. Il voulait savoir ce qu'elle comptait faire ce soir-là…

Elle ne s'étonna pas de voir ses mains trembler lorsqu'elle rédigea la réponse :

Je viendrai chez toi, si tu veux.

Il n'y avait qu'une issue possible. Cette fois, elle n'avait plus le choix.

Mateo s'étira sur son fauteuil en bâillant.

Depuis la nuit précédente, il avait dormi deux heures en tout et pour tout. Son repos matinal lui avait permis de tenir le reste de la journée, mais il se sentait à présent épuisé. Heureusement que Regina avait proposé de venir ! Même s'il était impatient de la voir, il n'aurait sans doute pas eu le courage de remettre un pied dehors.

Pourtant, que de sujets il avait à aborder ! Ils allaient reprendre leur discussion de la veille. Il pourrait enfin lui avouer son amour. Alors, si elle réagissait comme prévu, ils envisageraient l'avenir de leur relation.

Certes, les histoires à distance n'étaient pas idéales, mais le temps jouait en leur faveur. D'ici une année ou deux, Serena aurait pris de l'assurance. Elle aurait moins besoin de lui. Il pourrait chercher un autre poste, déménager…

Pour la seconde fois de sa vie, il s'apprêtait à tout sacrifier par amour. Sans remords ni regret, mais sûr de faire le bon choix. Car la vie lui avait donné une certitude : ce n'étaient pas les choses ou les lieux qui comptaient mais les gens. Les êtres humains. L'entourage.

Regina comprendrait sans doute qu'il ne pouvait pas abdiquer trop tôt ses responsabilités. Si elle avait la patience d'attendre un peu, tout deviendrait possible !

Elle l'avait prévenu qu'elle arriverait en retard, mais pas qu'elle serait d'une humeur massacrante. Or, quand il lui ouvrit sa porte, vers 21 heures, il sut immédiatement qu'il y avait un souci.

Son visage tendu était presque méconnaissable. Et, lorsqu'elle le gratifia du regard polaire qu'il détestait, il eut l'impression de se liquéfier sur place. Elle semblait en avoir… après lui. Qu'avait-il fait ?

Plantée au milieu du hall, elle se tenait à distance. Il aurait voulu la prendre dans ses bras, mais il n'osa pas.

— Inutile de tourner autour du pot, dit-elle d'un ton sans réplique. J'ai pris une décision. Je voudrais qu'on arrête de se voir à partir de maintenant.

Sonné et pétrifié, il la dévisagea.

— Mais… Pourquoi ?

— Parce qu'il est temps qu'on avance, tous les deux. Personnellement, j'ai beaucoup de points à régler à l'hôpital avant de partir. Je ne peux pas me laisser distraire.

Une *distraction* ? Voilà tout ce qu'il représentait pour elle ?

Il voulut lui poser la question, mais sa fierté l'en empêcha. D'ailleurs, il pouvait à peine parler, tout juste respirer…

— On a passé de bons moments, Mateo, mais il faut penser à l'avenir. Je veux profiter de mes derniers jours ici pour approfondir certaines choses, car cette expérience me sera utile. Je m'en voudrais de passer à côté de ça.

Sous-entendu : « J'ai assez perdu mon temps avec toi. » Là, on touchait le fond !

Il s'efforça de réprimer la colère qui montait en lui. Les mots auraient vite pu dépasser sa pensée. Il ne voulait à aucun prix tenir des propos amers ou désagréables.

— Très bien, articula-t-il d'une voix rauque. Si c'est ton choix…

Pendant un instant, il crut qu'elle allait changer d'avis. Mais très vite le masque glacial retomba.

— Oui, dit-elle.

Sans un mot de plus, elle tourna les talons et sortit. Elle lui avait au moins épargné le discours traditionnel et le « restons bons amis ». Tant mieux, car il n'aurait pas pu le supporter !

Combien de temps resta-t-il là, à fixer la porte ? Il ne le saurait sans doute jamais. La colère était retombée, cédant la place à un vide total et absolu.

Il n'était… plus rien.

La seule femme qui ait jamais touché son cœur venait de le jeter comme un mouchoir usagé.

Et, le pire, c'était qu'il ne comprenait pas pourquoi.

18.

Tu peux le faire. Encore huit jours et tu seras à la maison.

Combien de fois Regina s'était-elle répété ces phrases ?

Elle éprouvait une douleur sourde en pensant à Mateo. Elle espérait que le chagrin qu'elle lui avait causé tournerait à l'indifférence, avec le temps. Car l'idée qu'il souffre lui était insupportable. Elle l'aimait trop !

Ce samedi matin, elle était arrivée à l'hôpital avec la perspective d'un week-end bien rempli pour s'occuper. Elle s'était dit qu'elle ne croiserait pas Mateo… avant de réaliser son erreur. Il passerait évidemment voir Rex Knowles ! Comment avait-elle pu être assez stupide pour l'oublier ?

Lorsqu'elle gagna les soins intensifs, elle se réjouit de trouver Rex seul dans sa chambre. Assis contre ses oreillers, le patient l'accueillit par un sourire radieux.

— Ça marche, docteur ! Le rein fonctionne déjà et ils ont arrêté la dialyse. Le Dr Janowitz a donné son feu vert pour que je quitte la réanimation. Je vais avoir droit à une chambre douillette.

— Mais c'est formidable ! répondit-elle, ravie.

En son for intérieur, elle croisa les doigts pour que Rex ne soit pas transféré en médecine, mais il y avait peu de chances qu'elle y échappe. Auquel cas elle serait obligée de voir Mateo…

L'objet de ses pensées se matérialisa dans la pièce avant qu'elle n'ait eu le temps de dire « ouf ». Elle eut un violent coup au cœur et dut mobiliser tout son professionnalisme pour le saluer d'un ton neutre.

Il répondit avec une froideur glaçante, puis ils détournèrent le regard en même temps. Alors, comme il se rapprochait du lit, elle prit congé de Rex et s'éclipsa. Elle risquait de fondre en larmes si elle passait une minute de plus dans cette pièce !

L'idée qu'elle agissait pour le bien de Mateo l'aida à tenir une grande partie de la journée. Mais quand, vers 16 heures, Rex fut transféré à son étage, elle comprit qu'elle n'échapperait pas à une nouvelle épreuve.

La deuxième rencontre fut aussi pénible que la première. Mateo semblait non seulement blessé mais furieux. Incapable de supporter son regard hautain, elle résolut de l'éviter au maximum jusqu'à la fin de son séjour à Miami.

Cher l'aurait sans doute traitée de lâche, pensa-t-elle en arrivant au travail le lundi matin. Elle avait slalomé dans les étages tout le week-end, et ce petit jeu l'avait épuisée nerveusement.

Ce fut à peine si les résultats d'analyses de Kaitlyn Mignon, tout juste sortis du labo, lui mirent du baume au cœur.

Comme elle s'y attendait, la jeune femme souffrait bien de la maladie de Fabry. Les tests génétiques l'avaient confirmé, et elle aurait dû se réjouir d'avoir posé le bon diagnostic. Néanmoins, même si elle était heureuse pour Kaitlyn, elle se sentait toujours triste.

— Faxez les résultats au généraliste de Mme Mignon, s'il vous plaît, demanda-t-elle à la surveillante.

Certaine que Kaitlyn serait contente d'apprendre la nouvelle sans délai, elle s'enferma dans le bureau pour l'appeler. À l'annonce du diagnostic, la malade se mit à pleurer.

— Je sais enfin à quoi m'en tenir ! s'exclama-t-elle entre deux sanglots. Même s'il n'y a pas de vrai traitement, au moins, on va pouvoir chercher des solutions. Merci, docteur, merci !

— Je n'ai fait que mon travail, répondit-elle doucement. Je sais que vous êtes bien entourée, Kaitlyn, mais n'hésitez pas à rejoindre une association de malades de Fabry. Ils vous donneront un tas d'infos utiles, des conseils, et vous pourrez même rencontrer des personnes qui souffrent de la même chose.

— Bien sûr, docteur, je le ferai. Merci encore pour tout !

Après avoir raccroché, Regina relut le rapport du labo. Elle n'allait même pas l'envoyer au service juridique pour prouver qu'elle avait eu raison face à Morgan Welk. L'affaire serait classée d'office après son départ. Elle s'en moquait complètement : cela n'avait plus d'importance.

Elle souhaitait juste finir sa mission en paix, puis rentrer chez elle !

En début d'après-midi, elle accepta néanmoins de prolonger son contrat d'une journée car la médecin titulaire, qui devait reprendre le jeudi, avait un problème de garde d'enfant. À quoi bon se montrer mesquine ? Elle-même ne repartait que le vendredi. Si elle pouvait rendre un dernier service, pourquoi pas ?

Il lui faudrait simplement pratiquer la stratégie de l'évitement vingt-quatre heures supplémentaires. Elle n'était plus à ça près.

Personne n'était mort ni malade. Toute la famille était en bonne santé. Une rupture sentimentale n'était rien, comparée à l'accident qui avait coûté la vie à ses parents. Voilà ce que Mateo se répétait en boucle quand il pensait à Regina.

Cette méthode avait néanmoins ses limites. Il éprouvait un chagrin immense et il se sentait tour à tour engourdi, furieux et déprimé. Des émotions familières dont il avait fait l'expérience au moment du deuil, mais qu'il n'aurait jamais cru revivre un jour.

Il avait beau lutter, son malaise s'intensifiait dès qu'il apercevait Regina au détour d'un couloir. Il était partagé entre joie et agacement à l'idée qu'elle doive rester une journée supplémentaire. Sa raison voulait la faire partir. Son cœur, lui, rêvait de la garder pour toujours.

Dans ce chaos, il n'avait qu'une certitude : ses sentiments restaient identiques. Sachant cela, il voulait comprendre pourquoi Regina lui avait fait tant de mal. Elle lui devait une explication. C'était la moindre des choses, non ?

Une mise au point était indispensable mais, avant cela, il voulait prendre du recul pour ne pas se laisser emporter. Mieux valait laisser du temps au temps. Peut-être Regina avait-elle juste besoin de réfléchir ? Et si, de retour à San Francisco, elle réalisait qu'elle s'était trompée ?

Le mercredi matin, après une nouvelle nuit sans sommeil, il conclut qu'il devait la laisser partir. Néanmoins, décidé à suivre son plan, il profita d'une pause pour bloquer huit jours de congé le mois suivant. Puis il acheta un billet d'avion dans la foulée. Rien ne l'empêcherait d'aller faire un séjour sur la côte Ouest. On verrait bien, alors, ce qu'il en résulterait.

Depuis quelques jours, ses patients étaient devenus un rayon de soleil dans sa vie morose. Rex Knowles, en particulier, faisait plaisir à voir. Le retraité était si heureux d'être vivant qu'à lui seul il gommait la tristesse comme par magie !

— Le Dr Janowitz doit passer aujourd'hui pour un dernier bilan, annonça Rex lorsqu'il lui rendit visite. Si tout va bien, docteur Herrera, ce sera à vous de donner le feu vert pour me libérer.

— Comment ? Vous en avez déjà assez de nos têtes ? lança-t-il d'un ton taquin.

Quelle joie de plaisanter avec Rex, de lui voir meilleure mine, de constater qu'il reprenait des forces !

— Ça dépend des têtes, répondit celui-ci. Je veux bien rester huit jours de plus pour les beaux yeux du Dr Montgomery. Qu'est-ce qu'elle est mignonne !

— Bien dit, Rex ! Je suis d'accord avec vous.

Mateo se retourna vivement. Tim, un grand sourire aux lèvres, venait de les rejoindre.

— Je comprends que vous en ayez assez, de celui-là ! dit le chirurgien en gratifiant Mateo d'une tape sur l'épaule. Voyons si on peut vous débarrasser de lui.

Soulagé de voir la discussion prendre une direction professionnelle, Mateo assista Tim dans son évaluation médicale. Ils décidèrent que Rex pourrait partir le lendemain puis quittèrent la chambre, non sans avoir reçu moult remerciements.

— Ça tombe bien, je voulais te voir, dit Tim. Aurais-tu une minute ?

Mateo ne se sentait guère en veine de conversation, mais comment refuser sans paraître impoli ?

— Je… Hum… Oui, bien sûr.

— J'ai un patient à voir dans un autre hôpital, il faut que je file. Accompagne-moi en bas, d'accord ?

En d'autres circonstances, Mateo aurait été curieux, mais pas là. Il se sentait juste… fatigué. Tim choisissait mal son moment !

Le chirurgien attendit d'être dehors, sur le parking, pour en venir au fait.

— Il me semble t'avoir parlé de l'équipe que je crée pour le nouvel hôpital de Plantation ?

— Oui…

— Cela t'intéresserait-il de travailler là-bas avec moi ?

Quand Tim s'assit sur un banc, il l'imita, stupéfait. Avait-il bien entendu ? Son rêve semblait sur le point de se concrétiser. Mais pourquoi n'était-il pas plus emballé ? Il aurait dû sauter de joie…

— Éventuellement, répondit-il d'un ton neutre, comme s'il parlait de la météo. J'ai besoin d'en savoir plus.

Tim se lança dans une description complète de la mission qu'il lui réservait. Un poste de chef de service coordonnateur, rien que ça !

Mateo sortit enfin des brumes qui l'enveloppaient. Cette chance exceptionnelle ne se présenterait pas deux fois.

L'avenir s'éclaircissait un peu. Un peu seulement, mais c'était mieux que rien.

— C'est sympa… d'avoir pensé à moi, bafouilla-t-il, gêné d'avoir manqué d'enthousiasme.

— Je suis surpris que Regina ne t'ait rien dit. Je lui avais demandé de rester discrète, mais j'étais sûr qu'elle t'en parlerait quand même.

Entendre le prénom de Regina lui fit l'effet d'un électrochoc.

— Parce qu'elle est au courant ?

— Oui. Je lui ai demandé ce qu'elle pensait de toi en tant que médecin. Elle n'a pas tari d'éloges à ton sujet, mais elle m'a fait comprendre que votre… amitié l'empêchait d'être totalement objective.

— On était plus qu'amis ! s'écria Mateo.

Depuis quelques instants, il essayait de gérer au mieux cette somme d'informations confuses. Que fallait-il comprendre ? Que se passait-il, au juste ?

— Je sais, dit sobrement Tim. Attends… Pourquoi dis-tu « on était » ?

— Parce qu'elle a rompu vendredi dernier.

— Vendredi ? C'est le jour où on a discuté, elle et moi.

Tim se leva, puis il s'étira et secoua la tête.

— Au cas où tu te poserais la question, cela ne fait aucune différence. Même en sachant que vous étiez ensemble, je n'ai jamais douté de l'honnêteté de Regina. Notre discussion a juste confirmé ce que je pensais après t'avoir vu à l'œuvre. J'ai besoin de toi dans mon équipe, Mateo. On reste en contact, d'accord ?

— Bien sûr. Merci, Tim. Ta proposition me touche beaucoup.

Une fois seul, Mateo réfléchit à cent à l'heure. Regina avait-elle deviné qu'il songeait à tout quitter pour elle, y compris la Floride, d'ici quelques années ? Avait-elle rompu en pensant aux possibilités qui s'offraient à lui ?

C'était une éventualité folle mais, venant d'elle, tout à fait plausible…

Il n'y avait qu'un moyen de le savoir.

Il n'attendrait pas un mois, pas même une journée, pour en avoir le cœur net !

19.

Il était 20 heures passées quand Regina quitta enfin l'hôpital.

N'ayant pas croisé Mateo cet après-midi-là, elle se sentait à la fois soulagée et déçue. Elle avait scruté les couloirs, les portes d'ascenseur et les salles d'examen jusqu'au moment de partir, mais en vain. Encore une journée à tenir. Plus qu'une…

Mateo terminait en général vers 18 heures et il était bien la dernière personne qu'elle s'attendait à voir sur le parking. Pourtant, il était là, adossé au mur, devant l'emplacement où elle garait toujours sa voiture de location.

Une impression de danger imminent lui donna envie de faire demi-tour. Pourtant, elle continua d'avancer la tête haute.

— Il faut qu'on parle, dit-il d'un ton rude. On peut rester ici et se donner en spectacle ou aller chez l'un de nous. C'est comme tu veux.

Ce comportement lui ressemblait si peu qu'elle hésita. Jamais encore il ne l'avait défiée ainsi, mais, à son air inflexible, elle comprit qu'il ne renoncerait pas.

— J'aimerais mieux éviter de laver mon linge sale en public, répondit-elle froidement. Mais je reste de garde pour les urgences et je suis fatiguée. Ça peut attendre ?

— Chez toi ou chez moi ?

Elle soupira. Même si elle affichait une expression hautaine, elle bouillonnait intérieurement.

— Chez moi. C'est plus près.

— Je t'emmène.

Ce n'était pas une question, et elle le suivit vers sa voiture, garée un peu plus loin. Elle redoutait vraiment qu'il ne lui fasse une scène, là, en public. Il savait combien elle détestait ces choses-là !

Le trajet se déroula dans un silence tendu, dont elle profita pour rassembler son courage. Elle aurait besoin de toute sa force de caractère pour affronter Mateo, quoi qu'il ait à dire…

Dans l'ascenseur, elle eut conscience de son regard incendiaire braqué sur elle. Une intense chaleur la submergea, rappel de la passion qui les avait unis. Elle était si perturbée que, devant sa porte, elle lâcha ses clés.

Mateo s'en empara et ouvrit la porte. Tendue à l'extrême, elle le précéda à l'intérieur. Que voulait-il ?

— J'ai discuté avec Tim Janowitz, lança-t-il.

Lui tournant le dos, elle entra dans le salon et se posta derrière l'immense fenêtre. Elle aperçut bientôt son reflet dans la vitre et soupira.

— À quel propos ? demanda-t-elle.

— Il veut que j'intègre sa future équipe de transplantation rénale. D'après lui, tu étais au courant.

Son intonation était froide, presque accusatrice. Elle se retourna pour le défier du regard.

— Il m'avait fait promettre le silence. J'ai tenu parole.

Mateo glissa une main nerveuse dans ses cheveux, puis s'avança d'un pas.

— Est-ce pour cela que tu as rompu avec moi ?

Elle n'avait jamais été très forte pour cacher son jeu. De toute façon, elle détestait le mensonge et les menteurs.

— En partie, oui, répondit-elle.

— Tu as deviné mes sentiments, j'imagine… Tu as eu peur que je ne renonce à ma carrière par amour pour toi !

Elle ferma les paupières, bouleversée. Elle avait croisé les doigts pour que cette conversation n'ait jamais lieu, mais, puisqu'elle se trouvait au pied du mur, à quoi bon tourner autour du pot ? Mieux valait sans doute en finir.

— Sois franche, Regina. Si tu ne m'aimes pas, dis-le.

Son expression douloureuse lui fit mal. Elle s'obligea pourtant à soutenir son regard.

— Tu sais bien… que notre relation ne pouvait pas durer. On a vécu des choses merveilleuses, mais je ne suis pas la personne dont tu as besoin, Mateo. Tu mérites mieux.

Il plissa les paupières et s'avança encore.

— En voilà, de belles phrases ! Le problème, c'est que tu ne réponds pas à ma question. Elle est pourtant simple. Si tu ne m'aimes pas, si tu ne veux plus de moi, la discussion s'arrêtera là. Tu pourras te consacrer à ta belle carrière ; fin de l'histoire !

Si le souffle ne s'était pas bloqué dans sa gorge, elle aurait éclaté de rire. Comment pouvait-il imaginer qu'elle éprouvait encore de l'intérêt pour son futur poste ?

— Je n'ai rien à t'offrir, répondit-elle dans un chuchotement. Je ne suis pas sûre… de pouvoir avoir des enfants d'ici un, deux ou trois ans. Tu mérites de rencontrer une femme plus jeune. Pourquoi irais-tu t'encombrer d'une solitaire incapable de nouer des liens, y compris avec sa propre famille ?

— Non, non, non ! Arrête tes bêtises, Regina ! Tu es entrée dans ma vie. Je suis tombé amoureux de toi, et maintenant tu m'es aussi indispensable que l'air que je respire. Ce que tu dis n'a aucun sens. Je refuse d'entendre ces arguments ridicules. Tu ne m'éloigneras pas comme ça !

Il était si proche, à présent, qu'elle sentait la passion irradier de lui. Elle dut déployer un énorme effort de volonté pour ne pas se jeter dans ses bras.

— Dis-moi que tu ne m'aimes pas, Regina.

— J'ai voulu arrêter car notre relation est sans issue.

— Dis-le-moi !

— J'avais peur que Tim ne découvre la vérité à notre sujet, et pense que j'avais manqué d'honnêteté…

— Il n'est pas bête, il avait compris ! Dis-moi…

— J'avais peur de te décevoir. Peut-être pas tout de suite, mais au bout de quelques années.

— Crois-tu que je m'intéresse à ton horloge biologique ? Si nous fondons une famille, tant mieux. Sinon, tant pis. J'ai déjà élevé trois gosses, je ne suis pas en manque ! Tout ce qui compte, c'est que je t'aime !

Sa voix vibrait d'une colère maîtrisée mais si intense que Regina en eut des frissons.

— Tes frères et ta sœur ont besoin de toi, comme tu as besoin d'eux.

— Oui, et alors ? Ces liens sont immuables, mais ils n'ont rien à voir avec *nous* ni avec *tes* sentiments ! Tu sais comment faire pour te débarrasser de moi, Regina. Prononce cinq petits mots et tu seras tranquille.

— Je… ne peux pas.

Cet aveu avait franchi ses lèvres malgré elle et, avant qu'elle n'ait pu réagir, Mateo l'enlaça et l'étreignit passionnément. Puis il lui donna un baiser ardent qui les laissa hors d'haleine.

— Rien n'a d'importance sauf notre amour, lui chuchota-t-il. Les détails s'arrangeront en temps voulu. Fais-moi confiance.

— J'ai peur, Mateo. Peur de ne pas être assez bien pour toi. Peur de ne pas trouver l'équilibre entre ma vie personnelle et ma carrière. Peur de te faire du mal ou de blesser ta famille, faute de repères dans ce domaine. Et si je n'arrive pas à m'intégrer ?

Il recula un peu et lui sourit.

— Est-ce que tu m'aimes ?

— Je t'aime tellement que ça fait mal…

Son expression devint si tendre qu'elle en eut les larmes aux yeux. Était-il possible que son rêve le plus fou se réalise ?

— On y arrivera, assura-t-il. « Quand je veux quelque chose, rien ne m'arrête », m'as-tu dit un jour.

— C'est vrai.

— Me veux-tu, Regina ?

— Oui… Oui !

Ivre de bonheur, elle captura son beau visage entre ses paumes.

— Je te veux maintenant et pour l'éternité, mon amour, chuchota-t-elle contre sa bouche.

Elle eut le temps de se dire qu'elle était la femme la plus heureuse du monde. Puis Mateo reprit ses lèvres et elle ne pensa plus à rien.

Épilogue

— Tu es sûre, mon cœur ?

Quand Mateo se pencha, l'air incrédule, au-dessus de la table, Regina lui captura la main en souriant.

— Sûre et certaine.

Elle rit de son expression où la joie le disputait à la surprise. Elle avait voulu attendre ce dîner romantique pour lui annoncer « la » grande nouvelle et n'était pas déçue du résultat.

Ils étaient dans son restaurant préféré à San Francisco, un établissement luxueux avec vue sur la baie. Elle avait réservé une petite table près de la fenêtre, un cadre magique pour une révélation qui ne l'était pas moins.

Elle aurait déjà pu parler la veille au soir, quand Mateo était arrivé de Miami. Mais, après trois semaines de séparation, ils avaient eu d'autres choses à se dire, ou plutôt à faire…

— Dans quel hôpital ?

La question abrupte l'amusa. Il ne lui avait parlé sur ce ton qu'une fois, quand il avait voulu savoir si elle l'aimait. La preuve que son annonce l'avait vraiment bouleversé !

Lorsqu'elle lui donna l'information voulue, il écarquilla les yeux.

— Quoi ? C'est le meilleur hôpital de Floride, Regina !

Elle éclata de rire.

— Tu sembles étonné. Tu ne pensais pas que c'était à mon niveau ?

— Ma chérie, tu as le niveau pour aller partout. Et visiblement les recruteurs ne s'y sont pas trompés ! Mais, ici, tu avais un poste d'adjointe. Tu recules un peu dans ta carrière. Ça m'embête…

Comment, en voyant sa réaction, aurait-elle pu regretter son choix ? Il n'existait personne d'aussi noble et désintéressé que lui !

— Ce n'est pas un recul, répondit-elle. Comme tu l'as souligné, il s'agit d'un hôpital prestigieux. Tout le monde se bat pour y entrer. Et…, enchaîna-t-elle, une main levée pour contenir les objections de Mateo, j'ai déjà dit qu'un poste à responsabilités m'intéresserait. Le chef de service doit partir l'année prochaine, dans deux ans maximum. Alors qui sait…

Quand il se mordit la lèvre inférieure, elle lui trouva l'air si adorable qu'elle eut envie de l'embrasser. Puis elle croisa son regard et frissonna. Pourquoi avait-il l'air si distant, tout à coup ? Elle lui lâcha la main et recula sur sa chaise.

En évoquant l'avenir, il s'était dit prêt à s'installer à San Francisco dès que Serena n'aurait plus besoin de lui. Il voulait tout quitter. L'énormité du projet avait fendu le cœur de Regina, qui avait alors décidé d'agir.

Que Mateo lui donne cette preuve d'amour était incroyable, mais elle n'accepterait jamais qu'il se sacrifie pour elle !

Elle avait découvert sur le tard l'importance d'une vie personnelle équilibrée. Pour elle qui avait tout misé sur sa carrière, la révélation avait été un bouleversement total. À tel point qu'elle ne s'imaginait pas faire des allers-retours pendant plusieurs années pour voir « son » homme de manière épisodique.

N'étant pas femme à se contenter de demi-mesures, elle avait pris une décision radicale : s'installer à Miami.

Avait-elle eu raison ? À voir la tête de Mateo, elle en doutait. Même s'il avait d'abord eu l'air enchanté, il semblait, passé l'effet de surprise, avoir du mal à digérer la nouvelle…

— Je croyais que ça te ferait plaisir, dit-elle d'un ton morne. Que tu verrais ça comme une bonne chose pour nous deux.

Soudain, le regard de Mateo se braqua sur elle. Puis, avant

qu'elle n'ait pu réagir, il se mit debout, la fit lever et l'étreignit de toutes ses forces. Son corps dur se mit à trembler contre le sien tandis qu'il la dévisageait avec une intensité poignante.

— Mon amour, ma chérie..., murmura-t-il d'une voix rauque. Je voudrais tant me réveiller près de toi chaque matin ! J'aimerais te retrouver à la maison le soir, te faire l'amour, te regarder dormir dans mes bras... Mais jamais, au grand jamais, je ne serai un obstacle à ta carrière. Ça me tuerait, que tu finisses par me le reprocher !

Envahie d'une joie immense, elle lui effleura la joue.

— Mateo, je t'aime comme je n'ai jamais aimé personne. Tu m'as révélé ce qu'était l'amour, et rien ne pourra nous séparer. Ni ma carrière ni la tienne. Mon nouveau rêve, c'est d'être avec toi, peut-être même de fonder la famille que je n'espérais plus. Cela te convient-il ?

Oublieux des autres convives, il l'embrassa passionnément. Elle s'abandonna sans réserve à ce baiser et à toutes les promesses qu'il portait.

— Tu as fait de moi le plus heureux des hommes, dit-il quand ils reprirent leur souffle. Rien ne pourrait ajouter à mon bonheur.

— Elle a dit oui ! s'exclama leur voisine de table à l'adresse de son compagnon. C'est trop mignon !

Regina se sentit devenir écarlate et pivota vers la fenêtre. Ce commentaire pourtant sympathique l'avait mise mal à l'aise. Elle n'avait pas eu à dire oui. Mateo n'avait rien proposé. Même si elle en rêvait, il n'en avait peut-être pas l'intention...

— Je me suis trompé, chuchota-t-il contre son oreille. Il me manque une dernière chose pour être heureux... Veux-tu m'épouser, Regina ? J'éprouve le besoin ridicule de t'attacher à moi pour le restant de nos jours. J'ai trop peur que tu ne disparaisses comme une sirène dans le soleil couchant...

Riant et pleurant à la fois, elle appuya le front contre le sien.

— Oui ! Oui, oui... Je t'aime et j'ai hâte de devenir ta

femme. Tu ne te débarrasseras pas de moi si facilement, docteur Herrera !

Elle se remémora les circonstances de leur première rencontre et le dévisagea, malicieuse.

— Je vais enfin pouvoir accepter les gardes de nuit avec toi ! Si tu savais comme j'en ai rêvé, mon amour…

BLANCHE

HARLEQUIN

Retrouvez prochainement, dans votre collection

BLANCHE

Le sauveteur de Bondi Beach, d'Emily Forbes - N°1556

De retour à Sydney où elle a décroché un poste d'ambulancière, Poppy se précipite à Bondi Beach. Elle a tant de merveilleux souvenirs sur cette plage de sable, appréciée des surfeurs pour ses courants. Mais quelle n'est pas sa surprise d'y retrouver Ryder Evans, son premier amour, devenu nageur-secouriste ! Or, les émotions qu'il fait naître en elle sont aussi vertigineuses que les vagues qu'il affronte pour sauver des vies…

Pour le sourire d'un bébé, de Deanne Anders

Infirmière à l'hôpital de Houston, Hannah apprécie de travailler au côté du Dr William Cooper. Elle admire le neurochirurgien pour ses qualités professionnelles et le contrôle qu'il garde en toutes circonstances. Aussi, quand celui-ci devient brutalement le tuteur d'un bébé dont il doute de savoir s'occuper, Hannah lui propose-t-elle volontiers son aide. Mais, en gardant l'adorable Avery, elle craint de trop s'attacher à la petite famille qui n'est pas la sienne…

Mariage australien, de Meredith Webber - N°1557

Paradise Lake. C'est dans ce coin perdu du bush australien que Cam débarque avec sa fille. Il n'est que de passage ici, le temps pour lui de mettre en vente le cabinet vétérinaire que lui a légué son oncle. Pourtant, à mesure qu'il découvre la petite ville, Cam se prend à apprécier la sérénité qui y règne. Surtout, il éprouve pour Lauren, le médecin local, des sentiments troublants mais dangereux, car tous deux n'ont aucun avenir ensemble…

Une princesse pour patiente, de Karin Baine

La princesse Georgiana a toujours considéré sa couronne comme une malédiction. Dès qu'elle l'a pu, elle a fui le palais pour s'engager dans l'armée, en quête de sens. Hélas, blessée au combat, la voilà de retour dans sa prison dorée, où elle étouffe. Pressée d'écourter sa convalescence, elle accepte que le Dr Edward Lawrence se charge de sa rééducation. Mais être la patiente du séduisant chirurgien se révèle pour elle un défi supplémentaire…

Leur mission : sauver des vies.
Leur destin : trouver l'amour.

HARLEQUIN
www.harlequin.fr

BLANCHE

Les jumeaux d'un rival, d'Amy Ruttan - N°1558

Chirurgienne à San Diego, Adeline convoite le poste très prisé de médecin-chercheur. Aussi, le jour où un nouveau résident arrive à l'hôpital, voit-elle en lui un rival. Et pour cause, le Dr Elias Garcia se révèle aussi talentueux que séduisant. Or, au lieu de garder une distance professionnelle avec Elias, Adeline succombe à une nuit de passion entre ses bras. Et bientôt, elle se découvre enceinte de jumeaux...

Une infirmière au grand cœur, de Marion Lennox

Freya se réjouit de l'arrivée d'un médecin sur l'île de Shearwater où elle est infirmière. Enfin, elle ne sera plus seule pour gérer les urgences. Pourtant, quand elle fait la rencontre du Dr Angus Knox et de son garçon, elle sent le doute l'envahir. Angus est bien trop séduisant pour sa tranquillité d'esprit et le petit Noah, si adorable qu'elle pourrait s'attacher à lui. Or, il n'est pas question pour elle de mettre en péril son cœur : bientôt, père et fils seront repartis...

Le mystérieux inconnu de minuit,
de Susan Carlisle - N°1559

SÉRIE : MARIAGES À SAVANNAH - 1/2

Ashley n'en revient pas. Kiefer Bradford, le nouveau médecin engagé par la ville de Savannah pour mettre de l'ordre dans le quartier défavorisé de Southriver, n'est autre que l'inconnu aux yeux verts qui a osé l'embrasser lors d'un bal costumé quelques mois plus tôt ! Si, sur le coup, cette incartade l'avait mise hors d'elle, elle doit reconnaître qu'elle n'est pas insensible au charme de Kiefer. Pire, elle brûle de goûter de nouveau à ses baisers...

Inavouables sentiments, de Lynne Marshall

SÉRIE : MARIAGES À SAVANNAH - 2/2

Pour rien au monde Charlotte ne manquerait son rendez-vous du vendredi avec le Dr Jackson Hilstead : il suffit que le médecin entre dans la pièce pour que son cœur batte la chamade ! Pourtant, elle doit s'efforcer de ne pas accorder trop de place à son fantasme. Comment, en effet, cet homme brillant et séduisant en diable pourrait-il s'intéresser à elle ? Autrefois déçue par l'amour, Charlotte s'est promis de se méfier de ses sentiments...

HARLEQUIN

Leur mission : sauver des vies.
Leur destin : trouver l'amour.

HARLEQUIN
www.harlequin.fr

BLANCHE

HARLEQUIN

Une chirurgienne aux Fidji, de Sue MacKay - N°1560

Passer une semaine de vacances aux îles Fidji ? Avec Zac ? Olivia est désemparée lorsqu'elle gagne un séjour paradisiaque en compagnie de son ex-petit ami : si elle l'a quitté, c'est parce que leur histoire devenait trop sérieuse, à une période où elle devait se consacrer à sa carrière de chirurgienne. Pourtant, en retrouvant Zac dans ce cadre idyllique, Olivia se demande si elle n'a pas commis une erreur en l'éloignant d'elle…

Un choix si difficile, de Scarlet Wilson

Austin réalise enfin son rêve : intégrer le programme aérospatial et devenir astronaute ! Pourtant, contre toute attente, il peine à se réjouir. C'est sa rencontre avec le Dr Corinne Carter qui le bouleverse, celle-là même qui sera son superviseur lors de la formation. Car, Austin le sait, partir dans l'espace c'est abandonner tout espoir de mieux connaître Corinne. Or, après avoir croisé son regard, il n'est plus aussi sûr de vouloir approcher les étoiles…

Leur mission : sauver des vies.
Leur destin : trouver l'amour.